Deep down you feel it

AF235896

Wieso musste er der Bruder meiner besten Freundin sein?

Chantal Aisha Rudolf

Chantal Rudolf

Deep down you feel it

Jugendroman

Impressum

Bibliografische Information der Deutschen Nationalbibliothek:
Die Deutsche Nationalbibliothek verzeichnet diese Publikation in der Deutschen Nationalbibliografie; detaillierte bibliografische Daten sind im Internet über http://dnb.dnb.de abrufbar.

© 2021 Chantal Rudolf

Herstellung und Verlag: BoD – Books on Demand, Norderstedt

ISBN: 978-3-7534-0321-2

1. Kapitel

Ally

Ich war gerade auf dem Weg zu meiner besten Freundin, wie jeden Montagmorgen, als ihr kranker Bruder mich fast umfuhr. Echt jetzt? Ich warf ihm einen finsteren Blick zu, woraufhin er nur siegessicher grinste. Was für ein Arsch, dachte ich mir und lief weiter. Ja, genau das war der Bruder meiner besten Freundin, *leider*. Ich atmete einmal tief durch und dachte an etwas anderes.

Tyler

Ich war gerade auf dem Weg zur Schule, als die kleine Alice Anderson fast in mein Auto reingelaufen wäre. Sie war die beste Freundin meiner Schwester und so eigentlich ein absolutes Tabu für mich. Aber leider konnte ich einfach nicht widerstehen, ihr 24/7 auf die Nerven zu gehen. Es war so witzig, wie ihre Augen sich immer zu Schlitzen verzogen, wenn ich mich ihr nur näherte. Oh man, ich liebte mein Leben. Ich drückte aufs Gas und brauste los.

Ally

Nach ungefähr fünf Minuten hatte ich das Haus der Collins' erreicht. Ich klopfte und trat ein. Stasy's Mom Miranda kam gerade aus der Küche und lächelte mich herzlich an, als sie mich bemerkte. „Hey Ally, wie geht es dir?" Sie zog mich in eine Umarmung. „Ganz gut und dir?" „Man kann sich nicht beklagen", lachte sie und bot mir ein Glas Organgensaft an. Dankend lehnte ich ab und setzte mich an den Tisch. Ich wartete geduldig auf Stasy. Ich war es mir ja eigentlich gewohnt, dass sie immer zu spät dran war. Ich tratsche noch ein bisschen mit Miranda, bis ich endlich die alte Holztreppe knarren hörte. „Du bist aber schon immer spät dran", lachte ich und stand auf. Ich verabschiedete mich von Miranda und wartete bis Stasy ihre Schuhe angezogen hatte. Dann konnten wir endlich losgehen. „Tut mir leid, du weisst doch wie ich bin. Ich vergesse immer die Zeit, wenn ich morgens dusche". Jap, das wusste ich. Ich hakte mich bei ihr ein und gemeinsam liefen wir zur Schule. Den gesamten Weg über redeten wir über diesen einen Jungen. Er hiess Lucas und Stasy war *total* in ihn verknallt. Sie redete ständig von ihm. Wie süss er doch wäre und all dieses Zeugs. Ich konnte da leider nicht mitreden, schliesslich hatte ich niemanden im Visier und das ca. seit fast einem Jahr. Ich wusste wirklich nicht woran es lag, aber alle Jungs, die ich kannte, entsprachen einfach nicht meinem Geschmack. Egal, ich brauchte keinen Typen. Stasy's Gerede von Lucas war mir eindeutig genug. „Meinst du wirklich, er will was von mir?", fragte sie mich. „Also bitte, er hat dich nach einem Date gefragt, wieso sollte er das tun, wenn er nichts von dir will?", fragte ich zurück und sie zuckte mit den Schultern. Ich zog eine Augenbraue hoch und sie fing daraufhin an zu kichern. „Ja, wahrscheinlich hast du Recht."

Wenige Meter vor uns bäumte sich die High-School. Die drei Trakts waren mit schmalen Gängen verbunden und das riesige Tor versperrte die Sicht auf den Parkplatz. Wir liefen auf den Pausenhof zu, als es zur ersten Stunde klingelte. *Fuck.* Eilig gingen wir auf den Haupttrakt zu und betraten das runtergekühlte Schulhaus. Wir sprinteten die Treppe zu unserem Klassenzimmer hoch und machten dann erstmal eine Pause, um nach Luft zu ringen. Unser erstes Fach war Bio. Da unser Biologie-Lehrer sowieso immer zu spät kam, hatten wir noch etwas Zeit, um unsere Bücher zu holen und uns hin zusetzten.

Die Stunde ging schnell vorbei und so auch die Restlichen bis zum Mittag. Als es endlich Zwölf schlug, packten wir unser ganzes Zeug zusammen und machten uns auf den Weg zur Mensa.

Unsere Schule war ziemlich gross, weshalb auch unsere Mensa jeden Mittag komplett überfüllt war. Wir kamen gerade rein, als uns auch schon Mason zuwinkte. Mit schnellen Schritten gingen wir auf ihn zu und umarmten ihn kurz, bevor wir uns an *unseren Tisch* setzten. Ich packte mein Brötchen aus und beäugte es kritisch. Irgendwie sah es nicht so appetitlich aus wie heute Morgen noch. Ich blickte auf die Teller der anderen und schob das Brötchen dann wieder in die Tasche zurück. Ich lehnte mich über den Tisch und klaute Simon eins seiner Pommes. „Hey", rief er aus und schaute mich mit einem Schmollmund an. Ich lächelte ihn zuckersüss an, woraufhin auch er grinsen musste. „Hey, wie läuft's eigentlich mit dir und Lucas?", fragte Annie plötzlich und schaute Stasy neugierig an. „Nun ja", fing sie an „Also gestern, da hat er mich um ein Date gebeten." Annie's Lächeln wurde breiter. „Und hast du „ja" gesagt?", fragte sie weiter. „Weisst du.........Ja natürlich!" Annie kicherte hysterisch und freute sich so sehr, als ob es ihr Date hätte sein können. Annie hatte noch nie einen Freund gehabt und war auch sonst nicht so dicke mit Jungs. Ausser mit Mason und Simon, redete sie eigentlich kaum mit ihnen. Stasy und ich hatten uns schon oft gefragt wieso, waren aber zum Entschluss gekommen, dass sie wahrscheinlich einfach etwas zurückhaltend war. Clara dagegen war eines der It-Girls an unserer Schule. Zwar war sie nicht wie Eleanor und ihre Girls (die Cheerleaderinnen), aber sie hatte ein Flair für unscheinbare süsse Jungs. Sie hatte schon so viele Typen gedatet, dass man sie an einer Hand gar nicht mehr aufzählen konnte. Ich war im Gegensatz zu ihr ziemlich unerfahren. Meinen ersten Kuss hatte ich im zweiten Jahr der High School gehabt. Das bedeutet vor einem knappen Jahr. Ich wusste nicht genau, woran es lag, dass ich keinen Freund hatte. Ich war nicht wirklich hässlich oder was weiss ich. Ach, keine Ahnung. Sogar Stasy hatte mehr Erfahrung mit Typen als ich. Ich war echt erbärmlich. Das Klingeln riss mich aus den Tagträumereien und beförderte mich wieder in die Realität und die Realität hiess leider Schule.

Noch knappe zwei Stunden musste ich das Gelaber unseres Mathelehrers mitanhören, bevor ich dann endlich nach Hause durfte. Besser gesagt nach Hause zu den Collins. Stasy hatte noch eine Stunde Unterricht, darum nahm mich Tyler mit. Ich hasste es mit ihm zu fahren, da er immer *viiieeellll* zu schnell fuhr. Ich lief zum Parkplatz und konnte ihn von dort aus schon sehen, wie er cool an seinem neuen Mustang lehnte. Er hatte sein ganzes gespartes Geld dafür ausgegeben und war nun überaus stolz auf seinen Kauf. Der Mustang war schwarz und hatte viel zu viel PS. Meiner Meinung nach war das Auto schon ziemlich cool, aber keine Ahnung, bei Autos kannte ich mich nicht wirklich aus. Ich ging auf ihn zu und als er mich erblickte, stieg er sofort ins Auto ein. Ach, wie nett, dass er mich wie immer begrüsste, dachte ich mir und verdrehte die Augen. Als ich mich angeschnallt hatte, fuhr er los, wie immer zu schnell. Ohne jeglichen Wortwechsel fuhren wir der Strasse entlang. Das zwischen Tyler und mir war wirklich kompliziert. Wir führten eine Art Hass-Beziehung, aber kamen Stasy zu liebe miteinander aus, obwohl es manchmal echt schwer war einen solchen Trottel zu dulden. „Hast du Hunger, Prinzessin?", fragte er und stiess die Tür zum Haus auf. Wieso musste er mich immer Prinzessin nennen?! *Arghh*. Ich nickte und er musste grinsen. „Stimmt. Du hast ja immer Hunger." „War das jetzt eine Beleidigung?", fragte ich und schaute ihn mit hochgezogenen Augenbrauen an. „Vielleicht", gab er zurück und zwinkerte. Ich verdrehte nur die Augen und ging in die Küche, wo ich mir eine Cola aus dem Kühlschrank nahm. „Willst du auch eine?", fragte ich. „Nein passt schon", rief er zurück. Ich hörte wie die Holztreppe knarrte und wie eine Tür ins Schloss fiel. Das hiess, dass er wohl in sein Zimmer gegangen war. Zusammen mit der Cola setzte ich mich auf die Couch und stellte den Fernseher an. Ich zappte die Sender durch und blieb schliesslich bei einer lustigen Talkshow stehen. Ich nahm einen grossen Schluck Cola und verschluckte mich fast, als ich sah, wie Tyler nur mit einer Jogginghose und ohne Shirt die Treppe wieder hinunter kam. Ich fing an zu husten und lenkte damit seine volle Aufmerksamkeit auf mich. Er grinste, als er bemerkte, dass ich auf seinen Sixpack starrte. Ich drehte schnell meinen Kopf wieder in Richtung Fernseher, um zu vermeiden, dass er meine roten Wangen sah. Er nahm sich eine Wasserflasche und setzte sich dann zu mir. Nach fünf Minuten nahm er die Fernbedienung und wechselte den Sender. Er schaltete zu einem alten Horrorfilm um, der gerade lief. „Echt jetzt? Du weisst genau, dass ich solche Filme nicht schauen kann", sagte ich und nahm mir eine Decke, die ich bis zur Nasenspitze hochzog. „Darum hab ich ja zu diesem Film gewechselt", antwortete er provokant mit seinem typischen Grinsen. Ich schlug ihm mit dem Kissen gegen den Arm. Schlechte Idee. Sofort schlug er zurück. „Man schlägt keine Mädchen, du Penner!» „Du bist ja kein normales Mädchen." „Was soll denn das bitte heissen?" Gespannt wartete ich auf seine Antwort. „Nun ja, du bist halt wie eine Schwester und zu Schwestern muss man nicht so anständig sein wie sonst eben." Autsch. Das vom heissesten Typen der Schule gesagt zu bekommen, tat schon ein bisschen weh, aber irgendwie hatte er ja Recht. Tyler und ich waren wirklich wie Geschwister, fast noch mehr als er und Stasy. Wir stritten uns eigentlich meistens und wenn wir das mal nicht taten, musste er es immer wieder dazu bringen. Mit seinen ständigen Sticheleien und seiner arschigen Art. Wie jetzt zum Beispiel.

„Du bist ein Arsch, weisst du das eigentlich?", sagte ich und drehte mich von ihm weg. Er legte sanft eine Hand an meine Wange und drehte so meinen Kopf automatisch wieder zu ihm. „Ein verdammt gutaussehender Arsch", fügte er mit einer verführerischen Stimme hinzu. Ich verdrehte nur wieder meine Augen. Wie konnte man so selbstverliebt sein?! Ich wollte gerade aufstehen, weil ich es mit so viel Arroganz nicht mehr aushielt, als es an der Tür klingelte. „Ich geh schon", rief ich und öffnete die Tür. Davor stand der Pizzabote. Ich bezahlte die zwei Pizzen und gab eine davon Tyler und legte meine auf den Tisch.

Gemeinsam ohne zu reden, stopften wir die fettige Pizza in uns hinein. Als sich der Himmel bereits verdunkelt hatte und es knapp vor neun war, fragte ich mich allmählich wo Stasy steckte. „Weisst du wo Stasy ist?", fragte ich Tyler, der gerade wieder den Sender wechseln wollte. Er zuckte mit den Schultern und wandte sich wieder dem Fernseher zu. Ich ging kurz in die Küche, um Stasy anzurufen. Nach dem fünften Klingeln ging sie endlich ran. „Hey, wo bist du?", fragte ich sie. „Hey. Sorry, Lucas wollte nach der Schule noch was trinken gehen und es ist ein bisschen später geworden." „Haha okay, schon verstanden. Und wie läuft es denn so?", fragte ich und musste lächeln. „Ich erzähl es dir, wenn ich zu Hause bin." Mit diesen Worten beendete sie das Gespräch und legte auf. Ich ging ins Wohnzimmer zurück und wollte mich wieder zu Tyler setzen. Dies war jedoch schwieriger als gedacht. Er hatte sich auf dem Sofa breit gemacht und so gab es keinen Platz mehr für mich. „Kannst du bitte ein wenig rüber rutschen", bat ich und wollte mich setzen. „Was gibst du mir dafür?" „Wie bitte? Wieso sollte ich dir denn, was dafür geben?", fragte ich ungläubig. „Weil das meine Couch ist und du hier nur zu Besuch bist." „Ist das dein Ernst?" „Ja du hängst ständig hier rum, aber manchmal vergisst du einfach, dass das nicht dein Zuhause ist." Wow, OK. Meinte er das jetzt wirklich ernst?! „Schön", sagte ich und packte mein Zeug zusammen. Draussen schüttete es wie aus Kübeln und obwohl ich ein riesige Angst vor Gewittern hatte, wollte ich nur noch weg von hier. Solch einen Arsch wollte ich nicht in meiner Nähe haben. Manchmal brachte er mich einfach fast zum Explodieren. Er wusste von meiner Gewitterangst und trotzdem sagte er kein Wort, als ich das Haus verliess.

Ich hatte keinen Schirm dabei und schnappte mir deshalb eine Zeitung, die vor dem Haus lag. Ich trat in den Regen hinaus und da hörte ich schon den ersten Donner. Ich zuckte zusammen und mein Puls wurde schneller. Ich wollte schon losrennen, als hinter mir die Tür geöffnet wurde. Tyler trat raus und seufzte. „Komm wieder rein", rief er mir zu und wollte sich schon wieder umdrehen um reinzugehen, doch ich weigerte mich ihm zu gehorchen. „Nein", gab ich zurück. „Ally", sagte er und seine Stimme nahm einen wütenden Tonfall an. „Schieb jetzt deinen Arsch ins Haus oder ich komm dich holen." Ich schüttelte nur den Kopf und lief rückwärts weiter auf die Strasse zu. Schlechte Idee. Ein Blitz erhellte den Himmel und ich erschrak so deftig, dass ich fast über einen am Boden liegenden Ast stolperte. „Ally", rief er noch einmal, diesmal hörte es sich nicht wütend oder genervt an, eher sorgend. Ich rappelte mich auf und weigerte mich immer noch zurück ins Haus zu gehen. Vielleicht übertrieb ich in dieser Situation etwas, aber er hatte mir wehgetan. Die Aussage von ihm hatte mir bestätigt, dass ich nicht mehr in seinem Haus willkommen war und das tat schon ein bisschen weh. Das von jemandem zu hören, den ich mein Leben lang kannte, war einfach scheisse. Er hatte scheinbar keine Geduld mehr, denn er kam nun mit schnellen Schritten auf mich zu gesteuert. Ohne mich vor zu warnen, hob er mich hoch und trug mich wieder ins Haus rein. Jetzt waren wir beide klitschnass.

Tyler

„Wieso hörst du nicht auch nur einmal auf mich?", fragte ich kopfschüttelnd. „Weil du immer solche dummen Sachen sagst und dabei gar nicht checkst, dass du mich damit verletzt", wehrte sie sich. „Ja, es war ja nicht so gemeint, tut mir leid." Ich entschuldigte mich eigentlich nie, aber da ich keinen Stress wollte, gab ich einfach die drei Worte „tut mir leid" von mir, auch wenn ich es nicht wirklich für nötig hielt, mich zu entschuldigen. Schliesslich hatte ich ja nur die Wahrheit ausgesprochen, die jeder in diesem Haus allmählich dachte. Sie war sichtlich geschockt von meiner Entschuldigung, denn sie sagte plötzlich nichts mehr. „Ich wollte damit nicht sagen, dass du hier nicht sein darfst, aber du gehörst eben nicht zu meiner Familie und es ist komisch jeden Morgen ein fremdes Mädchen im Haus zu haben." „Fremd? Das bin ich also für dich, eine Fremde?", fragte sie und ich sah wie sie ihre Wut zurück hielt. Klar, vielleicht war ich ein wenig hart zu ihr, aber ich sagte eben das, was ich dachte. Weil sie so aussah, als ob sie gleich zu heulen beginnen würde, setzte ich zu einem weiteren Versuch an: „Ally, hör zu…" Weiter konnte ich nicht sprechen, denn sie viel mir ins Wort. „Nein schon gut, ich weiss jetzt, was ich für dich bin und ich verspreche dir, ich werde dich in Zukunft nicht mehr belästigen. Denn anscheinend bin ich hier ja nicht mehr erwünscht." Mit diesem Satz drehte sie sich um und lief hoch in Stasy's Zimmer. Ich verdrehte die Augen. Warum waren Mädchen nur so sensibel?

Ich ging kurz in die Küche, um mir ne Cola zu holen und chillte mich dann wieder vor den Fernseher. Was für ein Drama immer. Nach einer Weile klingelte es an der Tür und weil ich zu faul war, um aufzustehen, rief ich: „Komm rein". Es war Stasy. Sie rief mir ein kurzes „Hallo" zu und ging dann in die Küche. Kurze Zeit später, hörte ich wie jemand die Treppe runter kam. Das musste wohl Ally sein, vielleicht hatte sie sich ja endlich beruhigt. Die Girls begrüssten sich und tuschelten dann wild miteinander über irgendeinen Typ, den Stasy mochte. Ach, keine Ahnung. Weil mir ihr Gelaber bald mal ziemlich auf den Sack ging, machte ich mich auf den Weg in mein Zimmer. Ich nahm mein Handy und checkte meine Nachrichten. Eine Nachricht von Owen: „Hey Ty, heute Saufabend bei mir. Musst kommen. CU. Owen." Saufabend? War das sein Ernst?! Ich hatte gar keinen Bock darauf und schrieb daher: „Sorry bro, wird heute nichts. Seh'n uns morgen." Ich wollte das Handy schon weglegen, als eine weitere Nachricht kam. Von Eleanor: „Hey du, wollte fragen, ob du heute schon was vorhast, meine Eltern sind weg, das heisst wir hätten das ganze Haus für uns allein…Komm vorbei;)" Wann checkte sie endlich, dass wir nicht mehr zusammen waren. Ich und Eleanor führten so eine On-Off Beziehung, aber wenn ich ehrlich war, stand ich schon lange nicht mehr auf sie.

Der einzige Grund, wieso ich mich immer noch mit ihr abgab, war der, dass sie alles machte was ich von ihr wollte. Sie war wie ein kleiner Schosshund, der von mir abhängig war. Vielleicht war es nicht korrekt von mir, dass ich sie ausnutzte, um meine sexuelle Seite zu befriedigen, aber da sie nie was auszusetzen hatte, war es mir eigentlich egal. „Sorry, hab keine Zeit", schrieb ich ihr zurück, da ich null in Stimmung war. Ich wälzte mich im Bett und als ich den ersten Donner hörte, stöhnte ich genervt auf. Sofort musste ich an Ally's Gewitterangst denken. Sie war wirklich wie ein kleines Kind, wenn es gewitterte. Ich ging kurz ins Bad und putzte mir die Zähne.

Unten war es still und Stasy's Zimmer war leer. Waren sie in diesem Wetter wirklich rausgegangen? Besser gesagt war Ally in diesem Wetter wirklich rausgegangen? Ich ging zurück in mein Zimmer und rief Stasy an. „Hey wo bist du?" „Ich bin nochmals zu Lucas gegangen, kannst du bitte auf Ally schauen. Du weisst ja von ihrer Gewitterangst." Ich stöhnte. „Sie ist deine Freundin, also kümmere du dich um sie." „Tyler bitte. Es ist eine Ausnahme. Ich verspreche es wir nie wieder vorkommen", bettelte sie. Ich stöhnte erneut. „Schön, aber du schuldest mir was." „Alles was du willst, Bruderherz." Sie klang glücklich und mir war schlecht. Ich legte auf und liess mich aufs Bett fallen. Es war wirklich nicht meine Aufgabe auf Stasy's Freundin aufzupassen, aber weil ich heute Abend schon oft genug ein Arsch war gab ich nach und schaute nach ihr. Sie sass zusammengerollt auf der Couch und hatte die Decke bis zur Nase hochgezogen. Ihr Blick ging hastig hin und her und ich sah schon von hier aus, dass sie fürchterlich zitterte. Wie sie so da sass, sah sie schon ziemlich niedlich aus. Ich musste schmunzeln. Ich schob den Gedanken beiseite und ging die Treppe runter. Sofort schreckte Ally zusammen und ihr Blick schoss in meine Richtung. „Alles gut Prinzessin, ich bin's nur", versuchte ich sie zu beruhigen. Ich ging auf sie zu und nahm ihr die Decke weg. In ihrem Blick konnte ich erkennen, dass sie verwirrt war. Wahrscheinlich dachte sie sich jetzt: „Was für ein Arsch, zuerst wollte er mich vor die Tür setzten und jetzt nimmt er auch noch meine Decke weg." Ich musste innerlich grinsen. Doch das war nicht mein Plan. Weil sie sich aber keinen Zentimeter bewegte, musste ich nachhelfen. Ich nahm ihre Hand und merkte wie kalt sie war. Dann stellte ich sie auf die Beine und zog sie die Treppe hoch. Sie schaute mich immer noch ganz verwirrt an. Ich öffnete die Tür meines Zimmers und schmiss ihre Decke auf mein Bett. „Kannst hier pennen", sagte ich emotionslos und sie nickte mir dankend zu. Sie sollte nicht merken, dass ich mich um sie sorgte. Was? Das tat ich gar nicht. Nein ich meinte damit, sie sollte nicht denken, dass es mich interessierte wie es ihr ging, denn eigentlich tat es das gar nicht. Nun ja, ich konnte sie ja schlecht verrecken lassen. Stasy würde mich köpfen.

Schüchtern legte sie sich auf die eine Seite des Bettes und ich mich auf die Andere. Ich hörte sie einmal leer schlucken und dann sagte sie: „Danke, dass ich hier schlafen darf." Ich antwortete ihr nicht, stattdessen nahm ich wieder mein Handy und ging auf Instagram. Ich scrollte ein wenig durch die Bilder, bis ich plötzlich bei einem ihrer Posts ankam. Auf dem Bild sass sie unter einem Laubbaum und lächelte in die Kamera. Ich musste grinsen. „Cooles Bild", sagte ich und mein Grinsen wurde noch breiter. Sie schaute auf mein Handy und wurde ein wenig rot. „Das Bild ist schon uralt", meinte sie und blickte weiterhin auf mein Handy. Ich musste schmunzeln. „Siehst aber immer noch genau gleich aus." Sie boxte mich leicht in die Schulter. „Tu ich gar nicht", protestierte sie. „Doch, genau gleich." Sie schnaubte gereizt und ich fing wieder an zu grinsen. Wie ich es liebte sie zu provozieren. Das lustigste an der Sache war, dass es mir immer gelang. Es brauchte nicht viel und ich brachte sie komplett zum Ausrasten. Das verschönerte oft meinen Tag. Ich grinste immer noch. „Was grinst du so blöd, du Idiot?", fragte sie mich. „Nun ja ich denke nur gerade daran, wie du nackt auf diesem Bild aussehen würdest." „Du bist so ein Perversling", sagte sie verachtend und drehte sich weg. Genau so machte ich sie wütend. Ich klopfte mir in Gedanken auf die Schulter und stupste sie währenddessen an. „Was?", fragte sie brummig. „Ist die Prinzessin etwa genervt?", fragte ich und kassierte damit meinen zweiten Schlag an einem Abend. „Autsch das hat weh getan, du Raufbold", sagte ich lachend und rieb mir die Stelle am Arm. „Geschieht dir ganz recht", sagte sie und drehte sich endlich zu mir um. Eine kurze Zeit schauten wir einander in die Augen, doch dann unterbrach sie den Kontakt, indem sie sich wieder wegdrehte. „Gute Nacht Babe", sagte ich gespielt. „Gute Nacht du Idiot", gab sie zurück. Ich schloss voller Wohlbefinden meine Augen und schlief ein.

2. Kapitel

Ally

Langsam öffnete ich die Augen und blickte mich um. Ich war nicht in meinem Zimmer und auch nicht in Stasy's. Wo zum Teufel war ich? Die Tür ging auf und jemand kam rein. Tyler. „Hey, gut geschlafen?", fragte er mit gutgelaunter Stimme. Ich rieb mir den Schlaf aus den Augen und nickte etwas verwirrt. Hatte ich etwa bei ihm im Bett geschlafen? Irritiert stand ich auf und da wurde mir wieder klar, warum ich in seinem Zimmer, beziehungsweise Bett war. Er packte seine Schulsachen zusammen und ich realisierte, dass heute Dienstag war. Das hiess, dass ich wohl auch Schule hatte. Ich verliess so schnell ich konnte sein Zimmer und ging runter in die Küche. Ich konnte es immer noch nicht so recht glauben. Ich hatte in Tyler Collins Bett geschlafen. Für manche Mädchen würde dabei ein Traum wahr werden, doch ich wusste nicht so ganz wie ich das finden sollte. Klar, er wollte wahrscheinlich nur nett sein und hatte mich darum bei ihm schlafen lassen, aber es war schon ein komisches Gefühl in seinem Bett aufzuwachen. Ich schob den Gedanken an letzte Nacht beiseite und konzentrierte mich wieder auf das Hier und Jetzt. In der Küche lagen meine Schulsachen, die ich auflas und in meine Tasche stopfte. Ich hängte mir die Tasche über und ging wieder hoch in den oberen Stock, jedoch nicht zu Tyler. Ich klopfte an Stasy's Zimmertür und hörte ein „Komme gleich!" War ja klar gewesen, dass ich wieder mal warten musste, daher ging ich noch kurz ins Bad, um meine Haare zu kämmen. Als ich wieder zurück kam stand Stasy schon unten im Eingangsbereich und wartete geduldig auf mich. „Sorry hab mir nur noch kurz die Haare gemacht", bemerkte ich, während ich die Stufen hinunterstieg. Wie es nicht anders hätte sein können, knallte ich Unten in Tyler rein, der mich scheinbar in seinem Stress gar nicht bemerkte. „Sorry", murmelte ich, doch er war schon zur Tür raus und hatte es wahrscheinlich gar nicht gehört. Stasy schaute mich mit einem komischen Blick an. „Ist was?", fragte ich und drängte mich an ihr vorbei um die Tür, die Tyler zu geknallt hatte wieder zu öffnen. „Ach nichts", erwiderte sie und fing an zu lächeln. Weil ich meine beste Freundin nur allzu gut kannte, wusste ich, dass etwas nicht stimmte. „Was ist denn? Ich habe doch gesehen, wie komisch du geguckt hast." „Keine Ahnung es kommt mir nur so vor, als ob du nicht ganz bei dir bist", sagte sie und lächelte mich unschuldig an. „Tut mir leid, es ist so, dass ich letzte Nacht nicht so viel geschlafen habe und ja ich bin auch ein wenig gestresst in letzter Zeit, wegen meiner Mom und so." Lüge. Lüge. Lüge. Ich hasste es, sie an zu lügen, aber ich wollte einfach nicht, dass sie das wegen mir und Tyler wusste. Also nicht, dass es was bedeutet hätte, aber es war komisch meiner besten Freundin zu erzählen, dass ich mit ihrem grossen Bruder sozusagen die Nacht verbracht hatte. „Okay, falls du Stress hast, kannst du auch gerne mit mir reden, ich bin immer für dich da", sagte sie und umarmte mich im Gehen von der Seite. Ich schaute sie lächelnd an und dachte mir dabei, was ich für ein schlechter Mensch war. Ich hasste es wirklich sie anzulügen, aber ich konnte es ihr einfach nicht erzählen. Auch das mit dem Streit gestern sollte sie nie erfahren. Um die Stimmung nicht zu versauen, fing ich also mit einem neuen Thema an. „Und wie ist es denn mit Lucas gelaufen?" Bingo. Sofort war sie abgelenkt. „Ach er ist so süss. Ich habe ihm erzählt, dass ich seit ein paar Monaten auf ihn stehe und er hat dann gemeint, dass es ihm genau gleich ginge." Sie fing an zu strahlen und ich musste auch lächeln. „Ihr seid echt süss." „Aber seid ihr jetzt zusammen?", fragte ich, denn das war eigentlich die wichtigste Frage. Sie nickte nur und mir rutschte ein Freudenschrei raus. „OMG, ich freue mich so für dich." „Danke, danke" Man merkte, wie sehr sie sich freute. Ihr Lachen war so breit, dass es schon fast ansteckend war.

Als wir bei der Schule ankamen und sie Lucas erblickte, rannte sie sofort auf ihn zu und sie küssten sich. Wie süss. So etwas wünschte ich mir so sehr, doch leider gab es wohl keinen Typen auf dieser Welt, der mich auch nur ansatzweise wollte. Okay, das war jetzt gelogen, aber die Typen, die mich wollten, waren meist nicht so toll. Egal. Da Stasy mit Lucas rumknutschte und ich mich nicht wie das dritte Rad am Wagen fühlen wollte, gesellte ich mich zu Annie und Mason, die am anderen Ende des Schulhofs standen. Sie unterhielten sich gerade innig über Stasy und Lucas, als ich zu ihnen stiess. Ich umarmte sie und sofort wurde ich ausgefragt. „Seit wann sind die Zwei zusammen?" „Wie sind sie zusammen gekommen?" „Hat er sie gefragt oder anders rum?" „Hey Leute, ganz ruhig, ich kann nicht so viele Fragen auf einmal beantworten", lachte ich. „Sorry", sagte Annie und fing auch an zu lachen. Die Zwei einigten sich auf eine Frage. „Also seit wann sind die beiden zusammen?", schoss Mason los. „Nun ja, ich glaube seit gestern Abend", antwortete ich. „Sie sind so süss", meinte Annie und schaute seufzend in die Richtung der Beiden. „Ja sind sie", bestätigte Mason ebenfalls. Ich nickte nur und dachte daran wie es wohl wäre, wenn ich auch endlich jemanden hatte, als es klingelte. Wir gingen rein und verteilten uns in die verschiedenen Klassenzimmer. Der Schultag verlief öde und zog sich elend lang..

Als es endlich zum Unterrichtsende klingelte, packte ich mein Zeugs und lief aus dem Klassenzimmer. Ich war auf dem Weg zum Parkplatz als Stasy zu mir gehüpft kam und mich aufhielt. „Hey ich gehe noch zu Lucas. Ich habe Tyler geschrieben, dass er dich nach Hause bringen soll. Ich komme so gegen acht, also wenn du willst, such schon mal einen Film aus." Ich nickte ihr lächelnd zu. Yehii, ich war also wieder mal mit Tyler alleine. Ich ging auf den Parkplatz raus und sah mich um. Ich liess meinen Blick mehrmals über die Autoreihen schweifen, doch sein neuer schwarzer Mustang stand nirgends. Ich setzte mich auf eine Bank und rief ihn an: „Hey wo bist du? Stasy hat gemeint, dass du mich mitnimmst", sagte ich und wartete gespannt. „Ja ich weiss, aber ich hatte keine Lust für dich den Taxifahrer zu spielen. Geh einfach auf den Bus." Er legte auf und ich sass da wie absorviert mit Quittung. Toll. Ich zählte meine Münzen und musste feststellen, dass es nicht für eine Fahrt bis zu den Collins reichte, also musste ich wohl laufen. Sehr Toll.

Tyler

Irgendwie tat sie mir schon leid. Ach was labere ich da, ich liebte solche Situationen. Okay, Spass beiseite, aber ich hatte eben wirklich keine Zeit, um sie abzuholen. Julien kam später bei mir vorbei, denn wir mussten seine Party planen. Er hatte in ungefähr einem Monat seinen 18. Geburtstag und er wollte unbedingt jetzt schon mit der Planung beginnen, so ein Spinner. Ich meinerseits, hatte einfach nichts Besseres zu tun, dies war der einzige Grund, wieso ich mich auf diese Sache einliess. „KLING" Ich bekam eine Nachricht. Ich schaute auf mein Handy und entsperrte es. Es war Julien. „Hey bro. Kann doch nicht zu dir kommen. Hab Stress mit meinem Alten. Sorry" Ich zuckte mit den Schultern, dann eben nicht. Ich wollte schon Ally schreiben, dass ich sie doch abholen könne, als mir einfiel, dass sie ja auch Füsse hatte. Deshalb legte ich das Handy weg schmunzelnd weg und begab mich vor den Fernseher.

Ally

Ich lief vom Parkplatz runter und Richtung Hauptstrasse zu. Ich war total übermüdet und merkte wie meine Beine bei jedem Schritt nachgeben wollten. Hätte er sowas nicht an einem anderen Tag machen können?! Genau heute! Ich seufzte und versuchte in einem regelmässigem Tempo zu gehen, doch nach 200 Meter wollte ich schlussendlich wirklich aufgeben. Ich stellte mich unter eine Baumkrone, die ein wenig Schatten bot und nahm mein Handy. Sollte ich Tyler anflehen, dass er mich trotzdem holen kam? Nein, dafür war mein Stolz zu gross. Meine Mom war am Arbeiten, Stasy bei Lucas und alle meine anderen Freunden, fuhren mit dem Bus. Ich seufzte und liess meinen

Rucksack auf den Boden plumpsen. Als ich wieder nach oben sah, fuhr ein Auto an den Strassenrand und jemand liess die Scheibe runter. Ich hob unsicher meinen Rucksack auf und schaute ins Auto rein. Am Steuer sass ein Junge, er war etwa in meinem Alter und damn, er sah wirklich nicht schlecht aus.. „Hey ich bin Adam. Wir haben zusammen Englisch", rief er. Weil ich nicht genau wusste, wer er war, half er mir auf die Sprünge. „Ich bin der Austauschschüler." Aha, jetzt erinnerte ich mich. Unsere Lehrerin hatte uns letztes Semester verkündet, dass wir einen Austauschschüler bekamen, aber ich hatte ihn bisher nicht wirklich wahrgenommen. Das war eindeutig ein riesen Fehler gewesen, denn er sah extrem gut aus. „Ach ja stimmt, tut mir leid", entschuldigte ich mich, worauf hin er lachen musste. Wow, ich hatte noch nie so ein süsses Lächeln gesehen. Ally, fokussieren. Immer schweifte ich ab. „Ich wollte eigentlich nur fragen, ob du eine Mitfahrgelegenheit brauchst?." Er lächelte mich an, woraufhin ich rot wurde. Ich hasste es, dass ich immer zur Tomate wurde, wenn ich in der Nähe eines gutaussehenden Jungens war. Und genau weil er so gut aussah, konnte ich schlecht nein, zu seinem Angebot sagen. Ich nickte verlegen und er öffnete mir die Autotür von Innen. Mit einem Lächeln setzte ich mich in den Wagen und er fuhr los. Er fuhr viel besser Auto als Tyler, das stellte ich bereits in den ersten paar Minuten fest und das war schon mal ein riesen Pluspunkt. „Und wie findest du die Schule bis jetzt?", fragte ich, um die unangenehme Stille zu durchbrechen. „Sie ist ganz schön gross, aber eigentlich finde ich mich schon zu recht", antwortete er. Wir redeten ein wenig über die Schule und er erzählte mir auch etwas über seine alte High-School. Die Autofahrt fühlte sich viel zu kurz an. Kaum hatten wir ein interessantes Gesprächsthema gefunden, waren wir auch schon bei den Collins' Zuhause angekommen. „Danke fürs Mitnehmen", sagte ich lächelnd. „Ach kein Problem", meinte er ebenfalls lächelnd. Ich stieg aus und ging auf die Tür zu. Ich lief extra langsam, weil ich auf das Wunder hoffte, dass es nicht nur bei dieser einen Autofahrt blieb. Er war süss, charmant und sein Lächeln ein Traum. Ich blickte über die Schulter zurück und sah wie er dabei war, aus dem Auto zu steigen. Sofort drehte ich meinen Kopf wieder nach vorn und verlangsamte mein Tempo noch einmal, da ich bereits kurz vor der Tür war. „Hey warte", rief er und ich blieb stehen und drehte mich um. „Ich weiss wir kennen uns kaum, aber würdest du mal mit mir Essen gehen?" Er fasste sich ins Haar und lächelte mich süss an. „Ja das würde ich unglaublich gern", antwortete ich und musste auch lächeln. In der Hoffnung nicht rot geworden zu sein, verabschiedete ich mich von ihm und ging ins Haus. OMG, omg, omg. Ich fühlte mich wie in einem Film.

Ich warf mich auf die Couch und textete sofort Stasy. „Hey du glaubst es nicht, ich habe ein Date mit einem verdammt heissen Typ^^." Ich sendete die Nachricht ab und legte das Handy weg, dann drehte ich mich auf den Rücken und fing an, blöd die Decke anzugrinsen. Wow, ich hatte wirklich ein Date. Und dann noch mit jemandem, der sooo gut aussah! Mein Leben fing wohl doch noch an, interessant zu werden. Plötzlich hörte ich Schritte und wie jemand die Stufen runter kam. Ich setzte mich auf und erblickte Tyler, wie er mit einem wütenden Blick auf mich zukam. Ohoh.... „Wer war das?", fragte er und seine Augen funkelten vor Wut. Wow, was lief denn mit ihm falsch?! „Das war Adam, dieser Austauschschüler, der in meine Klasse geht." „Und wieso hat er dich nach Hause gefahren?", hakte Tyler nach. War er etwa eifersüchtig? Nein, das konnte nicht sein. „Weil du, du Idiot mich ja einfach stehen gelassen hast", warf ich ihm an den Kopf. Ups, schlechte Idee. „Und dann steigst du einfach beim nächsten Typen ein, der dir zufällig begegnet?" Er war wirklich sauer. Obwohl ich nicht ganz verstand wieso. „Tyler, was ist bitte dein Problem?" Langsam wurde es mir zu viel. „Mein Problem", er lachte sarkastisch auf. „Mein Problem ist, dass du einfach in ein fremdes Auto einsteigst und nicht eine Sekunde überlegst." Okay, jetzt war er zu weit gegangen. „Ich kannte ihn, also tu nicht so als ob ich dumm wäre, du bist es gewesen, der mich stehen gelassen hat!" „Ja aber das heisst nicht, dass du bei einem fremden Typen mitfahren musst. Du weisst nichts über den. Er hätte dich entführen können oder noch schlimmeres!" „Bist du etwa eifersüchtig?"

Tyler

Wie konnte sie es wagen, mich so etwas zu fragen. Ich und eifersüchtig, ich musste innerlich auflachen. Sie achtete genau auf meine Reaktion. „Wie bitte?", fragte ich unglaubwürdig nach, da ich nicht glaubte, was sie soeben gesagt hatte. Meine Muskeln spannten sich an. „Wenn du nicht willst, dass ich was mit anderen Typen mache, musst du es mir nur sagen." Ich war schockiert. Sie dachte also wirklich, dass ich eifersüchtig war. Ja ich war sauer, aber nicht weil es mich interessierte mit wem sie vögelte, sondern weil sie immer dumme Sachen tat und nicht einen Moment nachdachte. Sie schaute mich mit diesem Blick an, als ob sie meine Gedanken lesen konnte, aber sie konnte es nicht. Beim nächsten Satz musste ich mir ein asoziales Grinsen verkneifen. „Ach weisst du Prinzessin, es interessiert mich nicht im geringsten mit wem du deine kleinen versauten Phantasien teilst, aber wenn du das nächste Mal Panik bei etwas bekommst, ruf einfach nicht mich an", gab ich zurück und flüsterte ihr den letzten Teil ins Ohr. Nun achtete ich auf *ihre* Reaktion. Sie konnte mit meiner Aussage wohl nicht wirklich viel anfangen, denn sie schaute nur nachdenklich auf den Boden und dann wieder zu mir hoch. „Ich glaube du meinst Adam, den Adam mit dem ich nächste Woche ein Date habe", haute sie plötzlich raus. Sie hatte ein Date? Sie? Ich war schockiert. Ich kannte Ally mein Leben lang und sie hatte noch nie ein Date gehabt. Ich wusste nicht ob ich weinen oder jubeln sollte. Ich bemerkte wie siegessicher sie lächelte. Sie hatte mich zum Schweigen gebracht, das aber auch nur, weil ich so schockiert von ihrer Aussage war. Irgendwie wusste ich zum Ersten Mal in meinem Leben nicht, was ich sagen sollte und das nutzte sie aus. Sie machte auf dem Absatz kehrt und liess mich im Wohnzimmer stehen. Autsch. Hatte ich soeben einen Korb von Alice Anderson gekriegt? Sie war vielleicht gar nicht so langweilig wie ich gedacht hatte. Ich konnte nicht damit aufhören, über sie und ihr Date nachzudenken, weil ich es einfach nicht glauben wollte. Sie war die unerfahrenste Jungfrau, die ich kannte und ausgerechnet *sie* hatte ein Date. Ich brauchte frische Luft. Ja, genau das brauchte ich jetzt. Ich nahm meine Jacke von der Garderobe und schloss die Haustür auf. Ich trat mit einem tiefen Atemzug nach draussen. Hell, hatte mich diese Sache gerade mitgenommen. Aber wieso? Keine Ahnung. Ich war nicht eifersüchtig, wieso sollte ich auch? Schliesslich war sie die beste Freundin meiner Schwester, was mit ihr anzufangen, wäre respektlos und sie war sowieso nicht mein Typ. Ich schüttelte den Kopf und streckte mich durch. Ich nahm mein Handy raus und ging durch meine Kontaktliste. Bei Zack blieb ich stehen und entschloss mich kurzerhand ihn anzurufen. Er ging sofort ran. „Hey bro, was gibt's?", fragte er kauend. „Schon wieder am Essen?", fragte ich belustigt. Dieser Typ war andauernd am fressen und trotzdem war er kein bisschen fett. „Du kennst mich doch, ich hab immer Hunger." „Jaja", lachte ich. „Bist du Zuhause?", fragte ich und er bejahte meine Frage. „Kann ich vorbei kommen?" „Ja sicher", antwortete er und ich legte mit einem „Easy, dann bis nachher" auf. Ich ging zu meinem Auto und setzte mich rein. Wie ich dieses gottverdammte Auto liebte! Es gab nichts auf dieser Welt, was mich glücklicher machte, ausser vielleicht... Mir kam eine bomben Idee. Ich suchte Ally's Kontakt raus und schrieb ihr eine Nachricht: „Hey Babe, viel Spass mit deinem neuen Lover, du solltest ihm vielleicht nur noch sagen, dass wir beide letzte Nacht zusammen in einem Bett geschlafen haben, kuschelnd ;)." Schmunzelnd legte ich das Handy weg und brauste los. 1 zu 0 für mich.

Ally

Bei Tyler's Nachricht musste ich lachen. Meinte er wirklich, dass das etwas änderte? Okay klar, jeder Typ der Schule wusste, dass wenn Tyler Collins ein Girl hatte, man sich lieber von ihr fernhalten sollte. Aber ich war ja schliesslich nicht Tyler's Girl. Was auch immer er mit dieser Nachricht meinte, es war mir egal. Ich hatte ihn geschlagen und das war das, was zählte. Ich schnappte mir eine Tasse aus dem Regal und machte mir einen Tee. Zusammen mit der Teetasse setzte ich mich auf die Couch und stellte den Fernseher an. Nach einer Weile kam dann endlich Stasy von ihrem Rendezvous zurück. Ich hatte bereits den Film ausgesucht und schob die CD von „High-School Musical" gerade in den DVD-Player. Das war unser Lieblingsfilm seitdem wir in der dritten Klasse darauf gestossen waren. Wenn Tyler da war, hatten wir „High-School Musical" verbot, was ich wirklich verstehen konnte. Unser Gesänge und Getanze schlug gewaltig auf die Nerven. Darum schauten wir den Film immer, wenn er weg war, so konnten wir so laut und gestört sein, wie wir wollten. Beim ersten Song hatte es uns bereit und Stasy nahm eine Cola Dose als Mikrofon, während ich Luft-E-Gitarre zu ihrem Solo spielte. Wir fingen an komisch in der Gegend rumzutanzen und kriegten uns kaum mehr ein, vor Lachen. Genau aus diesem Grund liebte ich meine beste Freundin, mit ihr konnte ich immer lachen und verrückt sein. Sie sah mich mit einem fetten grinsen an und ich liess mich zurück in die Couch fallen. „Solche Abende hab ich schrecklich vermisst", sagte sie und ich nickte ihr schweratmend zu. Kaum hatte sich unser Atemtempo wieder standardisiert, wurde die Haustür geöffnet und Tyler kam zurück. Ich warf ihm einen belustigten Blick zu, da ich immer noch glücklich über meinen Sieg vorhin war, doch er würdigte mich keines Blickes. Er lief direkt die Treppe hoch, ohne uns auch nur Hallo zu sagen. Oh. Er hatte vielleicht schlechte Laune. Egal, war ja schliesslich nicht mein Problem. Ich wandte mich wieder Stasy zu, die müde vor sich hin gähnte. „Schlafen?", fragte ich und sie nickte sofort. Zusammen liefen wir die Treppe hoch und sie öffnete die Zimmertür. Sie liess sich aufs Bett fallen und schloss die Augen. Es dauerte keine fünf Minuten und ein leises Schnarchen erfüllte den Raum. Ich musste mir ein Grinsen verkneifen. Ich hatte es etwas schwieriger mit dem Einschlafen. Ich musste an die heutige Situation zwischen mir und Tyler denken. Wieso hatte er so komisch reagiert wegen Adam? Ich wurde einfach nicht schlau aus ihm... Ich schob den Gedanken beiseite und versuchte einzuschlafen.

3. Kapitel

Der nächste Tag zog sich elend lang und ich schlief vor Langeweile fast ein. Als es dann endlich zum Schulende klingelte, ging meine Motivation wieder hoch. Ich war gerade auf dem Weg zu Stasy's Auto, als Adam mich aufhielt. „Hey", begrüsste er mich und lächelte. „Hey", gab ich zurück und blieb stehen. „Willst du vielleicht noch was trinken gehen?", fragte er grinsend. Ich musste lächeln, nickte und winkte Stasy, die die Situation genau beobachtet hatte. Sie verstand sofort und warf mir ein Luftküsschen zu. Ich musste lachen und lief dann zusammen mit Adam Richtung Downtown. „Wohin gehen wir denn?", fragte ich gespannt. „Ich kenn da so eine Cafeteria, die dir bestimmt gefallen wird", meinte er.

Wir liefen zusammen der Strasse entlang und er sah mich immer wieder an. Natürlich beobachtete ich ihn nur aus dem Augenwinkel, aber sobald ich seinen Blick auf mir spürte, röteten sich meine Wangen. Wir redeten gerade über den heutigen Tag, als er plötzlich stehen und grinste mich an. Mein Blick ging zur Cafeteria, die er gemeint hatte und ich schluckte einmal leer. „Sparkle" stand auf dem Aushängeschild. Echt jetzt? Dachte er wirklich, dass ich ein richtiges girly Girl war? Ich hob eine Braue und genau in diesem Moment sah er mich an. „Gefällt's dir nicht?", fragte er. „Weisst du, ich steh nicht auf Glamour und Glitter und so", sagte ich in der Hoffnung, er verstände es nicht falsch. Ich mochte Glitzer und Pink und alles, aber das hier war mir einfach zu viel des Guten. Er lachte. „Schon gut, hab ich mir ehrlichgesagt fast ein wenig gewünscht." „Wirklich?", fragte ich ungläubig nach. „Ja ich mag solche Mädchen, die zu girly sind nicht so." Ich musste lächeln. Dieser Typ überraschte mich immer wieder aufs Neue. Er war echt toll. „Dann hab ich eine bessere Idee. Bist du dabei?" Ich nickte freudig. Wir liefen die Strasse ein kleines Stück weiter runter und er blieb wieder stehen.

Dieses Café schien schon viel mehr mein Geschmack zu sein. Von aussen sah es aus wie ein antikes Restaurant, doch wenn man nach Drinnen kam, war es unglaublich süss. Überall standen kleine Tischchen mit Blumen drauf und in der Mitte des Raums, stand eine Bar, an der die Getränke ausgeschenkt wurden. Wir setzten uns an eines der Tischchen und ich bestellte mir einen Frappuccino. Adam schloss sich mir an und so genossen wir unsere Getränke, die wenige Minuten später gebracht wurden. Wir redeten über Gott und die Welt. Wir lachten und ich brachte ihn fast zum Weinen, als ich ihm sagte, dass ich unser Date verschieben müsste. An diesem Tag war nämlich Annie's Geburtstag, den ich komplett vergessen hatte. Adam zeigte Verständnis und wir verschoben die Verabredung auf die Woche drauf. Nach einer Weile kamen wir zum Thema *Football*. „Meinst du ich würde in das Footballteam passen?", fragte er unsicher. Ich musste daran denken, aus was für Arschgeigen unser Footballteam bestand und mein erster Gedanke war, oh nein eindeutig nicht, aber ich wollte ihn auf keinen Fall davon abhalten. „Nun ja, wenn du es mit Tyler Collins als Captain aushältst." Ich musste lachen. Adam reagierte ganz anders auf meine Aussage. Sein Blick veränderte sich plötzlich und wurde hart. Seine Augen verengten sich zu Schlitzen und seine Muskeln spannten sich automatisch an. Was zum Teufel?! Scheinbar war er nicht so gut auf Tyler zu sprechen, die Frage war aber wieso. „Ist was, dass du mir über Tyler erzählen möchtest?" Zuerst verstand er nicht ganz, was ich meinte, doch dann sprach er diesen dämlichen Satz aus, den ich über alles hasste. „Das ist eine lange Geschichte." „Ich habe Zeit", meinte ich und wartete etwas angespannt, bis er anfing zu erzählen. Wusste ich's doch. Ich hatte mir schon gedacht, dass zwischen ihm und Tyler mal was vorgefallen war. „Also, ich kannte Tyler schon bevor ich hier her kam. Wir haben uns damals auf einem Footballspiel kennen gelernt und haben uns angefreundet. Er war wie ein Bruder für mich, aber er konnte seine dreckigen Finger einfach nicht von den Mädchen lassen. Ich wusste schon damals, dass er ein Player war, doch ich hatte ihm gesagt, dass er meine Schwester in Ruhe lassen sollte, trotzdem hat er sich an sie rangemacht, bis sie schlussendlich zusammengekommen sind. Dann eines Tages, als die zwei Streit hatten, war meine Wut auf ihn so gross, dass ich auf ihn losgegangen bin. Das ging weiter, bis wir uns gegenseitig verprügelt haben. Meine Schwester wollte dazwischen gehen und er hat sie dabei ausversehen erwischt. Sie ist im Krankenhaus gelandet und um die Geschichte zu vertuschen, erfanden wir eine andere Story, die wir der Polizei erzählten. Nach diesem Ereignis warf ich ihn aus unserem Haus und somit aus unserem Leben. Als ich dann die Schule gewechselt habe, habe ich mitbekommen, dass ein gewisser Tyler Collins auf diese Schule geht. Bis jetzt habe ich mich von ihm ferngehalten, aber jedes Mal, wenn ich ihn in den Gängen sehe, sehe ich den Mistkerl, der meine Schwester ins Krankenhaus gebracht hat." Er stoppte und blickte mir dann tief in die Augen. Ach du Scheisse. Tyler war also noch ein grösserer Mistkerl, als ich je gedacht hätte. Ich legte mir die Hände in den Nacken und musste die Situation erstmal geistig verarbeiten. Sowas hätte ich nie von Tyler erwartet. Klar, dass er ein Fuckboy war, wusste jeder, aber mit der Schwester des besten Freundes und dann hat er sie noch geschlagen. Was war er nur für ein Mensch?! „Ich muss gehen", sagte ich zu Adam und hastete aus dem Café. Ich musste mit Tyler reden und zwar jetzt. Ich konnte diese Geschichte nicht auf mir beruhen lassen. Ich nahm mein Handy hervor und wählte seine Nummer. Es klingelte zweimal, dann ging er ran. „Hey Babe was geht ab?" „Tyler lass die Sprüche" „Haha alles gut, ich mach nur Spass." „Tyler ich muss mit dir reden sofort, komm mich bitte abholen." Er seufzte. „Okay, wo bist du?" Ich erklärte ihm meinen Standort und nach fünfzehn Minuten sah ich schon den schwarzen Mustang um die Ecke abbiegen. Ich öffnete die Autotür und stieg ein. „Was kann es denn so wichtiges geben, dass du nicht mehr über meine Witze lachst?" Er schaute mich fragend an. „Ich will das nicht hier bereden, fahren wir nach Hause." Er nickte. „Wie du wünschst, Prinzessin." Normalerweise hätte ich ihm irgendwie sarkastisch geantwortet, aber ich war nicht in der Stimmung. Ich wollte eigentlich nicht mal neben ihm sitzen, geschweige denn in seiner Nähe sein, aber ich musste es durchziehen. Er schuldete mir eine Erklärung und Adam eine Entschuldigung. Wir kamen recht schnell an unser Ziel und ich lief mit zackigen Schritten ins Haus. „Hey komm mal runter, wieso bist du so komisch drauf?", fragte er mich und schloss die Haustüre ab. Ich lauschte und als ich niemanden hörte, der uns zuhören hätte können, fing ich an. „Du bist so ein Mistkerl, weisst du das? Du hast mit der Schwester deines besten Freunde geschlafen und sie danach ins Krankenhaus befördert. Du bist so ein Schwein."

Tyler

Erst wusste ich nicht von was sie sprach, doch dann war es wie ein Schlag in die Fresse. „Wer hat dir das erzählt?", fragte ich und alles in mir spannte sich auf einmal an. „Das ist egal. Ich will nur von dir wissen, wie du so etwas tun konntest.» Meine Augen verengten sich zu Schlitzen. „Du hast keine Ahnung", sagte ich. Es war wirklich so, sie hatte keine Ahnung von was sie da redete. Sie kannte die Geschichte nicht und dass sie einem fremden Typen mehr Glauben schenkte als mir, brachte mich ein wenig zum Zweifeln. Ich drehte mich um und wollte mich in mein Zimmer verpissen, da ich extrem wütend wurde, als sie „Bleib stehen", rief. Ich hielt an und bewegte mich für einen Augenblick nicht. Dann passierte alles sehr schnell. Ich drehte mich um und schoss auf sie zu. Ich stellte mich direkt vor sie, somit herrschte kaum ein Abstand zwischen uns. Ich sah ihr tief in die Augen. „Das was er dir erzählt hat ist eine Lüge. Ich habe seine Schwester nie geschlagen." „Was ist denn deiner Meinung nach passiert?", fragte sie und verschränkte die Arme vor der Brust, was mich dazu bewegen sollte, einen Schritt zurück zu rücken, stattdessen blieb ich wie ein Fels stehen. Ich bewegte mich keinen Millimeter. „Ich habe so einen Typ kennengelernt, sein Name war Adam

Andrews. Zu Beginn waren wir fast wie Brüder, doch als er mir sein wahres Ich gezeigt hatte, wandte ich mich von ihm ab. Das verkraftete er nicht und nahm mir so das weg, was mir damals am wichtigsten war. Meine damalige Freundin war wirklich seine Schwester gewesen. Das wusste er und so hat er sie erpresst. Er hat ihr gesagt, falls sie mich nicht verlässt, würde sie es deftig bereuen. Natürlich hat sie nicht auf ihn gehört und traf sich weiter mit mir. Ich wusste von all dem nichts, doch als er plötzlich auftauchte und sie aus meinen Armen riss, verstand ich, dass was nicht richtig lief. Er hat sie angeschrien und ihr gesagt, dass er sie gewarnt hätte, dann schubste er sie beiseite, weil er in seiner Wut, auf mich losgehen wollte. Dabei hat er sie so fest gestossen, dass sie in die Strasse hinein gelaufen ist und genau in diesem Moment kam ein Auto. Sie hat sich schwer verletzt und musste ins Krankenhaus. Dann hat er seinen Eltern und der Polizei eine Lüge aufgetischt und verliess danach die Stadt. Das ist die wahre Geschichte. Ally er hat dich angelogen." Die Überforderung war ihr wie ins Gesicht geschrieben. Klar, ich konnte es ihr ja nicht verübeln. Sie hatte zwei komplett unterschiedliche Storys von zwei komplett unterschiedlichen Typen gehört, aber ich hoffte innständig, dass sie mir glaubte. „Ally, hör mir zu, du kennst mich länger, als viele andere. Du weisst, dass ich niemals ein Mädchen schlagen würde." Ich nahm ihre Hände und hielt sie fest. Ich versicherte ihr mit meinem Blick, dass ich nichts sehnlicher wollte, als dass sie mir Glauben schenkte. Sie sollte nicht so einen Scheiss über mich denken. „Ally bitte" Sie musste mir glauben. Einen Moment lang war es totenstill, doch dann hob sie plötzlich die Arme und legte sie um mich. Sie umarmte mich. Ein wenig geschockt war ich im ersten Moment schon, doch dann verstand ich, was sie mir damit sagen wollte. Sie glaubte mir und das war das einzige, was zählte. Ich schloss meine Arme nun ebenfalls um sie und wir verharrten ein paar Sekunden in dieser Position, bevor ich mich von ihr löste. „Danke", sagte ich und ich meinte es wirklich so. Sie hätte mir auch einfach nicht glauben können, doch sie tat es und das bedeutete mir viel. Sie lächelte mich traurig an. „Tut mir leid", sagte sie. „Wieso, was denn?" „Er hat deine damalige Freundin ins Krankenhaus gebracht." Ich nickte nur, obwohl ich so etwas nicht von ihr erwartet hätte. Ich wusste gar nicht wie ein Mensch nur so gut sein konnte wie sie. Ich hatte sie schon so oft verletzt und trotzdem war sie immer für mich da. Irgendwie fühlte ich mich schlecht. Ich hatte so jemanden wie sie echt nicht verdient. Ich atmete tief ein und ging in die Küche.

Ally

Er schenkte sich Kaffee ein und gesellte sich dann zu mir. Mit zwei riesigen Schlucken leerte er die Tasse auf einmal und stellte sie auf den Tisch. Ich schaute ihn mit grossen Augen an und er musste grinsen. „Das können eben nur grosse Leute, du Zwerg." Sein Ernst? „Ich bin gross", protestierte ich. „Nein bist du nicht." „Doch" Er stand auf und zog mich auf die Beine. Wir standen uns wieder direkt gegen über. Ich blickte zu ihm hoch. Okay, ich war vielleicht ein bisschen klein, aber er war auch ein blöder Vergleich, schliesslich war er ein Riese. Er schaute zu mir runter und grinste immer noch so dumm. „Okay Okay, ich geb ja schon auf." Sein Grinsen wurde breiter und er kam näher. Ging das überhaupt, wie konnte er noch näher kommen? Wir berührten uns ja schon fast. Okay, er konnte es. Nun berührten sich unsere Oberkörper und er stiess mit seinem Mund fast an meine Stirn. Wieso zum Teufel kam er mir so nah? Ich räusperte mich und er fing an zu lachen. „Ach Babe, du weisst doch genau, dass du mir nicht wiederstehen kannst, auch wenn du es nicht zu gibst." War das jetzt sein kompletter ernst? Pfff genau, als ob ich auf so einen eingebildeten Trottel stand. „Nicht mal in deinen versauten Phantasien, Schätzchen", gab ich mit einem sarkastischen Lächeln zurück. „Jaja, lüg dich nur selber an." Er drehte sich von mir weg und verliess die Küche. Boah dieser Typ war einfach nur ätzend. Wieso musste er nur der Bruder meiner besten Freundin sein? Das war die Frage, die ich mir täglich stellte. Da er nicht wieder runter kam, setzte ich mich vor den Fernseher und schaltete durch die Programme. Ich stoppte bei einer Liebeskomödie und nahm mir eine Decke, die ich bis hoch zu meiner Nase zog. Ich konnte einfach nicht ohne Decke sein. Eine etwas komische Eigenschaft von mir. Irgendwann kam ich wieder zum Thema von vorhin zurück. Ich dachte über die Geschichte von Tyler und Adam nach. Hatte Tyler wirklich die Wahrheit gesagt? Keine Ahnung. Und dieses Mädchen, ging es ihr jetzt wieder besser? Haben sie und Tyler immer noch Kontakt? Ich hatte viele Fragen, auf die ich keine Antworten wusste. Als es an der Haustür klingelte, riss es mich aus den Gedanken und ich stand mühsam auf. Ich öffnete die Tür und hielt kurz den Atem an.

Vor der Tür stand Adam. Mit einem süssen Lächeln stand er da und sofort vergass ich, was er eigentlich für ein Monster war. „Hey ähhm, ich wollte nur wissen, ob alles okay ist, denn du bist vorhin einfach gegangen." Ich schaute zuerst auf den Boden und dann wieder zu ihm hoch. „Ich musste mit Tyler reden." „Aha, ich verstehe", sagte er und schaute nun hinter mich. Ich drehte mich automatisch um und sah, dass Tyler gerade den Flur entlang kam und seine Miene war nicht sonderlich freundlich. Seine Augen waren voller Wut. Er ging schnurstracks auf Adam zu und haute ihm eine rein. „Verpiss dich aus meinem Haus, verpiss dich aus meinem Leben und verpiss dich von ihr", warnte Tyler. Er stellte sich schützend vor mich und versperrte mir so die Sicht auf Adam. „Tyler beruhig dich", brachte ich unter schnellen Atemzügen heraus. Mein Herz schlug so schnell, dass ich schon dachte, ich würde gleich einen Herzinfarkt bekommen. Tyler hörte mir gar nicht zu. Er war zu sehr auf Adam fixiert, der die Hand auf die Stelle legte, an der Tyler ihn getroffen hatte. Nun wurde auch er wütend. Beide ballten die Fäuste und weil ich keinen anderen Ausweg wusste, stellte ich mich zwischen die Beiden. Ich hielt die Hände hoch und schrie: „Aufhören!" Beide schauten mich geschockt an. Hätten wohl nicht gedacht, dass ich so viel Mut hatte. „Geh aus dem Weg Ally", mahnte Tyler und wollte mich wegzerren, doch ich wehrte mich. Erfolgreich. Ich hasste Prügeleien. „Hört auf euch zu schlagen", sagte ich und schaute beide an. „OK schön, aber der Wixxer soll sich von hier verpissen", liess Tyler nach und lief zornig zurück nach Oben. Ohne auf Adam zu achten, schlug ich ihm die Tür vor der Nase zu und hechtete Tyler nach. Ich hörte bereits wie er in etwas reinschlug. Ach, scheisse man. Ich rannte so schnell ich konnte die verdammte Holztreppe hoch und eilte direkt auf sein Zimmer zu. Ich sah wie er abermals in die Wand boxte, bis Blut daran klebte. „Tyler hör auf, verdammt", schrie ich und zog ihn weg von der Wand. Er sah mich mit einem zornigen, aber ebenso traurigen Blick an. „Tyler, bitte hör auf", krächzte ich. Meine Stimme versagte und ich sah nur noch wie Tyler sich von mir losriss und wieder begann in die Wand einzuschlagen. Weil mir keine andere Idee kam und ich keine Ahnung hatte, was ich machen sollte, packte ich sein Handgelenk und zog ihn mit mir ins Bad. Dort zerrte ich ihn unter die Dusche und stellte das Wasser an. Ich stellte von heiss auf kalt um und wartete ab. Erst war sein Blick immer noch von Wut übersäht, doch je länger er in der kalten Dusche stand, desto weicher wurde er. Nun hatte er beinahe schon Tränen in den Augen. Weil er sich nicht bewegte, stellte ich das Wasser ab und half ihm aus der Dusche. Er setzte sich auf den Boden und ich sah es schon vor mir, wie er anfing zu weinen, doch er tat es nicht. Er blieb stark. In seiner Lage hätte ich wahrscheinlich geheult wie ein kleines Mädchen, doch er war stark. Ich setzte mich zu ihm hin.

Tyler

„Wieso hast du das getan?", fragte ich, denn ich hätte nie jemanden geholfen, der meine Hilfe nicht wollte. „Was denn?" „Du hast mir geholfen, obwohl ich deine Hilfe gar nicht wollte, wieso?" Ich versuchte stark zu wirken, doch meine Stimme war leise und brüchig. Ich hätte nie im Leben gedacht, dass mich diese Geschichte immer noch so mitnahm. „Wieso sollte ich dir denn bitte nicht helfen, darf man nicht einmal nett sein?", fragte sie mich und verdrehte die Augen. Ich musste innerlich schmunzeln. Sie wollte immer nett zu allen sein, doch vielleicht wusste sie nicht, wie es war, wenn man von allen verarscht und ausgenutzt wurde. „Ach Prinzessin weisst du, ich lass mir nicht so gern helfen, aber ich bin mir sicher, das weisst du." Sie nickte. „Aber wieso denn eigentlich? Wieso willst du nicht, dass Menschen sehen, dass du auch verletzlich bist?", fragte sie. Ich schluckte einmal leer. „Wenn du den Menschen zeigst, dass du verletzlich bist, nutzen sie es aus. Glaub mir das ist so." Sie nickte. „Aber du hast es *mir* gezeigt", fuhr sie fort. Nach diesem Satz musste ich erst nachdenken. Ich schätze, es lag daran, dass ich ihr vertraute. Ob das eine gute Idee war, wusste ich zwar nicht, aber ich musste schliesslich ja irgendwann wieder mal jemandem vertrauen. „Weil ich weiss, dass ich dir vertrauen kann." „Wirklich?", fragte sie mit hochgezogener Augenbraue. Sie konnte es anscheinend genauso wenig glauben wie ich selbst. „Ja, du Dummerchen", lachte ich und stand auf. Ich hielt ihr die Hand hin und half ihr hoch. Ich wollte mich einfach nur noch hinlegen und nicht nachdenken und irgendwie hoffte mein Unterbewusstsein, dass sie mitkam. Wieso auch immer. Ich legte mich aufs Bett und klopfte neben mir auf die Decke. „Ich bin kein Hund", meckerte sie und ich lachte nur. Sie legte sich neben mich und ich rutschte automatisch näher an sie heran. „Wenn dann wärst du ein süsser Hund." Scheisse. Was hatte ich da nur gesagt. Am liebsten hätte ich mir mal wieder selbst in die Fresse geschlagen. Ich konnte so etwas doch nicht zu ihr sagen. Meine Aussage liess sie rot werden und sie drehte sich von mir weg. „Ach, denkst du wirklich ich hätte noch nie gesehen wie du rot wirst", lachte ich und drehte sie wieder zu mir. Sie schluckte einmal leer und schaute mir dann in die Augen. Ihr Blick wanderte zu meinen Lippen und ich hörte wie sie laut atmete. Was tat sie da? Sie presste die Lippen zusammen und näherte sich dann langsam meinem Gesicht. Sie schloss kurz die Augen und öffnete sie dann wieder, bevor sie mich ohne Vorwarnung einfach küsste. Wow. Ich war komplett überfordert. Sie anscheinend auch, denn als sie bemerkte, was sie da tat, wich sie zurück, hielt sich erschrocken die Hand vor den Mund und verliess in Lichtgeschwindigkeit mein Zimmer. Ich war immer noch überrumpelt von ihrem Kuss. Nicht dass es nicht gut gewesen wäre, ich hatte wahrscheinlich noch nie im Leben weichere Lippen geküsst, aber ich hätte auch nie damit gerechnet, dass sie mich je küssen würde. Ich hatte mir mit ihr zwar schon öfters versauten Szene vorgestellt, aber nie im Leben hätte ich damit gerechnet, dass sie den ersten Schritt wagen würde. Irgendwie wurde ich das Gefühl nicht los, dass ich noch mehr davon wollte. Mehr von ihr, mehr von diesen atemberaubenden Küssen. Was war nur los mit mir? Ich schüttelte den Kopf und ging ins Bad. Dort schüttete ich mir erstmals kaltes Wasser ins Gesicht und rieb es dann mit einem Tuch trocken. Der Gedanke sie weiter küssen zu wollen, verliess mich einfach nicht. Ich ballte die Fäuste. *Hör auf*, sagte ich zu mir selbst. Ich verliess das Bad und wollte in Richtung Zimmer gehen, als ich ein Geräusch aus der Küche hörte. Ich atmete tief ein und ging zu ihr runter.

Ally

Mann, mann, mann. Immer machte ich solche unüberlegte Sachen, die ich im Nachhinein bereute. Wieso hatte ich ihn geküsst?! Verdammt. Es war ja nicht so, dass ich mich in ihn verliebt hatte. Er hatte mir heute sein wahres Ich gezeigt. Seine Verletzlichkeit. Ich fühlte mich einfach nur beschissen. Ich hatte gerade den Bruder meiner besten Freundin geküsst, dazu war er auch noch der beliebteste Typ der Schule, ein absoluter Player und ein widerwärtiges Arschloch. Scheisse, scheisse, scheisse. Ich öffnete den Kühlschrank, um mir eine Cola raus zu holen und als ich die Tür wieder schloss stand Tyler vor mir. Nein, nein, nein. Bitte nicht. Ich schaute hoch zu ihm. Das war wahrscheinlich der peinlichste Moment in meinem ganzen Leben. Ich biss mir auf die Unterlippe und wartete darauf, dass er etwas sagte, doch er sagte nichts. Er sah mich einfach nur an. Er nahm mir die Coladose aus der Hand und stellte sie auf die Ablage. Dann legte er seine Hände an meine Hüfte und zog mich näher an sich heran. Ich hielt vor Schock den Atem an. Was machte er?

4. Kapitel

Dann legte er seine Hände an meine Hüfte und zog mich näher an sich heran. Ich hielt vor Schock den Atem an. Was machte er?

Diesmal war er es, der seine Lippen auf meine legte. Ich spürte die Wärme seines Körpers, der nun gegen meinen drückte. Er hob mich hoch und setzt mich auf der Ablage wieder ab. Was zum Teufel taten wir da nur? Unsere Küsse wurden intensiver und wir konnten beide einfach nicht damit aufhören. Er umfasste mich mit seinen starken Armen und presste mich an sich. Meine Hände wanderten an seinen Nacken.

Plötzlich wie aus dem Nichts löste er sich von mir. Mein Herz schlug mir bis zum Hals. „Nein das ist falsch", sagte er. Er starrte mich an, bevor er kopfschüttelnd von mir abliess. Er liess mich mit einem verwirrten Gesichtsausdruck und tausenden unbeantworteten Fragen zurück. Er hatte mich geküsst. Tyler Collins hatte mich verdammt nochmal geküsst. Klar, ich hatte ihn zuerst geküsst, aber das spielte keine Rolle. Ich fühlte mich eigenartig. Auf eine Weise gut und auf die andere komplett beschissen. Er war der Bruder meiner besten Freundin. Ich konnte so etwas doch nicht tun. Aber ich hatte es getan und ich bereute es auch nicht. Ob es ihm gleich ging, wusste ich nicht, aber ich wusste, dass er es gewollt hatte und das war Antwort genug. Ich stellte mich wieder auf die Beine und lief nach Hause. Ich hätte eigentlich hier schlafen können, aber nach dieser Sache, wollte ich nicht unbedingt mit ihm unter einem Dach pennen, um ihm dann am nächsten Morgen noch über den Weg zu laufen. Ich nahm meine Jacke und ging raus. Es war bereits dunkel, weshalb ich meine Taschenlampe im Handy anmachte. Ich hasste es in der Nacht alleine draussen zu sein, deshalb beeilte ich mich nach Hause zu kommen. Dort angekommen schlich ich mich nach Oben in mein Zimmer und legte mich aufs Bett. War das mit Tyler ein Fehler gewesen?

Der nächste Tag hatte bereits begonnen. Ich war gerade mit Stasy auf dem Weg zur Schule als Lucas' Auto neben uns stoppte. Er nahm uns mit und die Fahrt verlief *ziemlich* still. Stasy und er hielten Händchen und sie warfen sich immer wieder süsse Blicke zu. Awww. Wenn ich mich daneben nicht so lonely gefühlt hätte, hätte ich es wahrscheinlich noch toller gefunden. Bis jetzt hatte ich Stasy noch nichts von der Sache mit mir und Tyler erzählt und ich hatte es eigentlich auch nicht vor. Es war ein „Ausrutscher" gewesen und über solche blöden „Ausrutscher" musste ich ihr ja auch nichts erzählen, oder? Wir stiegen aus dem Auto aus und liefen rüber zum Pausenplatz. Dort stand Tyler und flirtete gerade mit einer 11. Klässlerin. War ja klar gewesen. Wie schon gesagt, er war eben ein richtiger Player. Da er mich nicht mal beachtete, ging ich weiter und lief zu Simon und Mason, die gerade ihre Zigaretten ausmachten. Mason wollte schon die nächste anzünden, als es zur ersten Schulstunde klingelte. „Echt jetzt?", sagte er miesgelaunt und steckte die Zigarette wieder weg. Ich musste mir ein Lachen verkneifen. Er war ein richtiger Kettenraucher. Wir liefen zusammen rein und gingen in unsere Klassen. Ich hatte zuerst Deutsch. Mein Lieblingsfach. Ich setzte mich in die vorderste Reihe und wartete gespannt auf die Lehrerin und den Rest der Klasse. Ich blickte zur Tür und ratet mal, wer da gerade rein kam. Tyler, natürlich wer sonst. Er sah zu mir rüber und setzte sich dann exakt hinter mich. Na super. Ich wollte mich schon umdrehen, doch er kam mir zuvor.

Tyler

Ich rammte ihr einen Stift in den Rücken, damit sie sich zu mir umdrehte. Sie tat es und ich lächelte triumphierend, woraufhin sie nur die Augen verdrehte. In diesem Moment vergass ich den gestrigen Abend und sah sie nur als die beste Freundin meiner Schwester. Leider war sie bereits so viel mehr als das. Wir hatten uns geküsst und das nicht nur einmal. Seit gestern Abend fragte ich mich, was in mich gefahren war, doch ich stiess auf keine logische Erklärung. „Wir müssen reden", sagte sie plötzlich und riss mich so aus meinen Gedanken. *Reden? Ihr Ernst?* Ich konnte über das nicht reden. Ich wusste ja selbst nicht, was ich darüber denken sollte. Ich atmete kurz durch und setzte meinen uninteressierten Blick auf, den ich besonders gut beherrschte. „Nee über was denn?" Ihr Blick wechselte von unwohl zu sauer. Sie wollte etwas erwidern, doch genau in diesem Moment kam (zu meinem Glück) Miss Forester rein. Huuuu, was war ich nur für ein Glückspilz. Ne im Ernst. Ich hatte gar keinen Bock darauf, aus diesem Kuss ein Drama zu machen. Es war nur passiert, weil ich an diesem Abend zu schwach zum Denken gewesen war. Es war ja nicht so, dass es was bedeutet hätte, oder? *Scheisse.* Ich musste meinen Kopf leer bekommen. Dieser Kuss, beschäftigte mich mehr, als ich gedacht hatte. Die Lektion über war ich abgelenkt. Ich suchte einen Weg dieses Thema unter den Teppich zu kehren. Jedoch fielen mir nur schwachsinnige Sachen ein. Ich musste ihr klar machen, dass das nur ein riesen Fehler gewesen wäre und es mir nicht im geringsten was bedeutet hatte, denn ich konnte es nicht riskieren, dass sie in der Schule rumlief und es allen erzählte. Das würde meinem Image schaden. Ich musste es ihr also auf die harte Tour beibringen. Gott, ich hasste mein Leben.

Als es zur nächsten Stunde klingelte, handelte ich schnell. Ich stopfte meine Sachen in meinen Bag, packte Ally an der Hand und verliess schnell den Raum mit ihr. Ich zog sie mit mir, bis zu den alten Sporthallen, bei denen sich nur die Kiffer aufhielten. Bevor ich anfangen konnte zu sprechen, wehrte sie sich. „Was sollte das vorhin?", fragte sie wütend. „Hör zu Anderson. Dieser Kuss war ein verdammter Fehler gewesen und das wird nie wieder vorkommen. Hast du mich verstanden?" Ich sagte es mit einer Abschätzigkeit in der Stimme, damit sie es mir auch wirklich abkaufte. Ich wusste, was sie nun wahrscheinlich dachte: Was für ein Arschloch. Aber ich musste das tun. Es gab keine andere

Option und irgendwie tat es mir leid. Sie hatte so etwas nicht verdient, aber ich durfte auf keinen Fall zulassen, dass sie je was von diesem Kuss auch nur irgendwem erzählte. „Du bist ein Arschloch Tyler, ein gewaltiges Arschloch", sagte sie mit Tränen in den Augen. Ich wollte etwas sagen, doch sie hatte sich bereits umgedreht und lief davon. Ich fühlte mich echt mies, aber manchmal musste man Sachen machen, die einem selbst nicht gefielen.

Ally

Ich eilte durchs ganze Schulhaus, bis ich endlich den Haupteingang erreicht hatte. Beim Parkplatz hielt ich an, um zu verschnaufen. Ich konnte nicht wieder reingehen. Der Gedanke, ihn heute nochmals zu sehen, hinderte mich daran. Ich wollt einfach nur noch weg. Weg von ihm. Weg von dieser ganzen Scheisse. Mit Tränen in den Augen machte ich mich auf den Weg nach Hause.

Ich schloss die Tür zu meinem Zimmer auf und liess mich aufs Bett fallen. Ich war so wütend. Wütend auf Tyler, wütend auf die ganze Welt. Ich hasste ihn. Ich hasste ihn dafür, wie er mich immer wieder verletzte und schlecht behandelte. Das war jetzt das letzte Mal gewesen. Noch einmal würde er das nicht mit mir machen. Weil ich nicht wusste, was ich tun könnte, blieb ich einfach auf dem Bett liegen und brachte Tyler in meinen Gedanken um. Der Kuss war nicht das Problem gewesen, sondern seine Reaktion drauf. Er hatte mich freiwillig geküsst und mir danach das Gefühl gegeben, als ob es der grösste Fehler seines Lebens gewesen wäre. Das war nicht fair. Ich zuckte zusammen. Es hatte an der Haustür geklingelt. Schnell schob ich meine Gedanken weg und machte mich auf den Weg nach Unten.

Ich öffnete die Tür nur einen Spalt breit und blinzelte durch den Schlitz. Vor der Tür stand Tyler. Was wollte der denn hier? Ich kniff die Augen zusammen und schlug die Tür vor seiner Nase zu. *Nein. Einfach nein.* Er öffnete sie nun von selbst und kam rein. „Hat das vorhin nicht gereicht? Willst du mich noch mehr demütigen?!", fragte ich ihn wütend. Er kam langsam auf mich zu. Er schaute mir tief in die Augen. *Nein. Nein.* Er wollte auf unschuldig machen. „Lass es einfach sein", fauchte ich ihn an und lief Richtung Treppe, doch weit kam ich nicht, er hielt mich am Handgelenk fest. Er schaute verzweifelt auf den Boden. „Ally es tut mir…" „Sag es nicht. Sag nicht, dass es dir Leid tut. Ich will es gar nicht hören. Du bist ein Schwein Tyler und jetzt geh einfach, bitte." Ich konnte nicht weitersprechen, denn meine Stimme versagte bei den letzten Worten. „Ally ich weiss, dass ich Scheisse gebaut habe und ich will es wieder gut machen." „Das kannst du nicht wieder gut machen", widersprach ich ihm und kreuzte die Arme vor der Brust. Er seufzte. „Was soll ich denn bitte machen?", fragte er verzweifelt und hob fragend die Arme. „Du sollst einfach gehen und mich in Ruhe lassen." „Das kann ich nicht." „Und wieso nicht?" „Weil ich verdammt nochmal in deiner Nähe sein will." Er schrie den Satz beinahe. „Was? Was willst du damit sagen?", fragte ich verwirrt. „Das ich bei dir sein will. Dass ich mich bei dir wohl fühle." „Hast aber eine schlechte Art das zu zeigen", sagte ich, denn ich kaufte ihm das Ganze nicht so ganz ab. „Ja, du weisst ja, dass ich schlecht darin bin, meine Gefühle zu zeigen." „Auch wenn das so ist. Du hast mich heute verletzt und das ist nicht das erste Mal", führte ich die Diskussion weiter. „Ja und ich fühle mich deswegen beschissen, aber manchmal mach ich Sachen, die komplett dumm sind." Ja, da hatte er ausnahmsweise mal Recht. Ich schüttelte nur den Kopf. „Tut mir leid", entschuldigte er sich nochmals. Ich musste nichts mehr sagen, denn er hatte scheinbar verstanden, dass ihn in diesem Moment nichts hätte retten können. Er sah mich ein letztes Mal an, bevor er sich umdrehte und das Haus verliess. Ich hörte wie der Motor seines Wagens aufheulte und wie er aus der Einfahrt fuhr. Dachte er wirklich ich würde ihm so schnell verzeihen. Dieser Typ hatte wohl keine Ahnung.

Tyler

Ich wusste nicht, wieso ich das gerade getan hatte. Den ganzen Tag über hatte ich so ein mieses Gefühl im Magen gehabt, das mir versicherte, dass ich Scheisse gebaut hatte und der einzige Weg dieses Gefühl loszuwerden, war es, mich zu entschuldigen. Genau das hatte ich getan, aber ich fühlte mich trotzdem kein Stück besser. Sie war verletzt und das nur, weil so mir mein Ego wiedermal wichtiger gewesen war als meine Mitmenschen. Ich hätte mich selbst verprügeln können. Wieso war ich so dämlich?! Weil ich mich immer mieser fühlte und es bald nicht mehr aushielt, entschied ich mich kurzerhand, bei Owen vorbeizuschauen. Ich brauchte Ablenkung. Ich parkte in seiner Einfahrt und schrieb ihm eine kurze Nachricht. Wenige Sekunden später stand er vor der Tür und begrüsste mich mit unserm üblichen Handschlag. „Hey bro was gibt's?", fragte er. „Hast du Bock auf ne Party?" Ein perverses Grinsen schlich sich auf mein Gesicht. „Aber klar, immer doch." Er verfiel dem gleichen Grinsen wie ich. „Wo soll sie stattfinden?", fragte er während er Zack und Julien textete, dass wir ihre Hilfe brauchten. „Wie wär's wenn wir sie bei Zack schmeissen, seine Eltern sind doch auf Geschäftsreise übers Wochenende", schlug ich vor. Owen nickte grinsend. Es dauerte nicht lange bis ein roter Cupra Leon in die Einfahrt abbog. „Ich hab gehört ihr wollt ne Party bei mir zuhause schmeissen", sagte Zack und zog eine Augenbraue hoch. „Ja, deine Eltern sind ja nicht da und zu uns anderen können wir nicht", versicherte ich ihm. Erst sah er ein wenig zweifelnd aus, doch dann wurde seine Miene weich und er fing an zu grinsen. „It's Party-Time", rief er wildgeworden und wir fingen alle an zu jubeln. Genau so stellte ich mir die High-School vor. Der Gedanke an Ally und diesen weirden Kuss verschwand endlich aus meinem Kopf und ich konnte mich voll und ganz auf die bevorstehende Party konzentrieren.

Ally

Ich sass nun schon seit einer gefühlten Ewigkeit auf dem Sofa und dachte über das vorherige Gespräch mit Tyler nach. Bei der Aussage: „Ich will in deiner Nähe sein", kam ich immer noch nicht ganz mit. Was zum Teufel wollte er damit sagen!? Seit ich ihn kannte, und das war nun schon eine lange Zeit, hatte er mich kaum ertragen. Er wollte nie in meiner Nähe sein, und jetzt plötzlich schon? Für mich ergab das alles keinen Sinn. Weil ich keine Lust mehr hatte über das Ganze nachzudenken, schnappte ich mir die Fernbedienung und machte den Fernseher an. Nach einer Weile kam Stasy dann noch rüber und wir schauten gemeinsam fern. Als es schon nach Sieben war, fing allmählich mein Bauch an zu knurren. „Hey ich mach was zu essen, hast du Hunger?", fragte ich Stasy, die an ihren Nägeln herumkaute (Igitt). „Du willst kochen?", fragte sie mit gehobenen Augenbrauen. Ja, zugegeben ich war nicht die beste Köchin, aber ich versuchte es immer wieder. „Ja ich mach Rührei, wird schon nicht so schwierig sein." Sie lachte. „Ich bin dabei, aber nur wenn es nicht so scheusslich ist wie die anderen Sachen, die du sonst kochst." „Autsch", erwiderte ich und sie wandte sich lachend dem Fernseher zu.

Das konnte nun wirklich nicht so schwierig sein. Wenn ich nicht mal Rührei hinbekam, war ich wirklich eine Niete. Ich stellte mich in die Küche und schnappte mir ein Kochbuch aus dem Regal. Ich suchte nach Rührei und fand es sofort. Okay... Eier, Salz, Milch, gehackte Petersilie. Das war ja einfach. Ich las das Rezept nochmals durch und fing dann an, das Ganze in einem Behälter zu vermischen. Dann kippte ich es in einen Topf und fing an, es zu braten. Bis jetzt sah alles gut aus. Alles verteilte sich gleichmässig und es roch sogar noch ziemlich gut. Immerhin konnte ich etwas kochen. Ich ging kurz ans Handy um nachzuschauen, wie lange es brauchte, als es schon anfing komisch zu riechen. Es war aber nicht angebrannt. Ich schnappte mir die Milchpackung die gleich neben dem Topf stand und bemerkte mit gerunzelter Stirn, dass sie schon lange schlecht war. Fuck. Warum mussten solche Sachen nur immer mir passieren? *(Heul)*

Stasy kam genau in diesem Moment in die Küche und fing an zu lachen. „Pizza?", fragte sie und ich nickte enttäuscht. Wieso brachte ich nichts auf die Reihe?! Klar, dass die Milch schlecht gewesen war, war nicht meine Schuld aber es hatte trotzdem wieder mal nicht funktioniert. *Ach egal.* Wir bestellten uns Pizza und setzten uns damit wieder vor den Fernseher. So gegen 22.00 Uhr ging Stasy dann nach Hause und ich schleppte mich übermüdet die Treppe in mein Zimmer hoch. Ich war unglaublich müde. Verständlich nach so einem eigenartigen (beschissenen) Tag. Ich legte mich ins Bett und ehe ich die Augen schloss, schlief ich ein.

Nächster Tag

Der Wecker klingelte und riss mich aus dem Schlaf. Genervt stellte ich ihn aus und blieb liegen. Irgendetwas fühlte sich komisch an. Ich konnte nicht beschreiben was, aber irgendwie hatte ich das Gefühl, dass heute einer dieser Tage war, an dem irgendwas abnormales passierte. Ich stand auf und begab mich ins Bad, wo ich mich unter die heisse Dusche stellte. Das Wasser prasselte über mein müdes Gesicht und wärmte mich auf. Trotzdem wurde ich nicht richtig wach. Ich machte das Wasser aus und stellte mich vor den Spiegel. Ich kämmte mein Haar zurecht und wusch mein Gesicht nochmal mit kaltem Wasser ab. Danach ging ich wieder zurück in mein Zimmer und blickte in meinen Kleiderschrank. Heute war ein perfekter Tag um Tyler zu provozieren und ich hatte schon eine böse Idee. Ich wusste wie sehr er es hasste, wenn mich Typen anmachten. Er musste dann immer den grossen besorgten Bruder spielen. Deshalb hatte ich die dumme Idee, mich anzuziehen wie alle Mädchen in meinem Alter. Freizügig und eng. Das war wirklich gar nicht mein Style, aber naja, es war ja nur für einen Tag. Ich nahm mir ein Top, dass mir Stasy mal geschenkt hatte und schaute es mir etwas genauer an. Ich hatte es noch nie getragen und das aus einem bestimmten Grund. Es hatte einen riesen Ausschnitt und grenzte schon fast an ein Bikini. Oh man, was tat ich da nur? Dazu nahm ich mir noch einen zu kurzen Rock und hohe Boots. Mein Haar band ich zu einem Messybun zusammen und danach hängte ich mir noch eine silberne Kette um. Um das Ganze noch effektiver zu gestalten, klatschte ich so viel Make-Up drauf wie möglich (so viel, dass es noch gut aussah). Als ich das Endprodukt im Spiegel betrachtete war ich geschockt. Ich sah heiss aus. Extrem heiss, wenn ihr mich fragt. In der Hoffnung, dass meine Mom schon bei der Arbeit war und mich nicht so sehen würde, schlich ich die Treppe hinunter und verliess schnell das Haus. Da die Boots nicht sonderlich bequem waren, lief ich langsam und mit unge- sund aussehenden Bewegungen zu Stasy. Heute war ich etwas später dran als sonst, weshalb sie bereits vor der Haustür auf mich wartete. Als sie mich erblickte, fiel ihr der Kinnladen run- ter. Sie kam auf mich zu. „Was zum Teufel? Ally!", sagte sie er- staunt und fing an zu kichern. „Du siehst soooo geil aus." Mit dieser Aussage brachte sie mich ebenfalls zum Kichern. „Ich musste mal etwas an meinem Äusseren ändern", sagte ich und drehte mich einmal, damit sie mein Outfit auch von Hinten be- gutachten konnte. Sie staunte immer noch, aber ihr perverses Grinsen verriet mir, dass ihr das Ganze eindeutig gefiel. „Ach weisst du beste Freundin", fing sie an und legte ihren Arm um meine Schulter. „Ich wusste ja schon immer, dass du Style hast, aber das hier haut mich echt aus den Socken." Ich musste La- chen. Ich legte nun ebenfalls meinen Arm um ihre Schulter und so machten wir uns auf den Weg zur Schule.

Kaum erreichten wir den Eingangsbereich, fielen alle Blicke auf mich. Ziel erreicht! Ich sah wie Eleanor und ihre Girls mir einen teuflischen Blick zu warfen und musste innerlich schmunzeln. Ich konnte es kaum erwarten, bis mich Tyler endlich sah und was für Augen er machen würde. Ich wollte mich gerade zu Ma- son und Clara gesellen, die am Eingang standen, als Jacob Ste- phens meinen Blick auf sich zog. Er lief geradewegs auf mich zu, mit einem Lächeln, das jedes Mädchen zum Schmelzen brachte. Jacob Stephens kannte ich seit der Middle-School. Damals hatte ich sozusagen einen kleinen *Crush* auf ihn gehabt, aber mehr war da auch nicht gewesen. Bis jetzt hatte er mich aber noch nie beachtet. Bis jetzt… „Hey, Ally stimmt's?", fragte er und lächelte mich an. Wow, ich war fassungslos. Jacob Stephens wusste meinen Namen (Ironie). Er war nach Tyler der Beliebteste Typ an unserer Schule. Im Gegensatz zu ihm, war er aber nicht so ein arrogantes Arschloch. „Ja ich bin Ally", gab ich lächelnd zurück. „Cool, ähm hey, ich wollte nur fragen, ob du heute nach der Schule schon was vorhast?" Bingo. Mit Jacob auszugehen, würde Tyler sicherlich zum Ausrasten bringen. Schliesslich mochten sich die Beiden nicht so doll. „Nein hab ich nicht", gab ich also zurück. „Cool, willst du vielleicht etwas mit mir Trinken gehen?" „Klar." Sein Lächeln wurde noch breiter und er verabschiedete sich mit einem „Dann bis nachher". Ich war ganz aus dem Häuschen. Mein alter Schwarm wollte ein Date mit mir und ich fühlte mich besser als je zuvor. Dass dieser neue Look so viel Gutes brachte, hätte ich wirklich nie gedacht. Tyler hatte ich zwar noch nicht gesehen, aber er tauchte schon noch früh genug auf.

Ich setzte mich gerade in die vorderste Reihe, da wir jetzt Deutsch hatten und ich dort immer vorne sass, als Tyler das Klassenzimmer betrat. Sofort fiel sein Blick auf mich. Seine Augen wanderten langsam von meinem Haaransatz, bis zu meinen Knöcheln runter. Er konnte seinen Blick gar nicht mehr von mir wenden.

5. Kapitel

Tyler

Ich konnte meinen Blick gar nicht mehr von ihr wenden. Ich war wie geflasht. Sie sah so unglaublich heiss aus. Alle Blicke waren auf mich gerichtet. Ich sammelte mich kurz und ging dann auf sie zu. Ich setzte mich hinter sie und bohrte sofort meinen Stift in ihren Rücken, wobei ich auf die nackte Haut starrte, die das Top nicht verdeckte. Sie drehte sich mit einem triumphierenden Grinsen um. Diese Augen, diese Lippen, dieses Haar. Ich musste mich fokussieren. Ich fing ebenfalls an zu grinsen. Sie durfte auf keinen Fall merken, wie geil sie mich machte und darum machte ich das, was ich am besten konnte. Ich fing an sie zu nerven. „Anderson", sagte ich mit einem provozierenden Unterton in der Stimme. „Collins", gab sie schadenfroh zurück. „Du siehst gut aus." Mein Grinsen wurde breiter und ich schaute wieder an ihr runter, wobei ich an ein paar Stellen hängen blieb. Ach du scheisse, diese Figur, dieses Outfit, sie machte mich verrückt. Als sie meinen Blick bemerkte, wurde sie sofort rot. „Du nicht", gab sie dann schulterzuckend zurück. „Was für eine Lüge, gib es schon zu. Du findest mich überaus attraktiv." Ich wackelte grinsend mit meinen Augenbrauen. Sie verdrehte nur die Augen und drehte sich wieder nach vorne. Ich wollte ihr schon wieder meinen Stift in den Rücken rammen, als die Lehrerin rein kam. Wieso musste die immer in so ungelegenen Situationen kommen, dachte ich mir genervt und blickte wieder an Ally's Rücken hinunter. Ich war immer noch wie gefesselt von ihrem Anblick.

Als die Stunde zu Ende war, gab Ally mir ein Zeichen, dass ich ihr folgen sollte. Ich war ein wenig irritiert. Was wollte sie denn von mir? Aber weil ich sie noch länger wie ein Vollidiot anglotzen wollte, folgte ich ihr. Sie lief voraus, bis wir in einen einigermassen ungestörten Flur kamen. Dort blieb sie stehen „Was ist denn?", fragte ich, denn sie hatte heute eindeutig meine volle

Aufmerksamkeit für sich gewonnen. „Ich muss mit dir über gestern reden." „Okay und was gibt es da denn noch zu bereden?", fragte ich gelangweilt. Natürlich sie wollte reden, was sonst. „Was hast du damit gemeint, als du gesagt hast, dass du in meiner Nähe sein willst?" Im ersten Moment verstand ich nicht, von was sie sprach, doch dann kam es mir wieder in den Sinn. Ich hatte ihr ja gestern gesagt, dass ich in ihrer Nähe sein wollte. Was ich damit gemeint hatte, wusste ich aber leider selber nicht, darum sagte ich einfach: „Keine Ahnung." Sie wollte schon zum nächsten Wort ansetzen, als Jacob Stephens um die Ecke kam. Wie ich diesen Typ hasste. Sie scheinbar nicht, denn sie lächelte ihm zu. Ich verschränkte die Arme vor der Brust. „Hey Jacob", rief Ally und sein Blick fiel auf uns. „Hey, hast du unser Date etwa vergessen?", fragte er grinsend und schlenderte auf uns zu. Date?! Hatte ich da eben richtig gehört? „Nein ganz und gar nicht, ich musste nur noch kurz was klären", gab sie zurück und lächelte ihn weiter an. Sie warf mir noch kurz einen Blick zu, den ich aber nicht einordnen konnte und ging dann auf Jacob zu. Er legte einen Arm um ihre Taille und gemeinsam liefen sie auf den Schulausgang zu. Ich stand da wie angewurzelt. Hatte ich das soeben wirklich miterlebt? Alice Anderson und Jacob Stephens? War das ihr scheiss Ernst?!

Ally

Jacob und ich liefen aus der Schule raus und ich musste mir ein Grinsen verkneifen. Ich hatte es Tyler wohl gezeigt. Wir gingen auf Jacob's Wagen zu und fuhren dann zu einem Imbiss, bei dem wir einen Smoothie tranken. Wir redeten erst über belanglose Dinge wie die Schule oder unsere Freizeit. Mit der Zeit gestand ich ihm sogar, dass ich es in der Middle-School total auf ihn abgesehen hatte. Als es schon ziemlich spät war, fuhr er mich dann nach Hause.

„Danke", sagte er, als wir bei meinem Haus angekommen waren und aus dem Wagen ausstiegen. Wir setzten uns auf meine Terrasse und ich schaute ihn von der Seite her an. „Wieso danke?" „Weil es ein wirklich schöner Nachmittag war." Ich musste lächeln. „Ja das war er." Er drehte seinen Kopf ebenfalls in meine Richtung und schaute mir tief in die Augen. *Küss ihn. Küss ihn.* Immer wieder drang dieser Gedanke durch meinen Kopf. Unsere Gesichter waren nur noch wenige Zentimeter voneinander entfernt. Ich spürte wie sein Atem gegen meine Lippen prellte. Und dann tat ich es einfach. Ich küsste ihn. Ich küsste Jacob Stephens. OMG. Er küsste gut, zwar nicht besser als Tyler, aber es war nah dran. Wieso dachte ich schon wieder an Tyler?! *Arghhh.* Weil ich ihn endlich mal aus meinen Gedanken verbannen wollte, entschied ich mich nur noch an Jacob zu denken. An seine Lippen die auf Meinen lagen und an seinen Duft, der mir in die Nase stach. Ich wich kurz zurück. „Komm mit rein." Er lächelte mich süss an und stand auf. Ich nahm seine Hand und führte ihn ins Wohnzimmer. Dort setzte er sich auf die Couch und ich platzierte mich auf seinem Schoss. Wir küssten uns immer intensiver und leidenschaftlicher. Er legte seine Hand an den Saum meines Shirts und ich liess es zu. Er streifte mir das Top vom Leib und küsste mich dann weiter. Unsere Körper pressten sich so fest aneinander, dass nichts dazwischen Platz hatte. *Ring* es klingelte an der Tür. Grinsend löste ich mich von Jacob. „Warte kurz." Er grinste ebenfalls und ich zog mir kurz das Top über und eilte zur Tür. Ich öffnete sie und davor stand Tyler. *Fuck.* Er sah meinen irritierten Blick und schaute dann auf meine zerzausten Haare und mein falschrum angezogenes Top. *Scheisse.* „Kann ich rein kommen?", fragte er, obwohl er genau wusste, was hier vor sich ging. „Es geht gerade nicht, sorry." „Wieso nicht? Ist Jacob bei dir?", fragte er und verschränkte die Arme vor der Brust. Genau in diesem Moment kam Jacob und stellte sich hinter mich. „Na, was geht Collins?", fragte er und legte seinen Arm um meine Schulter. Tyler schaute erst verbissen zu Jacob und dann zu mir. In seinen Augen lag aber keine Wut sondern etwas anderes. Ich konnte aber nicht deuten was es war. „Wenn das so ist, wünsch ich euch noch viel Spass." Mit diesem Satz verabschiedete er sich, drehte sich um und ging. *Autsch*. Jacob schloss die Tür und wartete bis ich etwas sagte, doch ich hatte nichts zu sagen. Mein Mund war trocken und aus irgendeinem Grund fühlte ich mich einfach beschissen. „Soll ich gehen?", fragte Jacob, als ich mich auf die Couch setzte und den Fernseher anmachte. Ich schüttelte den Kopf. „Hey was ist denn mit dir?", fragte er mich sorgend. Er setzte sich neben mich und zog mich an sich heran. So nah bei ihm zu sein tat gut. Ich spürte seine Wärme und wie er im gleichen Rhythmus immer wieder meinen Hinterkopf streichelte. Dann küsste er meine Stirn und kurz darauf schlief ich einfach ein, ohne ihm die Frage beantwortet zu haben, denn leider wusste ich selbst keine Antwort darauf.

Tyler

Ich war auf dem Weg nach Hause und konnte immer noch nicht so recht fassen, was ich gerade eben gesehen hatte. Sie hatten miteinander geschlafen?! Nein. Das konnte ich mir nicht vorstellen. Ally konnte vielleicht gut küssen, aber weiter würde sie sicherlich nicht gehen. Da war ich mir sicher. Besser gesagt ich hoffte es für sie. Jacob war genau wie ich. Ein Typ für eine Nacht. Und wenn er ihr auch nur ein Haar krümmte, würde er es mit mir zu tun bekommen, schliesslich war sie wie Familie für mich. Okay, Familie war das falsche Wort, aber sagen wir's so, sie bedeutete mir viel und genau aus diesem Grund hasste ich es, wenn sie was mit anderen Typen machte. Sie hatte noch keine Ahnung von dieser bösen Welt, die sich da draussen befand. Sie war unerfahren und unschuldig und das sollte auch so bleiben. Dafür würde ich schon sorgen.

Ich entschied mich kurzerhand, dass ich den heutigen Abend nicht zuhause verbringen wollte und schaute deshalb kurz bei

Julien vorbei. Nach fünf Minuten war ich bei seinem Haus angekommen. Ich klopfte und sein kleiner Bruder Louise öffnete mir die Tür. „Hey Ty, Julien ist oben, komm rein."

Louise war zwar erst elf Jahre alt, aber man musste ihm lassen, er war echt ein cooler Typ. Julien erzählte mir immer, dass er jetzt schon seine dritte Freundin hatte und dabei musste ich immer an mich denken, wie ich mit zwölf bereits meine siebte Freundin gehabt hatte. Natürlich nahm sich der kleine Louise hierbei ein Beispiel an mir.

Ich ging hoch zu Julien und betrat ohne zu Klopfe sein Zimmer. Fehler. Ich erwischte ihn gerade dabei, wie er sich einen Analporno reinzog und musste laut loslachen. „Dein Ernst bro?", fragte ich und krümmte mich fast vor Lachen. Julien drehte sich erschrocken zu mir um und versuchte den Laptop auszumachen. Ich lachte immer noch. „Hey lass mal gut sein, als ob du das nicht auch tust." Er war ein wenig beleidigt, was mich nur noch mehr zum Lachen brachte. „Klar mach ich das auch, aber nicht wenn mein kleiner Bruder unten im Wohnzimmer sitzt und jeden Moment in mein Zimmer kommen könnte." „Ja, ist ja schon gut man", sagte er und wurde leicht wütend, weil ich einfach nicht mit dem Lachen aufhörte. Als ich mich etwas beruhigt hatte, setzte ich mich auf einen Stuhl und schlug Julien vor, mit seiner Party-Planung zu beginnen. Ein Grinsen schlich sich auf sein Gesicht und er vergass den peinlichen Moment von vorhin.

Ally

Als ich am Morgen wach wurde, lag ich in meinem Bett. Wie war ich denn in mein Zimmer gekommen? *Egal.* Ich war so müde, dass mich das am wenigsten kümmerte. Zum grossen Glück war Wochenende und ich musste nicht aufstehen. Oder vielleicht doch? Es klingelte an der Tür und weil ich wusste, dass es nicht meine Mom war, erhob ich mich seufzend. Ich schlurfte nach unten und öffnete gähnend die Tür. Davor stand ein grinsender

Jacob mit einer eckigen Schachtel auf der „Pancakeria" stand. Ich musste lächeln, *wie süss*. Ich bat ihn rein und wir setzten uns aufs Sofa. Dort öffnete er die Schachtel und ich das Wasser lief mir im Mund zusammen. 10 frisch zubereitete Pancakes lächelten mich an. Der Duft stach mir in die Nase und sofort begann mein Bauch zu knurren. Woher wusste er nur, dass ich die so gern mochte. Sofort griff ich zu und stopfte mir die Hälfte der Pancakes rein. Er ass währenddessen die anderen und dann schaltete ich den Fernseher an. Ich kuschelte mich an ihn und er legte den Arm um mich. So lässt's sich leben. „Ich wollte dir noch was sagen", meinte er irgendwann. Ich drehte meinen Kopf zu ihm und wartete gespannt. *Was wollte er mir denn sagen?* „Das mit gestern war für mich nicht irgendeine Nummer gewesen. Weisst du ich bin nicht so, wenn ich ein Mädchen will, will ich nur sie und Ally ich will dich." Er wollte mich? Jacob Stephens wollte mich? Echt jetzt? Ich lächelte. Als Antwort gab ich ihm einen Kuss. Ich wollte ihn auch. Er war nett, süss und dazu noch extrem gutaussehend. Zwar kannte ich ihn noch nicht in- und auswendig, aber es gab noch genügend Zeit um sich besser kennenzulernen. „Das heisst wir sind jetzt sowas wie zusammen?", fragte er mich grinsend. Ich nickte, ebenfalls grinsend, zurück. Nachdem ich seine Frage bestätigt hatte, packte er mich und küsste mich auf den Mund. Mein erster Freund und dann war es noch Jacob Stephens.

Tyler

Es war Samstagabend und somit hiess es Party-time! Ich half gerade Zack dabei vier Kanister Bier ins Wohnzimmer zu schleppen, als es an der Haustür klingelt. „Das müssen die Jungs sein", sagte Zack und öffnete die Tür. Owen und Julien kamen grinsend und mit vollen Taschen rein. „Das wird mit Abstand die beste Party des Jahres!", jubelte Owen.

Als es kurz nach acht war, kamen die ersten Gäste. Es waren hauptsächlich Leute in unserem Jahrgang. Doch kaum hatte die Party richtig begonnen, kamen immer mehr Leute. Schon bald befanden sich im kompletten Haus plus Garten und Keller besoffene Jugendliche. Ich war gerade dabei mir ein Bier zu holen, als ich Stasy sah. Ich bahnte mir einen Weg durch die Menschenmenge. „Schwesterchen, was machst du denn hier?", fragte ich und legte einen Arm um ihre Schulter. „Feiern, Brüderchen!" Sie hielt ein Glas in der Hand und tanzte mit Lucas. „Ist Ally auch da?", fragte ich, doch sie schüttelte daraufhin nur den Kopf. *Schade.*

Ich ging zurück zu meinen Jungs und setzte mich aufs Sofa. Sofort tanzten sich Mädels an mich ran und eine setzte sich auf meinen Schoss. Ein Grinsen erschien auf meinem Gesicht. „Hey Ty, ist das nicht die Freundin deiner Schwester?" Owen deutete auf den Eingang, durch den gerade Ally kam. Sie? Auf einer Party? Ich war geschockt. Kaum war sie über die Türschwelle getreten, erschien jemand hinter ihr. Es war Stephens. Ich musste mir das Kotzen verkneifen. Wieso musste der mitkommen?! Ich stöhnte und stand auf, wobei ich einige Girls aus dem Weg schieben musste. Ich ging auf die zwei zu. „Willkommen", sagte ich mit zusammengekniffenen Augen. Ally presste die Lippen aufeinander und versuchte mich nicht anzusehen. Stephens dagegen lachte wie ein Vollidiot und flüsterte Ally etwas ins Ohr, bevor er sich an die Bar verpisste. „Du und eine Party?", fragte ich sie und musste lachen. „Wieso nicht? Ich hab nie gesagt, dass ich Partys nicht mag." Sie verschränkte die Arme vor der Brust. Ich lachte wieder. „Ich kenn dich jetzt fast siebzehn Jahre und du warst noch nie auf irgendeiner Party." Sie zuckte mit den Schultern. Ich schüttelte lachend den Kopf und blickte mich nach Stephens um. Er war wie vom Erdboden verschluckt. „Wo ist dein Idiotenfreund?", fragte ich und Ally fing an, sich umzusehen. Sie fühlte sich unwohl, das konnte man an ihrer Haltung erkennen. „Alles okay?", fragte ich und sie nickte nur. „Soll ich dich zu Stasy bringen? Sie sollte auch hier sein." „Nein passt schon, danke. Ich denke, ich werde dann mal wieder gehen, wenn Jacob bei seinen Freunden ist." Sie nahm ihr Handy aus der Tasche und rief ihn an. Niemand ging ran, naja.

Ally

Ich steckt das Handy wieder zurück in meine Tasche und seufzte. Ich hatte wirklich absolut keinen Bock auf das hier. Ich war nur mitgekommen, weil Jacob mich angefleht hatte und jetzt war er plötzlich verschwunden. Ich war genervt. Tyler stand mir immer noch gegenüber und ich merkte wie uns alle ansahen. „Ich geh dann mal, falls du Jacob siehst, kannst du ihm bitte ausrichten, dass ich nach Hause gegangen bin." Tyler nickte. „Soll ich dich nach Hause bringen?" Ich schüttelte nur den Kopf. „Danke, es geht schon." Er nickte. Gerade als ich mich umgedreht hatte und zur Tür raus wollte, rief jemand meinen Namen. Ich drehte mich um und sah einen betrunkenen Jacob auf mich zu stolpern. Bitte nicht.

Tyler, der immer noch an derselben Stelle stand, beobachtete die Situation genau. Kurz bevor Jacob bei mir angelangt war, stellte sich Tyler vor mich. „Ich glaube, du solltest sie in diesem Zustand lieber in Ruhe lassen", sagte Tyler. „Mir geht's fantastisch und ausserdem ist sie meine Freundin, nicht deine." „Geh lieber wieder zu deinen Freunden, ich bringe sie nachhause." „Sie ist aber *meine* Freun…" „Jacob, es ist schon okay", sagte ich und drückte Tyler zur Seite. „Geniess deinen Abend." Ich zwang mir ein Lächeln auf und Jacob sah zu mir und dann zu Tyler. Dann drehte er sich um und taumelte davon. Ich atmete hörbar aus. „Alles okay?" Ich nickte.

Tyler hielt mir die Tür auf und lief mir dann nach. „Du musst mich wirklich nicht nach Hause bringen, du verpasst noch deine Party." Er lachte. „Die Party war sowieso scheisse." Ich nickte. Stumm gingen wir nebeneinander her und irgendwie war es komisch. Seit diesem Kuss war es komisch zwischen uns. Diese Stille machte mich allmählich wahnsinnig. „Ist alles okay zwischen uns?", fragte ich und schaute ihn an. Er war wohl ebenfalls in Gedanken versunken, denn er benötigte einige Sekunden, bis er meine Frage verstanden hatte. „Was meinst du?", fragte er nach. „Keine Ahnung, aber es ist irgendwie komisch zwischen uns." Tyler zuckte mit den Schultern. Ich schüttelte den Kopf. Ich hatte vergessen, dass ihn zwischenmenschliche Beziehungen nicht wirklich interessierten. Zum Glück waren wir nur noch fünf Minuten von meinem Haus entfernt.

Als wir ankamen, blieb er stehen. „Es ist komisch, weil wir uns geküsst haben", sagte er plötzlich. Ich drehte mich zu ihm um. Er stand da, mit den Händen in den Hosentaschen, zusammengepressten Lippen und einer ungeraden Körperhaltung. Trotzdem sah er verdammt gut dabei aus. Ich schlug mir diesen Gedanken schnell aus dem Kopf und näherte mich ihm einen Stück. „Ich weiss", sagte ich. Er atmete hörbar aus. „Ich glaube es ist am besten, wenn wir das einfach vergessen." Es einfach vergessen? Er konnte das vielleicht, doch ich nicht. Es war für mich nicht einfach nur ein Kuss gewesen. Trotzdem nickte ich. „Es ist auch für mich nicht leicht, aber wir müssen akzeptieren, dass es nichts bringt, wenn wir ständig daran denken." Ich nickte wieder. „Ich kann jetzt schon kaum damit aufhören an dich zu denken." Sofort hielt er inne. Er hatte wahrscheinlich nicht geplant, diesen Satz laut auszusprechen, denn er biss nun die Zähne zusammen. Ich trat noch einen Schritt auf ihn zu. „Was meinst du damit?", fragte ich nach. Er fuhr sich mit der Hand durchs Haar. „Ich weiss es nicht. Ich versteh es selbst nicht." Ich nickte. Irgendwie verwirrte er mich. Diesmal kam er ein paar Schritte näher. Wir standen uns jetzt direkt gegenüber. „Ich kann nicht damit aufhören an diesen Kuss zu denken, weil ich mehr davon will." Ich hielt die Luft an. *Was???* Ich schluckte. Ich war vergeben und jetzt kam Tyler mit einer solchen Aussage. Ich presste die Lippen aufeinander und sah ihn an. „Das geht nicht, Tyler." „Ich weiss." Er brachte wieder etwas Abstand zwischen uns.

„Ich denke, ich sollte gehen. Ich bin viel zu betrunken für eine solche Unterhaltung." Er winkte und lief dann auf die Hauptstrasse zu.

Ich seufzte. Was war nur los mit mir? Oder bessergesagt mit ihm? Ich wusste nicht, ob er das alles ernst gemeint hatte, aber irgendwie hatte es verdammt gut getan, so etwas von ihm zu hören. Ich seufzte ein zweites mal.

Ich machte mich auf den Weg nach Drinnen und legte mich auf mein Bett. Mein Handy vibrierte und ich schaute aufs Display. Eine Nachricht von Jacob. „Tut mir leid wegen heute Abend. Ich verspreche dir, ich machs wieder gut. Du hast so hübsch ausgesehen." Ich legte das Handy weg und vergrub mein Gesicht im Kissen. Wieso musste mein Leben nur so kompliziert sein?!

eine Woche später

Das erste Mal in meinem Leben wachte ich vor meinem Wecker auf. Ich rollte mich auf die Seite und machte mein Handy an. Eine Nachricht von Jacob: „Hey Babe, zieh dir was Hübsches an wir gehen heute Abend essen;)" Ich musste lächeln und legte mein Handy wieder weg. Ich stand mit einem guten Gefühl auf und führte meine tägliche Morgenroutine durch. Danach ging ich nach Unten und packte noch meine Tasche, bevor ich auch schon das Haus verliess. Draussen stand Jacob. Er lehnte an seinem BMW und hatte die Arme vor der Brust verschränkt. Oh Gott, er sah so gut aus. Ich ging auf ihn zu und schlang sofort meine Arme um ihn. Er lachte leise in mein Ohr und ich musste lächeln. Er war so toll. Ich gab ihm noch schnell einen Kuss und stieg dann ins Auto ein. Die ganze Fahrt über hielten wir Händchen und er warf mir immer diese süssen Blicke von der Seite zu. Nie im Leben hätte ich gedacht, eines Tages mit *ihm* (händchenhaltend) über den Schulhof zu gehen. Alle schauten uns an, doch mir war das egal. Ich wollte nur Jacob und den hatte ich. Ich brauchte keine Aufmerksamkeit oder fake-Freunde die nur mit mir abhängen wollten, weil ich Jacob's Freundin war. Die konnten mich mal alle.

Wir gingen in unsere Klassenzimmer und zum Mittagessen trafen wir uns in der Kantine. Gemeinsam mit meinen Freunden, Stasy und Lucas, und natürlich Jacob sass ich am Tisch der Beliebten. Wenn dein Freund Jacob Stephens hiess, wurdest du einfach automatisch beliebt. Die It-girls, waren nett zu mir und sogar das ganze Footballteam schenkte mir seine Aufmerksamkeit. Mir war das alles eigentlich komplett egal. Ich wollte nicht beliebt sein. Das wollte ich noch nie, doch Stasy und die anderen genossen es durchaus. Die nächste Stunde, die ich hatte, war Deutsch. Das hiess, ich würde Tyler wieder sehen. Ich bereite mich psychisch schon darauf vor, doch als es klingelte und alle auf ihren Stühlen sassen, gab es keine Spur von Tyler. War er vielleicht krank? Als Deutsch und auch die anderen Lektionen endlich vorbei waren, ging ich kurz nach Hause um mich umzuziehen. Schliesslich wollte Jacob mit mir in ein nobles Restaurant am anderen Ende der Stadt essen gehen. Als ich nach einer gefühlten Ewigkeit endlich fertig war und auf die Uhr blickte, merkte ich, dass er erst in einer Stunde kam, um mich abzuholen. Genügend Zeit um raus zu finden, wieso Tyler nicht in der Schule gewesen war. Ich ging rüber zum Haus der Collins und klingelte. Als niemand aufmachte, ging ich einfach rein. Da ich mein halbes Leben in diesem Haus verbracht hatte, durfte ich sowas bringen. Ich lief die Treppe hoch und blieb vor Tyler's Zimmertür stehen. Ich klopfte und er rief „Komm rein." Ich öffnete die Tür und sah wie er auf seinem Bett lag. „Ach du bist es", sagte er und wandte seinen Blick desinteressiert von mir ab. „Ich wollte nur wissen, ob es dir gut geht", sagte ich und trat in sein Zimmer. „Ja wieso sollte es mir denn nicht gut gehen?" „Weil du nicht in Deutsch warst", antwortete ich.

„Ja hab die Stunde geschwänzt", meinte ich. „Und wieso wenn ich fragen darf?" „Weil ich keinen Bock darauf hatte." Konnte sie nicht einfach verschwinden?! Ich hatte momentan gar keinen Bock auf sie. Ich war nur zuhause geblieben, weil ich keine Lust hatte sie zusehen. Das mit ihr und Jacob ging mir scheinbar näher als gedacht. Wieso auch immer. „Tyler...", fing sie an. „Nein, nein du musst mir nichts erklären. Ich weiss, dass du es mit Stephens getrieben hast", unterbrach ich sie und nahm mein Handy in die Hand. „Was? Das hab ich nicht!", protestierte sie. Wer's glaubt wird selig. Es war ja eine Sache, dass sie es getan hatte, aber dass sie nun auch noch darüber log, verstand ich nicht. Das war so gar nicht Alice Anderson like. „Kannst du bitte dein scheiss Handy zur Seite legen", schrie sie mich förmlich an. „Nope", gab ich zurück. Am liebsten hätte ich sie einfach gepackt und geschüttelt. Konnte sie mich nicht einfach in Ruhe lassen. Nein, konnte sie nicht. Sie kam auf mich zu und nahm mir das Handy aus der Hand. OK, jetzt reicht's. Ich reagierte schnell und hielt ihr Handgelenk fest. Ehe sie sich versah, hatte ich sie gepackt, auf mein Bett katapultiert und mich über ihr aufgebaut. Ich beugte mich zu ihr runter und flüsterte ihr etwas Versautes ins Ohr. „Würdest du auch mit mir schlafen, wenn ich dir ein paar Pancakes kaufe?" Sie wehrte sich, doch ich liess nicht von ihr ab. Mein Temperament ging wieder mal mit mir durch. Das würde ich später sicherlich bereuen. „Lass mich los!", schrie sie mich an, doch ich ging nicht von ihr runter. „Ich weiss du meinst, dass es mich interessiert, mit wem du zusammen bist, aber es interessiert mich nicht im Geringsten." Wieso hatte ich das eben gesagt. Ich hätte mich wieder mal selbst schlagen können. Das Witzigste an der ganzen Sache war, dass es mich sogar ziemlich interessierte und warum wusste ich nicht. „Du bist ein Arsch, weisst du das", sagte sie und musste sichtlich die Tränen zurückhalten. „Wenn du meinst", gab ich schulterzuckend zurück. Was war ich nur für ein Wixxer?! Wieder hätte ich mich Ohrfeigen können. Ich wusste gar nicht, was ich da eben gelabert hatte. Bevor ich mich jedoch entschuldigen konnte, eilte sie aus meinem Zimmer und ich hörte wie die Tür unten zugeschlagen wurde. *Fuck*. Ich hatte wieder mal riesen Mist gebaut und langsam wurde das bei ihr zur Gewohnheit.

6. Kapitel

Ally

Ich war gerade auf dem Weg nach Hause und brachte Tyler in meinen schrecklichsten Phantasien schon wieder um. Wie konnte er nur so ein verdammter Arsch sein?! Ich wollte die Tränen zurück halten, aber es ging nicht mehr. Es war einfach zu viel passiert. Sie liefen einfach runter. In diesem Moment wurde mir etwas bewusst und das änderte so ziemlich alles. Ich hatte Gefühle für Tyler. Wieso? Wieso er?! Ich hatte Jacob. Jacob, den zweitbeliebtesten und gutaussehndsten Typ der Schule, dazu war er noch ein richtiger Gentleman und hatte auch nicht so einen ekligen Charakter wie Tyler. Ich verstand es einfach nicht. Der Gedanke an ihn liess mich erschaudern. Wie konnte ich nur etwas für einen solchen Arsch empfinden? Ich musste ihn vergessen. Ich musste ihn einfach aus meinem Kopf verbannen. Leider fiel mir das nicht so leicht, wie gewollt. Den ganzen Rückweg bis zu meinem Haus versuchte ich die Tatsache zu verdrängen, dass ich einen Freund hatte, dabei aber etwas für einen anderen empfand. Ich musste mit Jacob reden, ich musste ehrlich zu ihm sein. Das Problem war aber, dass ich auch ihn sehr mochte. Ich hatte einfach keine Ahnung, was ich im Moment fühlte.

Zuhause angekommen stand bereits Jacob an der Tür und wartete auf mich. Er trug einen Smoking und sah darin echt verdammt gut aus. Aus reinster Verzweiflung fiel ich ihm um den Hals und versuchte mit aller Kraft Tyler aus meinem Kopf zu verbannen. Es gab nur einen Weg einen anderen Jungen aus dem Kopf zu bekommen und der war Sex. Das war vielleicht die dümmste Idee, die ich je gehabt hatte, aber ich war einfach am Ende. Ich wusste nicht mehr weiter. Ich schlug den Gedanken wieder aus meinem Kopf. Nein, ich schlief nicht mit einem Jungen, nur weil ich einen anderen vergessen wollte. Wenn ich das tat, war ich auch nicht besser als Eleanor Johnson und ihre

Tratschtussis. Ich war nicht ein solcher Mensch. Jacob schaute mich besorgt an. „Ist alles okay?" Er legte eine Hand um meine Taille und zog mich näher zu sich. Ich konnte im Moment nicht reden. Mein Hals war trocken und meine Augen kurz davor sich wieder in einen Wasserfall zu verwandeln. Ich stellte mich auf die Zehenspitzen und küsste ihn sanft auf den Mund. „Wollen wir geh'n?", fragte er und lächelte mich an. „Ich komm gleich, wart doch schon mal im Auto auf mich", meinte ich und zwang mir ein Lächeln auf. Ich lief die Treppen hoch und ging kurz ins Bad. Vor dem Spiegel blieb ich stehen. Ich war kurz davor wieder in Tränen auszubrechen. Ich war so verwirrt. Ich hatte keine Ahnung, was mit mir los war, aber ich wollte diese dummen Gefühle einfach loswerden. Ich konnte doch nicht gleichzeitig etwas für zwei Typen empfinden?!

Ich ging wieder nach unten und schloss die Haustür auf. Jacob sass im Auto und als er mich da stehen sah, breitete sich ein Grinsen auf seinem Gesicht aus. Ich konnte das nicht. Ich konnte jetzt nicht mit ihm essen gehen und so tun, als ob alles okay wäre, denn es war gar nichts okay. Langsam verblasste sein Grinsen, denn er merkte, dass was nicht stimmte. Er öffnete die Autotür und wollte gerade aussteigen, als ich die Verandatreppe hinunter stieg und dann anfing wegzurennen. Ich rannte einfach so schnell ich konnte davon. Weg von Jacob, weg von Tyler und weg von mir Selbst. Ich kam einfach nicht mehr klar. Ich lief dorthin, wo mich mein Gefühl führte. Es war ein kleines Wäldchen. Ich blieb kurz stehen und erinnerte mich wieder an früher. Stasy, Tyler und ich waren früher oft zusammen hier gewesen und hatten bei einem kleinen See in der Mitte des Waldes Verstecken gespielt. Ich lief also weiter, so weit, bis ich zu diesem See kam. Dann blieb ich auf der Stelle stehen. Ich setzte mich auf einen Stein und versuchte meine Gedanken zu ordnen. Das fiel mir jedoch nicht sehr leicht. Ich versuchte nachzudenken, über alles was in der letzten Zeit falsch gelaufen war. Das mit Jacob, sowie das mit Tyler. Die Erkenntnis, dass ich Tyler mehr mochte, erschütterte mich immer noch. Ich hatte das nie gewollt und ich wollte es auch jetzt nicht. Aber es war so und ich konnte nichts daran ändern. Mein Telefon begann zu klingeln. Ich schaute auf das Display und als ich Jacob's Namen las, drückte ich den Anruf weg. Einige Minuten später fing es wieder an zu klingeln. Ich wollte schon wieder weg drücken, als ich den Namen las. Tyler. Was für eine Ironie. Ich nahm unschlüssig ab. „Hey wo bist du?", fragte er. „Muss dich nicht interessieren", gab ich zurück. „Tut es aber. Also wo bist du?" Ich schwieg kurz und sagte dann: „An dem Ort, an dem wir immer Verstecken gespielt haben." Ich legte auf und schmiss das Handy weg. Ich zog die Knie an und begann wieder zu schluchzen. Ich hasste mein Leben. Vor einigen Stunden war es noch perfekt gewesen, doch so schnell konnte sich alles ändern. Wieso ich Tyler's Anruf entgegen genommen hatte und Jacob's nicht wusste ich auch nicht, aber ich wollte im Moment einfach nicht mit Jacob reden. Ich hatte ihn stehengelassen. Ich hatte unser Date vermasselt und ich hatte Gefühle für einen anderen, obwohl er mein Freund war. Dass ich zu so etwas fähig war, jagte mir einen Schrecken ein. Ich war nicht so und ich wollte nicht so sein.

Plötzlich hörte ich Schritte und da bog auch schon Tyler um die Ecke. Als er meine Tränen sah wurde er schneller und ohne etwas zu sagen, schloss er mich einfach in die Arme.

Tyler

Als Ally mir gesagt hatte, wo sie war, wusste ich sofort, dass es ihr nicht gut ging. Klar, es war ja kein Wunder, nachdem ich so ein Arsch gewesen war. Ich hastete in meinen Wagen und fuhr so schnell zu ihr, wie ich konnte. Als ich am Waldrand ankam, stieg ich aus und schmetterte die Tür zu. Ich rannte so schnell ich konnte durch den Wald, bis hin zu diesem kleinen See. Ich war früher oft mit Ally und Stasy dort gewesen und wusste daher einigermassen, wo er sich befand. Als ich vom Weitem Ally sehen konnte, fiel mir ein Stein vom Herz. Ich wusste nicht wieso, aber allein der Gedanke, dass ihr etwas zugestossen sein könnte, machte mich verrückt. Uns trennten nur noch wenige Meter und je näher ich kam, desto bewusster wurde mir, dass sie weinte. Nein, bitte nicht. Ich wurde schneller und ohne etwas zu sagen, schloss ich sie einfach in meine Arme. Ich musste nichts sagen und sie auch nicht. Die Umarmung sagte mehr aus, als es Worte je könnten.

Ich brachte einen kleinen Abstand zwischen uns und legte meine Hände auf ihre Schultern. „Erzähl mir doch, was los ist." Sie atmete einmal tief ein und fing dann an mit zittriger Stimme zu erklären: „Tyler, es ist kompliziert." Ich nickte. Allein wie sie sprach, versicherte mir, dass sie zu tiefst bedrückt war und das wollte ich nicht. Ich wollte nicht, dass sie traurig war oder sich schlecht fühlte „Seit diesem Kuss, ist es irgendwie anders." Ich merkte wie unangenehm ihr die Sache war, denn sie fing an zu stottern. „Ich weiss nicht was es b-be-bedeutet hat." Ich nickte wieder. „Okay, hör zu, dieser Kuss war ein Fehler, das weisst du genau so gut wie ich. Du bist die beste Freundin meiner Schwester, es wäre einfach falsch." „Ja das versteh ich, aber was wenn ich nicht ihre beste Freundin wäre?" Ich musste nachdenken. Fuck, wieso hatte sie mich das gefragt? Wenn sie nicht die beste Freundin meiner Schwester wäre, wäre alles so viel einfacher und es wäre alles wahrscheinlich anders, aber wie anders wusste ich auch nicht. Ich hatte noch nie so richtig darüber nachgedacht, wie es dann wäre, weil es für mich nie einen Grund dafür gegeben hatte. Doch jetzt war es irgendwie anders. Ich hatte sie geküsst, obwohl sie Stasy's beste Freundin war und das Schlimmste daran war, dass ich mehr davon wollte. Ich wollte mehr von ihr und mehr von diesen falschen Küssen. Es war anders als bei den anderen Bitches, mit denen ich immer rummachte. Sie war nicht irgendeine Eroberung von mir. Ich schweifte komplett ab und als sie mich fragend ansah, lieferte ich ihr schliesslich die einfachste Antwort, die ich gerade auf Lager hatte. „Dann wäre es vielleicht anderes." „Was wäre dann anders?", fragte sie weiter. Ach, shit ich wusste echt nicht was ich sagen sollte. „Ja einfach alles." Ich warf ahnungslos die Arme in die Luft, weil mich diese Situation überforderte. „Dann wäre dieser Kuss nicht falsch gewesen und ja." Ich führte den Satz nicht weiter, denn ich hatte keine Ahnung, ob ich irgendwas Falsches sagen würde, doch wie ich sie kannte, liess sie es nicht auf sich beruhen „Was ja?", fragte sie weiter. War ja klar gewesen. „Dann wäre das mit uns vielleicht anders", sagte ich also. Scheinbar war ihr diese Aussage genug, denn sie fragte nicht mehr weiter und so gingen wir gemeinsam, schweigend zu meinem Auto zurück und ich fuhr sie nach Hause, bevor ich mich auf den Weg zu Eleanor machte. Ich brauchte jetzt dringend Sex.

Ally

Den nächsten Tag verbrachte ich zuhause und meldete mich wegen Kopfschmerzen krank. Ich konnte jetzt nicht dorthin. Ich wollte Jacob sowie Tyler auf keinen Fall über den Weg laufen. Am Abend war ich mit Stasy verabredet und ging für einen Filmabend zu ihr. Tyler war bei seinen Freunden und Miranda (ihre Mom) war ebenfalls nicht Zuhause. Das hiess wir hatten das ganze Haus für uns allein.

Um ca. 19.00 Uhr ging ich zu ihr und kaufte auf dem Weg noch eine Tüte Chips und eine grosse Flasche Cola. Ungesunde Snacks durften an so einem Abend auf keinen Fall fehlen. Ich ging ins Haus rein und sofort erblickte ich Stasy, die auf dem Sofa lag und die Sender durchzappte. „Hey", rief sie ohne sich zu bewegen. Was für ein fauler Mensch, dachte ich mir schmunzelnd und gesellte mich mit den Chips zu ihr aufs Sofa. „Was schauen wir?", fragte ich und sie drückte den Sender weiter. „Keine Ahnung" Sie drückte erneut weiter. Als wir nach einer gefühlten Ewigkeit endlich einen Film gefunden hatten, den wir nicht schon tausend Mal gesehen hatten, machten wir es uns gemütlich. Ich kuschelte mich unter Stasy's Decke und legte meinen Kopf auf ihre Schulter. So hatten wir früher immer zusammen fern gesehen.

Nachdem der Film zu Ende war, setzte sich Stasy auf und grinste. Das hiess „Girlstalk". Natürlich erzählte sie mir alles über Lucas und irgendwann kamen wir dann (leider) auch zu Jacob. „Und wie läuft's mit deinem Lover?", fragte sie und ich stellte mir ernsthaft noch die Frage, welcher von beiden... Weil ich ihr das mit Tyler nicht unbedingt unter die Nase reiben wollte, sagte ich nur: „Jaja ganz gut." Wie Stasy aber nun mal war, gab sie sich mit dem nicht zufrieden. „Und wie war euer Date gestern?", hakte sie weiter nach. „Ähm, ganz schön." Was für eine Lüge. Ich hasste es meine beste Freundin zu belügen, aber ich konnte ihr ja schlecht sagen, dass ich im Wald war, weil ich geheult hatte, weil ich Gefühle für ihren nervigen Bruder hatte und nicht wusste, was ich mit Jacob machen sollte. *Oh Mann.* Sie grinste mich an und stand dann auf, um sich eine Cola zu holen. *Huuuu.* Ich hatte schon befürchtet, dass sie weiter fragen würde. Erleichtert liess ich mich wieder zurück ins Sofa fallen. Es klingelte an der Haustür. „Kannst du bitte öffnen?", rief Stasy aus der Küche und ich stellte mich seufzend auf die Beine.

Natürlich stand niemand anderes als Tyler davor und hinter ihm (was noch fast schlimmer war) Jacob. *Really?!* Hatte ich so hartes Karma wirklich verdient? Ich schluckte einmal leer und trat dann zur Tür hinaus. „Ich lass euch dann mal allein", sagte Tyler, sah mich kurz an und ging dann rein. Nun stand ich allein mit Jacob draussen in der Kälte. Ich räusperte mich und brachte nur ein „Es tut mir leid" hervor. Er schaute mich mit hochgezogener Augenbraue an. „Es tut dir leid, das ist alles was du zu sagen hast?" Ich zuckte mit den Schultern. Was wollte er denn von mir? Ich konnte ihm die Wahrheit nicht sagen und anlügen wollte ich ihn ebenfalls nicht, darum war es am einfachsten einfach nichts zu sagen. „Ich wollte mit dir einen schönen Abend verbringen, aber du bist einfach abgehauen und hast mir nicht mal gesagt wohin, geschweige denn meine Anrufen entgegen genommen. Was soll ich denn da denken?" Ich schluckte noch einmal leer, bevor ich zu sprechen begann. „Jacob es tut mir leid, dass ich einfach gegangen bin aber ich hatte einen katastrophalen Tag und bin einfach durgedreht." Zwar nicht ganz die Wahrheit, aber auch keine Lüge. „Hast du überhaupt richtige Gefühle für mich?", fragte er und schaute mich intensiv an. *Fuck.* Wieso musste er mir genau diese Frage stellen? Klar, ich mochte ihn, aber tief in meinem Innersten wusste ich, dass Tyler mir um einiges wichtiger war als er. „Jacob, ich kann es dir nicht sagen. Ich weiss momentan nicht, was ich fühle." „Es gibt einen anderen. Stimmt's?" Er schaute mich mit einem traurigen Blick an. Ich schaute auf den Boden. „Es ist Collins hab ich Recht?" Ich konnte ihn nicht anschauen. Ich fühlte mich einfach nur beschissen. „Jacob, es ist kompliziert." Er nickte. „Ich verstehe." Ich presste die Lippen zusammen und wartete bis er noch was sagte, doch von ihm kam nichts mehr. „Ally weisst du, ich mag dich sehr, wirklich sehr, aber solange du mir nicht sagen kannst, was du willst…" Er brach ab. „Solange du mir das nicht sagen kannst, können wir nicht zusammen sein." Ich nickte verständnisvoll. Ich verstand seine Entscheidung. Ich hätte wahrscheinlich genau gleich reagiert. Er hatte was Besseres verdient. „Ich werde warten, Ally, aber nicht für immer." Mit diesem Satz drehte er sich um und ging zurück zu seinem Auto. Ich seufzte. Ich hatte wahrscheinlich soeben den besten Typen gehen lassen, den ich hätte kriegen können, aber ich musste mir erst bewusst darüber werden, was ich wirklich wollte.

Drinnen stand Tyler lehnend am Küchentisch und sah mich an. Da ich jetzt wirklich keine Lust hatte mit ihm zu reden, fragte ich: „Wo ist Stasy?" Er zuckte mit den Schultern und kam auf mich zu. Oh nein. Nein, nein, nein. Was hatte er vor? Ich lief rückwärts, bis ich die Wand an meinem Rücken spürte. Ich konnte nicht fliehen. Er kam immer noch auf mich zu. Anstatt mit mir zu reden oder vor mir stehen zu bleiben, legte er seine Hände an meine Wangen und küsste mich einfach. Sofort verlor ich mich in seinem Kuss und konnte nicht mehr klar denken. Seine Nähe, seine Wärme, sein Duft, der mir in die Nase stach. Die Art wie seine starken Armen um meine Taille lagen. Ich bekam knapp Luft. Nach einigen Sekunden löste er sich von mir und ehe ich die Augen aufschlug, blickte ich in sein grinsendes Gesicht „Und kann ich besser küssen als Vollidiot Stephens?"

Tyler

Entsetzt schlug sie mir auf die Brust. Lachend rieb ich mir die Stelle. Ich wusste nicht, wieso ich sie geküsst hatte, aber irgendwie hatte ich, naja wie sollte ich es am besten formulieren: Angst sie an Jacob zu verlieren. „Ach komm schon, du kannst ruhig zugeben, dass ich viel besser küsse als er." „Ich geb gar nichts zu", widersprach sie mir und versuchte mich erneut zu attackieren, doch ich kam ihr zuvor und hielt ihre Handgelenke fest. Sie hatte so dünne Ärmchen, dass ich schon fast Angst davor hatte, sie könnten unter meinem starken Griff zerbrechen. „Ach Prinzessin, hast du immer noch nicht gelernt, dass ich viel stärker bin als du?" Sie verdrehte die Augen und ich musste schmunzeln. Sie zog ihre Hände von mir weg und wollte sich schon umdrehen um mich steh'n zu lassen, als ihr Blick plötzlich starr wurde. Ich folgte ihrem und erstarrte ebenfalls. *Fuck*. Stasy stand oben am Treppengeländer und schaute uns mit offenem Mund an.

7. Kapitel

Ich biss mir auf die Lippen und hoffte innständig, dass sie nicht ausrasten würde. Vielleicht war es aber auch etwas Gutes, dass sie es endlich erfuhr. Also ich meinte damit, dass sie erfuhr, dass Ally und ich uns geküsst hatten und uns in Zukunft vielleicht noch mehr küssten. Spass. Okay, vielleicht machte ich doch keinen Spass. Ich hatte ehrlichgesagt keine Ahnung was das mit Ally war, aber irgendwie fühlte ich mich in ihrer Nähe komplett anders als sonst, wenn ich mit Girls rumhing und dieses Gefühl gefiel mir irgendwie. „Alice Jones Anderson du kommst jetzt sofort hier hoch und erklärst mir alles", rief Stasy und schaute fordern zu Ally. Hoffentlich würde Ally es heil überleben. Seufzend schaute Ally noch einmal zu mir und dann wieder zu Stasy, deren Neugier sogar ich, förmlich riechen konnte. „Ich komme schon", sagte sie und lief hoch zu Stasy, bevor sie beide im Zimmer meiner Schwester verschwanden. Diese Sache wurde ja immer witziger, dachte ich mir und machte mich auf den Weg in mein Zimmer.

Ally

Stasy setzte sich aufs Bett und ich schloss die Tür hinter mir. Das einzige Wort, das in meinem leeren Kopf stand, war Fuck. Fuck, fuck, fuck. „Also was läuft da zwischen dir und meinem Bruder?", *kicherte* sie. Was? Sie war gar nicht sauer? Ich kam nicht ganz mit. „Du bist nicht wütend auf mich oder so?", fragte ich sie kritisch. Sie schüttelte nur lachend den Kopf. „Ich hab's mir schon gedacht". „Wie bitte?", fragte ich komplett irritiert. „Naja, ihr habt euch schon immer so geneckt und man sagt ja: Was sich liebt, das neckt sich." Ich nickte immer noch ein wenig verstört. „Das heisst du findest es nicht schlimm, dass wir uns geküsst haben?" „Zum zweiten Mal", hing ich noch an und biss die Zähne zusammen. „Was ihr habt euch davor schon mal geküsst?", fragte sie geschockt. Ich nickte unsicher. „Ach Ally,

71

warum hast du mir das nie erzählt?", fragte sie mit einem gefakten Schmollmund. „Vielleicht weil er dein Bruder ist und du meine beste Freundin." Sie fing wieder an zu lachen. „Das ist mir doch egal. Ich will nur, dass ihr beide glücklich seid, ob mit oder ohne einander." Ihre Worte taten gut, auch wenn ich sowas nicht erwartet hätte und weil ich nichts mehr zu erwidern hatte, setzte ich mich zu ihr aufs Bett und schloss sie in die Arme. „Danke, dass ich die beste Freundin im ganzen Universum habe", sagte ich und sie lachte leise während sie mich noch fester an sich drückte. Es war wirklich so. Ich hatte ihren Bruder geküsst und sie war nicht mal sauer. Sie war einfach unersetzlich.

Nach einer Weile löste ich mich wieder von ihr und fragte die Frage, die ich mir seit dem Anfang gestellt hatte. „Fändest du es schlimm, wenn das zwischen Tyler und mir etwas ernstes werden würde?" Sie überlegte nur kurz und sagte dann grinsend: „Nein, ich fände es sogar ziemlich geil." Ich verdrehte lachend die Augen. Sie war einfach die Beste. Ich drückte sie nochmals kurz. „Würde es dich stören wenn ich noch kurz zu…" „Geh nur", unterbrach sie mich und lächelte mich herzlich an. Ich lächelte dankend zurück und stand auf. Vor Tyler's Tür blieb ich stehen. Ich hatte keine Ahnung, was ich ihm sagen sollte. Bevor ich darüber nachdenken konnte, öffnete sich die Tür und Tyler stand direkt vor mir. Ich räusperte mich und wollte schon meinen Mund öffnen, um was zu sagen, als er mich in sein Zimmer zog und die Tür abschloss. Er kam mir ganz nah. Er stand so dicht vor mir, dass man nicht mal ein Blatt zwischen uns hinein schieben hätte können. Er strich mir eine Haarsträhne aus dem Gesicht und schaute dann von meinen Augen runter zu meinen Lippen. Er strich mit seinen Fingern an meiner Wange entlang und eine Gänsehaut machte sich in mir breit. Sein Blick war voller Lust und Gier und ich musste mich wirklich zurückhalten. Ich schluckte einmal leer und dann fing er an zu grinsen. Leicht verwirrt trat ich einen Schritt zurück. Sofort schloss er wieder zu mir auf. Er kam noch näher als zuvor (hätte nicht gedacht, dass das möglich ist). Er strich mit seinen Lippen über meine und ich schloss die Augen. „Ach Prinzessin hast du schon wieder falsche Gedanken?", fragte er grinsend. „Idiot", sagte ich nur und schubste ihn von mir weg.

Tyler

Ich liebte es, wie wenig es brauchte, um sie verrückt zu machen. „Ach komm schon du findest mich gar nicht so blöd, stimmt's?" Ich zwinkerte ihr zu und sie verdrehte nur genervt die Augen. Sie setzte sich auf die Kante meines Bettes und knetete nervös ihre Hände. „Was hat Stasy eigentlich gesagt?", fragte ich und setzte mich neben sie. „Sie hat es irgendwie erwartet." Was? Wirklich? Selbst ich hätte niemals eine derartige Reaktion von ihr erwartet. „Sie hat sogar gemeint, sie fände es ziemlich cool." Ally musste sich ein Grinsen verkneifen. Cool? Jap, das war eindeutig meine kleine Schwester. „Und was meinst du dazu?", fragte sie mich und schaute mir intensiv in die Augen. Schon wieder eine Frage, auf die ich einfach keine Antwort wusste. Ally schaute mich erwartungsvoll an, doch ich wusste nicht was ich sagen sollte. Erstens wusste ich nicht, was sie hören wollte und zweitens wusste ich nicht mal, was ich selbst von dieser ganzen Sache denken sollte. Auch wenn das mit Stasy jetzt geklärt war, es gab noch so viele Sachen, die wir bedenken mussten. Ally war unerfahren, ein graues Mäuschen, unscheinbar und ich, ich war das komplette Gegenteil. Ob das wirklich funktionierte?

Ally

Er wusste scheinbar keine Antwort auf meine Frage, denn er sagte seit knapp zwei Minuten nichts mehr. „Tyler?", fragte ich und riss ihn dabei offensichtlich aus seinen Gedanken. „Hmm?" „Egal, vergiss es", sagte ich und zwang mir ein Lächeln auf. Ich stand auf und wollte wieder zu Stasy zurück, als Tyler mich am Handgelenk festhielt. „Warte." Er stand auf und schaute mir tief in die Augen. „Ally, ich weiss nicht, was das zwischen uns ist. Ich weiss nur, dass ich dir einfach nicht widerstehen kann und ich will es auch nicht mehr." Kaum hatte er den Satz beendet, lagen unsere Lippen aufeinander. Das war es, wieso ich für ihn mehr empfand, als für Jacob. Diese Küsse, sie waren mit so vielen Emotionen und Leidenschaft. Und wir merkten beide immer wieder, dass wir nicht mehr damit aufhören konnten. Er strich mir über den Hals und mein ganzer Körper erzitterte. Er legte eine Hand an meine Wange und presste seine Lippen noch stärker auf meine. Ein Feuer brennte in mir, das ich noch nie gespürt hatte. Ich hatte das Gefühl gleich in Ohnmacht zu fallen. Endlich schaffte ich es mich, nach Luft ringend, von ihm zu lösen. Er selbst versuchte verzweifelt seinen Atem wieder zu beruhigen. Wir schauten uns kurz in die Augen, bevor ich mich umdrehte und zurück in Stasy's Zimmer ging. *Was tat ich hier nur?*

Nächster Morgen

Ich wachte so gegen zehn Uhr morgens auf. Die Sonne schien mir ins Gesicht und Stasy lag leise schnarchend neben mir. Ich öffnete die Augen und setzte mich auf. Weil ich eine gute Freundin war, liess ich Stasy schlafen und begab mich ins Bad. Dort ging ich kurz unter die Dusche und kämmte mir noch mein Haar, bevor ich mich auch wieder zu ihr gesellen wollte. Ich war gerade dabei die Badezimmertür zu öffnen, als ich ein Knarren hörte. Tyler war anscheinend auch wach. Ich öffnete leise die Tür und spähte hinaus. Als ich ihn nicht sah, schlich ich auf Zehenspitzen Richtung Stasy's Zimmer. „Guten Morgen Prinzessin, gut geschlafen?", fragte er mit gutgelaunter Stimmte. Ich drehte mich zu ihm um und blickte einem grinsenden Vollidioten ins Gesicht. Mein Blick wanderte von seinem Gesicht weiter runter und als mir bewusst wurde, dass er lediglich eine Jogginghose trug, zwang ich mich sofort, ihm wieder in die Augen zu blicken. Das war schwerer als gedacht, schliesslich war sein Bauch unfassbar… Fokussieren, Ally. „Natürlich", antwortete ich auf seine Frage. Er grinste und machte sich dann auf den Weg in die Küche. Wie ich es hasste. Immer brachte er mich in solch peinliche Situationen. Sofort kam mir der gestrige Abend wieder in den Sinn. Wir hatten uns regelrecht verschlungen. Ich schüttelte den Kopf und lief dann in Stasy's Zimmer zurück. Ich musste feststellen, dass sie immer noch schlief. *Oh mann, was für eine Schlafmütze.* Diese Chance nutzte ich aus und ging runter zu Tyler, der in der Küche stand und eine Pfanne auf die Herdplatte stellte. Ich setzte mich auf einen Barhocker und schaute ihm dabei zu, wie er Rührei machte. Ich hatte eine gute Aussicht, denn sogar sein Rücken bestand hauptsächlich aus Muskeln. Ich dachte gerade darüber nach, wie oft in der Woche, er wohl Sport machen musste, als er sich plötzlich zu mir umdrehte und mich so beim Starren erwischte. „Du sabberst ja förmlich", sagte er grinsend. „Tu ich nicht", widersprach ich und schaute in eine andere Richtung. *Wieso musste er mich immer beim Starren erwischen?!* „Schon okay, wenn du willst kann ich auch noch meine Hose ausziehen, damit du einen besseren Überblick hast", meinte er grinsend und seine Hände wanderten zum Bund seiner Jogginghose. War das jetzt sein Ernst? Lachend schüttelte ich den Kopf. Was für ein Blödmann. „Kannst die Hose ruhig anbehalten", sagte ich und er kam näher. „Sicher?" Er hob eine Augenbraue. „Ja sicher", gab ich lachend zurück und stiess ihn weg. „Du bist ein Trottel." „Aber du magst Trottels doch", protestierte er und zwinkerte mir zu. „Ja aber nicht solche wie dich." „Du und ich wissen doch ganz genau, dass das jetzt eine riesige Lüge war." Ich musste wieder lachen. Ich stand auf und wollte die Küche schon verlassen, als er mich am Handgelenk festhielt. „Du wirst es schon noch zugeben." „Was denn?", fragte ich. „Dass du, meine kleine Prinzessin, total in mich verknallt bist", erwiderte er grinsend. „Davon kannst du Träumen, mein Lieber", widersprach ich mit einem überzeugten Grinsen und ging ins Wohnzimmer. Manchmal war er echt unmöglich. Das Problem dabei war, dass er leider sogar ziemlich Recht damit hatte. Ich hatte wirklich Gefühle für einen Trottel.

Ich setzte mich aufs Sofa und machte den Fernseher an. Mit zwei Tellern Rührei kam er zu mir rüber und setzte sich neben mich. Er reichte mir einen Teller und ich stellte zu einer Talkshow um. Stillschweigend assen wir unser Essen und schauten Fern. Gerade als wir uns über einen Spruch des Moderators lustig machten, kam Stasy die Treppe hinunter und beobachtete uns kritisch. Sie überwand sich dann aber und setzte sich zu uns. Da ich komplett satt war, gab ich ihr den Rest meines Rühreis und sie schlang es schnell hinunter. Hoppla, da hatte jemand wohl Hunger. Tyler schmunzelte beim Anblick seiner Schwester und ich musste mir ein Grinsen verkneifen.

Als die Talkshow zu Ende war, nahm Tyler unsere Teller und stellte sie in die Spüle. Stasy ging nach Oben, um sich umzuziehen und ich blieb einfach auf dem Sofa sitzen. Ich tippte ein bisschen auf meinem Handy rum und überflog die neusten Instaposts von Kim Kardashian. Als Stasy nach einer gefühlten

Ewigkeit endlich wieder kam, sah sie umwerfend aus. Sie trug einen kurzen dunkelgrauen Rock mit Strümpfen drunter, dazu einen hellgrauen Wollpullover und hohe Boots. Ihre Haare trug sie gelockt und die dunklen Smokey-Eyes sahen perfekt geschminkt aus. Ich war geschockt. Sie sah wirklich verdammt gut aus. Ich, als ihre beste Freundin durfte so etwas sagen. „Wo geht's denn hin?", fragte Tyler, der ihr Outfit scheinbar nicht so toll fand wie ich. Er mochte es nicht, wenn sie sich so aufdonnerte. „Ich und Lucas gehen ins Kino", antwortete sie triumphierend. „Viel Spass ihr Zwei", sagte sie, bevor sie einfach an Tyler vorbei ging und das Haus verliess. Wow. Sie hatte das wohl geplant. Mich allein mit Tyler zu lassen, war typisch für sie. „Willst du was machen?", fragte er mich und kam wieder ins Wohnzimmer. Ich zuckte mit den Schultern. „Was schwirrt dir denn da so durch den Kopf?", fragte ich ihn und er fing an zu grinsen. „Wie wär's mit Eislaufen?" Ich machte grosse Augen. Er wusste wie schlecht mein Gleichgewicht war. „Ich fang dich schon auf, keine Sorge", sagte er und zwinkerte mir wissend zu. Konnte er jetzt etwa schon Gedanken lesen? *Creepy*. Weil ich kein Spassverderber sein wollte, willigte ich ein. „Zieh dir aber auch so was Scharfes an wie meine Schwester", sagte er noch, bevor er nach oben ging und mich im Wohnzimmer stehen liess. Das war wieder einmal eine typische Tyler Collins Aussage. Ich musste schmunzeln.

Weil ich keine Kleider dabei hatte, die sich für Eislaufen eigneten, kramte ich etwas in Stasy's Schrank, bis ich eine schwarze skinny Jeans und einen weissen Croppullover fand. Der Pullover war etwas kurz für meine Verhältnisse aber leider fand ich so auf die Schnelle nichts besseres . In der hintersten Schublade ihres Schrankes fand ich noch einen Beanie, den ich mir über den Kopf zog.

Nun stand ich im Bad und beäugte mich im Spiegel. Ich griff zu meiner Schminke und trug mir ein bisschen Make-Up auf. Ich nahm die zwei Lippenstifte hervor, die ich besass und schaute kritisch hin und her. Dezent oder dunkel? Ach scheiss drauf. Ich nahm den dunkelroten Lipstick und trug ihn vorsichtig auf. Ich war zwar keine talentierte Make-up-Artistin, aber ich war ganz zufrieden mit dem Endergebnis. Um den ganzen Look noch aufzupeppen, schnappte ich mir weisse Boots von Stasy und machte mich dann auf den Weg nach Unten. Vor der Tür stand Tyler und zog sich bereits seine Jacke an. Als er mich hörte, drehte er sich um und ich sah wie er einmal leer schluckte. Wiedermal, hatte ich ihn überrascht. „Wow", gab er von sich.

Tyler

„Siehst echt gut aus Prinzessin." Ich war geschockt. Sie sah so unglaublich scharf aus. Sie winkte lachend ab und ging an mir vorbei um sich ihre Jacke zu schnappen, doch ich kam ihr zuvor. Ich nahm ihre Jacke vom Haken und hielt sie ihr hin. Ich musste ja immerhin einmal einen guten Eindruck bei ihr hinterlassen. „Ich bin eben ein richtiger Gentleman." Sie schüttelte lachend den Kopf, was mich auch zum Grinsen brachte. Ich half ihr die Jacke anzuziehen und nahm dann die Schlüssel für mein Auto. Draussen schneite es leicht und es war ziemlich kalt. Wir sprinteten zum Auto und stiegen ein. „Scheisse, hätte nicht gedacht, dass es so kalt ist." „Jap, ich auch nicht", stimmte sie zu. Ich startete den Wagen und wir fuhren los. Ich konnte mich nur schlecht auf den Verkehr konzentrieren, denn ich beobachtete jede ihrer Bewegungen. „Kannst du bitte ein wenig langsamer fahren", bat sie mich ungefähr hundertmal. Jedes Mal musste ich schmunzeln und fuhr noch etwas schneller. Das mit dem Nerven würde ich wohl nie langweilig finden. Nach ungefähr einer halben Stunde kamen wir bei der Eislaufbahn an und stiegen aus. Wir mieteten uns am Stand die Schlittschuhe und da ich etwas länger zum Schnüren brauchte, ging Ally bereits aufs Eis.

Ally

Ich war früher fertig gewesen als Tyler und ging deshalb schon auf die Eisbahn. Keine gute Idee. Ich hatte keinen Schritt gemacht, da lag ich auch schon auf dem Boden. *Seufz.* Tyler trat hinter mich und begann leise zu lachen. „Hör auf zu lachen und hilf mir lieber hoch", zickte ich ihn an. „Jaja schon gut, ganz ruhig Prinzessin", verteidigte er sich und half mir schlussendlich hoch. „Vielleicht willst du dich ja an mir festhalten, damit du nicht gleich wieder umkippst." „Geht schon, ich schaff das auch allein", sagte ich und hielt mich an der Bande fest um einen weiteren Sturz zu vermeiden. Tyler, der sowieso jede Sportart beherrschte, glitt über das Eis wie ein Profi. Er fuhr rückwärts, drehte sich und fuhr so schnell auf diesen unbequemen Schlittschuhen, dass ich ihn immer wieder aus dem Blickwinkel verlor. Ich stattdessen klammerte mich an die Bande und hoffte inständig nicht wieder umzukippen. Tyler kam zu mir rüber gebraust und hielt genau vor meinen Füssen an. Vor Schock, lehnte ich nach hinten und *Schwups,* ich lag wieder mal auf dem harten Eisboden. Mit einem wütenden Blick sah ich ihn von unten an. Er versuchte sich ein Grinsen zu verkneifen und half mir wieder hoch. Ich verpasste ihm einen Schlag in die Schulter. *Fuck,* keine gute Idee gewesen. Er packte meine Hand und zog mich mit sich. Ich konnte mich nicht wehren und so schlidderte ich ihm wie ein kleines Kind hinterher. Bei jeder Kurve schloss ich die Augen, da ich nicht mitanschauen wollte, wie ich wieder auf den Hintern fiel. Doch Tyler hatte das ganze komplett im Griff und hielt mich fest.

Ich blickte nach rechts und sofort ging meine gute Laune den Bach runter. Am anderen Ende des Eisfeldes stand Eleanor Johnson mit ihren Girls. Ich musste gar nicht rüber schauen, um zu wissen, mit was für einem vernichtenden Blick sie mich ansahen. Ich hörte immer lauter die Worte „Schlampe" und „Was für eine Bitch", dass es mir irgendwann reichte und ich einfach stehen blieb. Tyler drehte sich sofort zu mir um und schaute mich mit einem „ist alles okay?"-Blick an. „Könntest du deiner Freundin bitte mal sagen, dass sie mich nicht so behindert anstarren soll", sagte ich zu ihm und er schaute zu ihr rüber. Dann richtete er seinen Blick wieder auf mich und sagte: „Sie ist nicht meine Freundin." „Na dann eben deine Ex. Ihre Blicke gehen mir langsam echt auf die Nerven." Er nickte. „Ich weiss wie wir ihre *behinderten* Blicke loswerden", sagte er. Ich wollte schon fragen wie, doch er kam mir wie immer zuvor. Er zog mich näher und ich konnte gar nichts mehr erwidern, denn er legte seine Lippen auf meine und fing an mich zärtlich zu küssen. Ohne darüber nachzudenken legte ich meine Hände in seinen Nacken. Er drückte mich an sich und küsste mich noch intensiver. Dann brachte er einen kleinen Abstand zwischen uns und schaute zu Eleanor rüber, die wild mit ihren Freundinnen tuschelte, bevor sie dann wütend die Eisbahn verliess und davon stöckelte. (Selbst in Schlittschuhen versuchte sie wie auf einem Catwalk zu gehen, was war nur falsch mit der?) Tyler sah nun wieder zu mir und ich bemerkte, dass wir immer noch eng aneinander gepresst dastanden. Ich wartete bis er etwas sagte, doch er tat stattdessen etwas anderes. Er legte seine Hände an meine Wangen und schaute mir erst in die Augen und dann auf die Lippen, bevor er wieder begann diese zu küssen. Ich war ein wenig geschockt. Ich hatte schon erwartet, dass er mich nur geküsst hatte, um Eleanor eifersüchtig zu machen, aber scheinbar war das nicht der Fall. Denn nun küssten wir uns und das noch leidenschaftlicher und intensiver als zuvor. Er küsste so gut, dass ich das Gefühl hatte, die Welt würde einfach stehen bleiben. Wir klebten so aneinander, dass ich alles um mich herum ausblendete. Wenn es nach mir gegangen wäre, hätten wir damit auch die nächsten Jahre meines Lebens noch weiter machen können, doch plötzlich wurden wir von einer weiblichen Stimme unterbrochen. „Also bitte, das ist ein öffentlicher Ort, hier sind noch Kinder!" Eine Frau mittleren Alters mit zwei Kindern an der Hand hatte uns unterbrochen. „T-t-tut mir leid", sagte ich stotternd und wurde rot. *Wie peinlich.* Ich sah zu Tyler, der sich das Lachen verkneifen musste. Mit dem Ellbogen stiess ich ihm in die Seite und er sah mich grinsend an. Ich verfiel seinem Grinsen. Er brachte mich einfach immer wieder zum Lachen, auch in ungelegenen Situationen wie dieser hier. Die Frau mit den Kindern war mit einem genervten Blick weiter gegangen und so waren wir wieder ganz für uns. „Hörst du, wir müssen woanders hin, wenn wir mit dem hier weitermachen wollen", sagte er mit einem breiten Grinsen. Ich schüttelte nur lachend den Kopf. „Komm geh'n wir", sagte er und schnappte nach meiner Hand. „Halt", sagte ich und er schaute mich fragend an. „Ich will mir erst eine heisse Schokolade holen." Er schmunzelte, liess meine Hand jedoch nicht los. „Dann holen wir der Prinzessin doch ihre heiss ersehnte Schokolade", sagte er und verbeugte sich spielerisch vor mir. Er hätte wirklich Schauspieler werden können. Gemeinsam fuhren wir rüber zu der winzigen süssen Bar und ich bestellte mir eine heisse Schokolade mit Marshmallows und extra Sahne obendrauf. Als ich die heisse Tasse endlich in den Händen hielt, kamen sofort wieder alte Kindererinnerungen in mir hoch und ich musste einfach lächeln.

8. Kapitel

Tyler

Wie sie da so mit ihrer heissen Schokolade stand, liess sie nur noch niedlicher aussehen, als sie sowieso schon war. Ich musste schmunzeln. Dieses Mädchen war einfach einzigartig. Sie trank die Schokolade leer und gab sie an der Theke zurück. Gemeinsam schlidderten wir zurück zum Auto und gaben die Schuhe wieder ab. Ich grinste immer noch wie ein Idiot. Vielleicht lag es daran, dass ich einfach nur glücklich war. Sie machte mich glücklich. Wir setzten uns ins Auto und fuhren zurück zu mir. Dort machte ich ihr einen Tee und wir setzten uns vor den Fernseher. Wir zogen uns irgendeine Talkshow rein, doch meine Gedanken waren ganz woanders, nämlich bei ihr und unserem Kuss auf dem Eis vorhin. So etwas hätte ich mit keinem anderen Mädchen getan, aber mit ihr war es etwas anderes. Ich musste vor ihr nicht den Coolen spielen, weil sie schon lange hinter die Fassade geblickt hatte und sie akzeptierte mich so wie ich wirklich war. Ich konnte es mir nicht verkneifen zu ihr rüber zu schauen. Ihr Blick war starr auf den Fernseher gerichtet und sie schlürfte immer wieder an ihrem Tee. Sie sah so gut und unschuldig aus, so unberührt. Ich wollte etwas zu ihr sagen, doch als ich meinen Mund öffnete kam nichts raus. Ich schloss ihn deshalb wieder. Was war nur los mit mir? In diesem Moment schoss mir eine Erinnerung in den Kopf, die den gesamten Moment zerstörte. Genau die gleiche Geschichte hatte ich schon mal durchlebt und zwar mit Adam. Ich hatte mich in ein unschuldiges wunderschönes Mädchen verliebt und dank mir, wurde sie verletzt. Körperlich sowie psychisch. Ich schaute mir Ally etwas genauer an und sah ihre feinen Wangknochen, die ihr schönes Gesicht umrahmten und ihre weichen Haare, die ihr über die Schultern fielen. Ich schluckte einmal leer und entschied mich dann dafür, einmal in meinem ganzen scheiss Leben, keinen Fehler zu begehen. Ich legte vorsichtig meine Hand an ihre kalte Wange, sodass sie ihren

Kopf in meine Richtung drehen musste. Mein Blicke wanderte von ihren Augen hinunter zu ihren Lippen und wieder rauf. Ich schluckte wieder leer und liess dann von ihr ab. Ich stand auf und liess sie mit einem verwirrten Blick auf der Couch zurück. Das war die richtige Entscheidung gewesen. Ich hätte sie nur verletzt und das wollte ich auf keinen Fall. Sie war das erste Mädchen, dass mich wirklich etwas fühlen liess und das, was auch immer es war, wollte ich nicht kaputt machen. Ich hatte sie nicht verdient. Ich nahm meine Jacke und ging raus. Ich brauchte dringend frische Luft.

Ally

Ich ging hoch in Stasy's Zimmer und schloss die Tür hinter mir. Wollte der Typ mich eigentlich verarschen?! Erst küsste er mich auf dem Eisfeld und jetzt das. Ich hatte es sowas von satt. Ich hatte bereits vergessen, wie er mich immer wieder verletzt hatte, aber jetzt kamen alle Erinnerungen wieder hoch. Ich konnte nicht mehr in diesem Haus bleiben, ich musste weg. Ich ging nach Unten, schnappte mir meine Jacke und verliess das Haus. Wieso war ich nur so dumm?! Immer wieder war ich auf ihn rein gefallen und hatte alles mit mir machen lassen. Bevor er mir nicht endlich sagte, was er wollte, war er für mich gestorben und das endgültig. Ich konnte das einfach nicht mehr.

Bei meinem Haus angekommen, sprintete ich die Treppe zur Veranda hoch und nahm den Hausschlüssel unter dem Teppich hervor. Ich schloss die Tür auf und ging sofort nach Oben in mein Zimmer. Ich schnappte mir meinen Laptop und weil ich nicht mehr an Tyler denken wollte, zog ich mir irgendwelche Filme rein. Das funktionierte eigentlich ganz gut, bis die erste Kussszene kam und ich wieder an vorhin auf dem Eisfeld denken musste. Ach komm schon... Hatte ich so hartes Karma wirklich verdient?! Ich schaute den letzten Film zu Ende und nahm dann mein Handy in die Hand. Verzweifelt scrollte ich die alten Chats durch und blieb bei Jacob stehen. Ich hatte ihn fast vergessen. Wir hatten uns vor ein paar Tagen vor Tyler's Haus gesehen, aber seit da an nicht mehr miteinander geredet. Also entschloss ich mich dazu, ihn anzurufen. Wir telefonierten kurz und währenddessen entschloss er, bei mir vorbei zukommen. Als es Unten klingelte, wusste ich also wer es war. Ich öffnete die Tür und davor stand Jacob mit seinem breiten Grinsen und seiner Lederjacke, die er eigentlich immer trug. Höflich bat ich ihn rein und wir setzten uns mit einem Getränk aufs Sofa. „Du wolltest reden?", fragte ich und nahm einen Schluck Eistee. „Ja, wollte ich. Ich weiss du hast da was mit Collins aber ich wollte trotzdem fragen wie das mit uns zwei aussieht", antwortete er und ich hob erstmal eine Augenbraue. „Was meinst du mit: Ich hab was mit Tyler?", fragte ich geschockt. Woher wusste er das? „Ich hab doch gesehen wie er dich ansieht und auch wie ihr miteinander umgeht. Ist doch klar, dass ihr aufeinander steht." „Jacob hör zu, zwischen mir und Tyler ist nichts ernstes und wird es auch nie sein. Das kann ich dir versichern", sagte ich mit so viel Überzeugung, dass ich es fast selbst glaubte. Er zuckte nur mit den Schultern. „Und was ist mit uns. Läuft da denn was?", fragte er und wartete gespannt auf meine Antwort. Ich wusste aber leider nicht was ich antworten sollte. Ich hatte keinen blassen Schimmer. Ich war mir über meine Gefühle gegenüber Jacob nicht wirklich im Klaren. „Ich weiss nicht was du erwartest, aber ich habe das Gefühl, dass wir einen ziemlich doofen Start hatten. Wie wär's also, wenn wir neu beginnen?", fragte ich ihn. Ich wusste nicht ob es eine gute Idee war, aber probieren konnte man ja alles. Ich stand schliesslich schon mal auf Jacob, wieso sollten wir es also nicht nochmal probieren? Vielleicht würde es ja klappen. „Okay, die Option gefällt mir", sagte er mit einem süssen Lächeln. Ich musste auch lächeln. „Wie wär's mit einem Date? Aber diesmal muss es auch stattfinden", sagte er lachend und schaute mich fragend an. „Das hört sich gut an." Meine Laune hob sich schlagartig und auch wenn ich nicht wusste, ob ich wirklich echte Gefühle für Jacob hatte, fühlte es sich irgendwie gut an. Eine Weile lang plauderten wir noch, bevor er schlussendlich ging und ich wieder alleine mit mir und meiner Wut auf Tyler war. Ich verstand immer noch nicht, was das vorhin sollte, aber weil ich mir meine einigermassen gute Laune nicht verderben lassen wollte, rief ich Stasy an und schlug einen Mädels Abend bei mir vor. Sofort willigte sie ein und teilte mir mit, dass sie viel zu erzählen habe. Ich war neugierig und konnte es kaum abwarten.

Tyler

Ich war gerade dabei Eleanors Haus zu verlassen, als mich Zack anrief. „Hey wann kommst du heute?" „Was ist heute?", fragte ich verwirrt, da ich mich nicht erinnern konnte, etwas geplant zu haben. „Die Party", sagte Zack sichtlich enttäuscht von mir. „Du kannst mir jetzt nicht sagen, dass du deine eigene Party vergessen hast." „Ey sorry, ich hab nicht mehr dran gedacht, dass die heute ist", brachte ich als Entschuldigung. „Jaja schon gut. Also wann kommst du?", fragte er. Ich überlegte kurz. „Ich komm so gegen acht", meinte ich dann und Zack verabschiedete sich mit einem: „Okay, dann bis später" von mir. Ich ging kurz nach Hause, um mich umzuziehen und wollte dann eigentlich auch schon los, da es schon viertel vor acht war, als ich auf meinen Schreibtisch blickte. Dort lag ein Blatt Papier und ein Stift. Ich setzte mich an den Tisch und schrieb „Liebe Alice" in die linke Ecke. *Warum tat ich das? Was war nur in mich gefahren? War ich jetzt etwa ein Briefeschreiber?!* Ich schüttelte den Kopf und wollte das Papier schon zerknüllen, als mir der Gedanke kam, wie ich mich in ihrer Haut gefühlt hätte. Ich stöhnte auf und nahm den Stift wieder in die Hand. Schrieb ich jetzt ernsthaft schon Briefe an sie?! Ich lachte leise. Ich dachte lange nach, bevor ich etwas zu Papier brachte. Als ich einigermassen zufrieden mit dem bescheuerten Brief war, packte ich ihn in einen Umschlag und schaute auf die Uhr. Fuck. Es war kurz vor acht. Schnell nahm ich mein Handy und meine Jacke und machte mich auf den Weg zu meinem Auto. Ich stieg ein und fuhr los. Wenn mich ein Cop erwischt hätte, wäre ich jetzt wahrscheinlich meinen Führerausweis los gewesen. Als ich bei Ally's Haus ankam, sprang ich aus dem Auto und hastete auf ihre Veranda zu. Vor der Tür blieb ich stehen. Ich wollte schon klingeln, doch irgendetwas in mir sagte „nein" dazu. Stattdessen legte ich den Brief also vor die Tür und biss mir noch kurz auf die Lippen, bevor ich klingelte, zu meinem Wagen rannte und in Lichtgeschwindigkeit davonbrauste.

Ally

Während ich gerade dabei war, mir ein Glas Cola einzuschenken, klingelte es an der Tür. Ich riss die Haustür auf und wollte schon, „Hey Stasy", sagen, doch anstatt Stasy stand genau niemand vor der Tür. Ich dachte schon, dass das wohl irgendein blöder Scherz gewesen wäre, als ich auf den Boden schaute. Da lag ein Brief mit der Aufschrift „Alice". Ich kniff die Augen zusammen und hob den Brief auf. Schulterzuckend schloss ich die Tür wieder und setzte mich aufs Sofa. Ich hatte keine Ahnung von wem er sein konnte und so öffnete ich ihn neugierig. Als ich die ersten Zeilen liess, ging meine Stimmung wieder runter. Der Brief war von Tyler. Ich zitiere:

„Liebe Alice

Ich weiss ich habe dich mit meinem heutigen Verhalten verwirrt und das tut mir leid. Ich werde nicht lügen, heute hat sich gut angefühlt. Deine Nähe, die Küsse, einfach alles, aber wir können so nicht weitermachen. Du bist die beste Freundin meiner Schwester und es wäre einfach falsch. Ausserdem bin ich noch nicht über Eleanor hinweg und es würde ein schlechtes Bild machen, wenn ich gleich nach der Trennung mit ihr, eine Neue hätte. Ich hoffe du verstehst das und wir können Freunde bleiben.

Tyler"

Je weiter ich las, desto wütender und enttäuschter wurde ich. Wie hatte ich nur je denken können, dass aus ihm und mir mal was werden könnte? Er war ein Arsch und ich hatte es von Anfang an gewusst und mich trotzdem auf ihn eingelassen. Das war auf jeden Fall einer dieser Entscheidungen gewesen, die man im Nachhinein fürchterlich bereute. Ich spürte wie aus Mögen Hass wurde und irgendwann verlor ich die Beherrschung und zerriss den Brief. Das, dieser Brief, einfach alles war viel zu viel. Ich lief zum Kamin und warf den Brief zornig in die Flammen. Es knisterte kurz und dann war er bereits zu Asche verkohlt. Ich ballte die Fäuste, doch statt wütend rum zu schreien, schossen mir Tränen in die Augen. Es fühlte sich an, als ob sich mir der Hals zuschnürte und ich keine Luft mehr bekäme. Ich wollte atmen, doch es funktionierte irgendwie einfach nicht. Ich war so am Boden zerstört. Ich fühlte mich ausgenutzt und betrogen, doch eigentlich hatte er keines von diesen beiden Sachen getan. Doch die Art wie er meine Gefühle verletzt hatte, liess es mich glauben. Ich liess mich auf die Knie fallen und konnte einfach nicht aufhören zu heulen. Eigentlich war ich nicht so ein Mensch. Ich weinte nie. Doch wegen ihm, wegen dieser ganzen Sache, konnte ich es einfach nicht mehr zurück halten. All die Sachen die mich verletzt hatten, hatte ich immer verdrängt, doch jetzt überfluteten sie mich eines nach dem anderen. Es begann damit wie Tyler mir klar gemacht hatte, dass ich eine Fremde für ihn war und ging weiter damit, wie er mich immer wieder von sich gestossen und aufs Neue verletzt hatte. Ich spürte wie mein Herz immer mehr zu brechen schien und ich sass einfach nur auf dem kalten Boden und weinte mir meine Seele aus dem Leib. Irgendwann gingen mir die Tränen aus, trotzdem bewegte ich mich keinen Millimeter. Ich blieb sitzen und lauschte dem Knistern des Feuers. Mein Kopf war plötzlich einfach leer und ich verspürte keinen Schmerz mehr. Ich spürte gar nichts, keine Freude, keine Trauer, *nichts*.

Irgendwann erhob ich mich schlussendlich und ging hoch ins Badezimmer. Ich stellte mich vor den Spiegel und sah ein

Mädchen, deren Augen rot geweint und deren Gesicht bleicher als die weisse Badezimmerwand waren. Ich erschrak. Ich hatte mich selbst noch nie so erlebt und das wollte ich auch nie mehr. Ich nahm mir eine Schere und ohne darüber nachzudenken schnitt ich mir die Haare ab. Von Taille-lang wurden sie zu knapp Schulter lang und vorne prangte nun ein Pony auf meiner Stirn. Dieses Klischee, dass Mädchen ihre Haare abschnitten, wenn ihnen das Herz gebrochen wurde, stimmte anscheinend. Aber ich hatte diese Veränderung gebraucht. Ich hatte mich äusserlich wie auch innerlich verändert und ich wusste nicht, ob ich es gut oder schlecht finden sollte. Aus Angst wieder zusammenzubrechen, schrieb ich kurz noch Stasy, dass ich Kopfschmerzen hatte und wir den Abend leider verschieben mussten, bevor ich mich ins Bett legte und die Augen schloss.

9. Kapitel

6 Wochen später

Der Wecker klingelte und ich erhob mich mühsam aus dem Bett. Ich schnappte mir eine dunkle Jeans und einen weiten Sweater und begab mich ins Bad. Ich stellte mich unter die kalte Dusche und wusch mir meine immer noch kurzen Haare. Dann begab ich mich vor den Spiegel und föhnte sie. Ich trug mein alltägliches Make-up auf und kämmte noch kurz meine Haare glatt, bevor ich mich anzog und meine Sachen im Zimmer holte. Es hupte draussen und ich musste kurz grinsen. Ich eilte die Treppe hinunter und gab meiner Mom noch einen kleinen Kuss auf die Wange, bevor ich das Haus verliess und auf den neuen BMW x5 zusteuerte, der vor unserem Haus parkte. Drinnen sass Jacob und winkte mir grinsend zu. Ich lächelte zurück und stieg schnell ein. Ich küsste ihn kurz auf den Mund und dann ging die Fahrt auch schon los. Wir waren jetzt seit genau einem Monat wieder offiziell zusammen und ich war überglücklich mit ihm.

Wir fuhren in die Schule und er parkte das Auto auf unserem Standartparkplatz, bevor er ausstieg und mir wie ein echter Gentleman die Autotür aufhielt. „My Lady", sagte er gespielt und ich gab ihm lachend einen kleinen Box in die Schulter. Er grinste und legte den Arm um mich. So liefen wir auf den Schulhof und wie immer starrten uns alle an. Man nannte uns das Dreamcouple der Schule. Ich wusste zwar nicht so ganz, wie ich das finden sollte, aber die Schüler meinten es ja nur gut. Ich sah Stasy am Eingang stehen und sie winkte mir zu. Ich verabschiedete mich mit einem Kuss von Jacob und ging zu Stasy hin. Sie umarmte mich kurz und fing dann an zu erzählen: „Hast du das von Eleanor und Tyler schon gehört?", fragte sie und flipperte fast vor Aufregung. „Was denn?", fragte ich, doch eigentlich konnte ich es mir schon gut vorstellen. Wahrscheinlich haben die zwei wieder mal zusammen gefunden. Ich verdrehte die Augen. „Anscheinend soll sie jemand im Putzraum beim

Rummachen erwischt haben. Jedoch leugnen es beide und meinen, dass sie immer noch eine Beziehungspause haben", erklärte sie weiter und ich nickte nur, weil es mir eigentlich nett gesagt, am Arsch vorbei ging, ob die zwei wieder was hatten. Mit Tyler hatte ich abgeschlossen und darum interessierte es mich herzlichst wenig, mit wem er rummachte und mit wem nicht. „Findest du das nicht komisch? Wenn sie wieder zusammen sind, können sie es ja einfach zugeben. Diese Heimlichtuerei stresst echt." Jetzt war sie es, die die Augen verdrehte. Ich zuckte nur mit den Schultern, denn es kümmerte mich wirklich nicht. „Ally, ich muss dich was fragen." Ich schaute Stasy fragend an und wusste ehrlichgesagt nicht was jetzt kam. „Du bist seit einiger Zeit irgendwie anders. Du hast dir von einem Tag auf den anderen, deine kompletten Haare abgeschnitten. Die Alice, die ich kenne würde sowas nie tun und dann kommt noch dazu, dass sich du und Tyler seit dieser Zeit plötzlich aus dem Weg gehen. Ally ihr redet kaum ein Wort miteinander. Irgendwas stimmt doch nicht, du kannst es mir sagen. Ich bin deine beste Freundin." Sie schaute mich besorgt an und ich musste kurz überlegen. Ich hatte keine Ahnung, was ich darauf antworten sollte. Genau aus dem Grund, weil sie meine beste Freundin war, konnte ich ihr nicht die Wahrheit sagen und ich hasste mich dafür. „Stasy hör zu, ich habe mich vielleicht ein wenig komisch verhalten in letzter Zeit, aber ich kann dir versichern, dass alles okay ist." Sie nickte, doch ich wusste, dass sie mir nicht glaubte. „Der Unterricht geht gleich los und ich muss noch kurz zu meinem Spind. Wir seh'n uns später", rief ich ihr zu und machte mich hastig auf den Weg in den oberen Stock. Das mit dem Spind war eine Lüge gewesen, doch ich hielt es nicht aus, wenn ich Stasy ständig belügen musste. Ich fühlte mich mies, doch es wäre noch schlimmer, wenn ich ihr die komplette Wahrheit erzählt hätte.

Da ich Englisch hatte und das sowieso im oberen Stock war, gesellte ich mich bereits ins Klassenzimmer und wartete. Ein Schüler nach dem anderen kam rein. Eleanor betrat plötzlich das Zimmer und ihr Blick fiel sofort auf mich. Seit ich mit Jacob zusammen war, liess sie mich eigentlich in Ruhe, aber sie warf mir trotzdem dauernd solche abschätzigen Blicke zu. Ich ignorierte sie und drehte meinen Kopf Richtung Wandtafel. Sie setze sich neben mich. Wieso setzte die sich neben mich? „Hey Allison, oder wie auch immer du heisst", schnatterte sie mich an. „Ich heisse Alice", gab ich ein wenig genervt zurück und schaute zu ihr rüber. „Wir müssen uns unterhalten", sagte sie. Ich war etwas irritiert und vor allem abgeneigt eine Unterhaltung mit ihr zu führen. Sie hatte praktisch noch nie mit mir geredet, worüber wollte sie sich also bitte unterhalten. „Und über was, wenn ich fragen darf?" „Über Tyler." Nach diesem Satz sagte niemand von uns mehr was, denn unser Lehrer kam rein und begann sofort mit dem Unterricht. Ich zerbrach mir die halbe Lektion den Kopf darüber, was sie denn mit mir über Tyler bereden wollte, kam aber zu keinem Entschluss. Daher konzentrierte ich mich wieder auf Englisch. Als es zur Pause klingelte, vermittelte mir Eleanors Blick sofort, dass sie jetzt mit mir reden wollte. Ich packte meine Sachen und folgte ihr dann aus dem Klassenzimmer in den Flur raus. „Also, du wolltest mit mir sprechen", sagte ich und wartete ab, was sie zu sagen hatte. „Ja. Ich weiss von dieser Sache zwischen dir und Tyler. Er hat es mir erzählt." „Wieso hat er dir das erzählt?", fragte ich ungläubig, weil ich wirklich gedacht hatte, dass ihm das mit uns wahrscheinlich peinlich wäre. „Tyler und ich haben uns oft wegen Vertrauensproblemen getrennt, jetzt jedoch wollen wir alles richtig machen, wenn wir wieder zusammen kommen, darum haben wir uns alles erzählt." Ich nickte nur, weil ich nicht wirklich wusste, was ich darauf antworten sollte. „Egal, ich schweife ab. Was ich sagen wollte ist, dass du gefälligst deine schmutzigen Finger von Tyler lässt. Er gehört mir." Ihre Stimme hatte einen abwertenden Ton und sie verschränkte die zarten Ärmchen vor der Brust. „Haben wir uns verstanden?", fragte sie mich. Ich nickte, weil ich nicht auf Streit aus war. Die hatte wohl echt Probleme. Ich hoffte inständig, dass Tyler sie für eine andere verlassen würde (natürlich nicht für mich). Die würde das arme Mädchen, dann wahrscheinlich im Schlaf umlegen. Was für eine Bitch. Ich schüttelte den Kopf, weil ich Eleanor wirklich erbärmlich fand, als ich ungewollt in jemanden rein stiess. „Sorry", murmelte ich und hob den Kopf um zu sehen, mit wem ich das Vergnügen hatte. Tyler. Natürlich wer auch sonst. Es hatte so gut geklappt, ihm aus dem Weg zu gehen, aber genau dann, wenn seine Teufelsfreundin mir eine Standpauke hielt, musste ich in ihn reinrennen. Das war wohl Schicksal. Er schaute mir tief in die Augen und ich hielt kurz den Atem an, bevor ich mich von ihm abwandte und mit schnellen Schritten davon ging.

Tyler

Wir hatten uns gerade mal zwei Sekunden angeschaut und dann war sie einfach weggelaufen. Seit ich ihr diesen Brief geschrieben hatte, hatte sich so einiges verändert. Sie war nun offiziell mit Jacob zusammen und ich hatte wieder was mit Eleanor am Laufen. Auch wenn mir der Gedanke von ihr und Stephens nicht gefiel, konnte ich nicht wirklich was dazusagen. Ich war schliesslich selbst schuld, dass ich Ally verloren hatte. Dies war eindeutig der grösste Fehler meines Lebens gewesen, sie gehen zu lassen. Aber das war nun mal Vergangenheit und ich musste mich auf die Gegenwart und die Zukunft fokussieren. Mir fiel auf, dass ich immer noch an derselben Stelle stand. „Hey Babe, wieso stehst du da so allein rum?", fragte Eleanor und kam auf mich zu. „Huh?", fragte ich, weil ich ihr nicht richtig zugehört hatte. „Ich fragte dich wieso du so alleine da rum stehst", wiederholte sie sich. Ich wusste nicht so recht was sagen und packte sie darum einfach und presste sie an mich. Ich grinste pervers, bevor ich damit begann, sie zu küssen. Unsere Küsse wurden intensiver und leidenschaftlicher und wenn uns nicht duzende Schüler beobachtet hätten, wüsste ich nicht wie weit das hier noch gegangen wäre.

Ally

Genau solche Momente hatte ich in letzter Zeit vermeiden wollen. In Gedanken versunken steuerte ich durch die Flure, bis ich plötzlich wieder in jemanden hinein lief. *Fuck*. „Babe, alles okay du siehst gestresst aus", sagte Jacob und nahm mich in die Arme. Huu, es war nur Jacob. Ich gab mich seiner Umarmung hin und schmiegte mich an ihn. „Ich hasse Schule", murmelte ich in seine Brust und er lachte leise. „Wie wär's wenn wir uns heute nicht mehr um Schule kümmern?", fragte er und grinste mich schief an. Ich zog eine Augenbraue hoch. „Wir schwänzen", sagte er überzeugt und sein spitzbübisches Grinsen verriet mir, dass er das wohl öfters tat. Ich überlegte kurz und stimmte ihm dann zu. Das war wirklich eine gute Idee. Ich hatte praktisch noch nie geschwänzt. Warum? Weil ich nie den Drang dazu hatte. Ich hatte Schule eigentlich immer gemocht, aber heute war so ein Tag, an dem ich überall sein wollte, nur nicht hier in der Schule. „Tun wir's", sagte ich und er zwinkerte mir zu. Er packte meine Hand und so rannten wir gemeinsam aus dem Schulhaus heraus, auf den Parkplatz. Lachend stiegen wir in sein Auto ein und brausten los. Hoffentlich hatte uns niemand gesehen. Aus irgendeinem Grund fühlte ich mich extrem gut. Ich musste so etwas öfters machen. „Und wohin geht's nun?", fragte ich Jacob und schaute ihn von der Seite her an. Seine Mundwinkel hoben sich, was wirklich süss aussah. „Magst du schwimmen?", fragte er mich und seine Mundwinkel hoben sich noch weiter. Ich musste grinsen. „Und wie." Wir fuhren kurz zu mir nach Hause, wo ich mir schnell mein Schwimmzeug schnappte, sodass wir gleich weiterfahren konnten. Bis zum Schwimmbad benötigten wir knapp zehn Minuten. Jacob, der Hobbyschwimmer war, hatte seine Sachen bereits im Kofferraum des Autos verstaut. Er packte die Tasche und hängte sie sich um den Hals, bevor wir durch den Eingang traten. Ich war noch nie hier gewesen, doch Jacob schien sich ganz gut auszukennen. Als wir in die Eingangshalle traten, klappte mein Kinnladen automatisch nach unten. Der Eingangsbereich war riesig und es sah wirklich edel aus. An der Decke hingen silberne Kronleuchter und alle Wände waren marmorfarben. Der Boden war aus Glas und darunter konnte man das fliessende Wasser erkennen. Die ganze Halle sah modisch und sehr überteuert aus. Ein paar Shops, bei denen Badeanzüge ausgehängt waren prangten an den Seiten und ganz vorne konnte man den Verkaufsbereich erkennen. Jacob sah mich lächelnd an und mein staunender Blick liess sein Lächeln noch breiter werden. „Gefällt's dir?", fragte er und ich konnte nur nicken, denn ich war immer noch geflasht von der ganzen Schönheit hier. Ich hatte noch nie in meinem Leben so eine Eingangshalle gesehen. „Wenn dich das hier schon umhaut, warte nur bis wir drin sind", sagte er und zwinkerte mir zu. Ich konnte mir gar nicht vorstellen, dass es noch besser werden könnte. Wir waren nun ganz vorne angekommen und Jacob kaufte unsere Tickets. Als er damit fertig war und wieder zu mir zurückkam, öffnete ich meine Handtasche und wollte schon meinen Geldbeutel hervor nehmen, als er sagte: „Lass mal stecken. Ich lad dich zur Feier des Tages ein." „Was denn für eine Feier?", fragte ich. „Nun ja. Das ist das erste Mal, dass du die Schule schwänzt." „Das ist nicht richtig, ich habe es schon mal getan", konterte ich. „Aber noch nie mit einer so gut aussehenden Begleitung", fügte er hinzu und ich musste lächeln. Wo er Recht hatte, hatte er Recht. „Komm, lass uns rein gehen", sagte er und nahm mich an der Hand. Wir liefen zu den Garderoben und verabschiedeten uns für kurze Zeit voneinander. Ich zog mich schnell um, wobei ich genau darauf achtete, dass mein Bikini perfekt sass. Ich hatte zuhause nicht wirklich darauf geachtet, was für einen Bikini ich eingepackt hatte, das stellte sich nun als Fehler heraus, denn ich hatte leider den Knappesten eingepackt, den ich besass. Jacob würde sich freuen, dachte ich ironisch. Ich stopfte meine anderen Kleider wieder in die Tasche und begab mich zu den Schliessfächern. Da quetschte ich all mein Zeugs rein und wartete geduldig auf Jacob. Gerade als ich mich ein bisschen umsah, kam er aus der Kabine und sein Blick blieb sofort an mir hängen. Seine Lippen verzogen sich zu einem perversen Grinsen und er biss sich auf die Lippen. Die Röte stieg mir sofort ins Gesicht und ich lächelte schüchtern. „Wow, du siehst echt heiss aus in diesem Bikini", sagte er und zog mich näher an sich, sodass sich unsere nackte Haut berührte. In mir zog sich alles zusammen. Ich spürte seinen harten Bauch und wie er anfing mir Komplimente ins Ohr zu flüstern. Ich schloss kurz die Augen und als ich sie wieder öffnete, stand ein alter Opa neben uns, der an sein Schliessfach wollte. Überschüttet von Peinlichkeit, löste ich mich von Jacob und zog ihn weg. Der alte Mann nickte mir lächelnd zu, bevor er sein Fach öffnete. Ich hätte mich geradewegs in den Himmel der Peinlichkeit befördern können. Jacob bemerkte meinen irritierten Gesichtsausdruck und schlug darum schmunzelnd vor, in den Badebereich zu gehen. Wir nahmen eine Treppe, die einen Stock hinauf führte und da waren wir auch schon angekommen. Sofort verschlug es mir erneut die Sprache. Er hatte Recht gehabt, hier war es sogar noch märchenhafter als im Eingangsbereich. Es hatte mehrere Innenbäder, die alle mit LD-Lampen in dumpfen Tönen beleuchtet wurden, ausserdem führte eine weitere Treppe in ein Bad nach Draussen und überall wo man hinsah, standen noch weiter extravagante *Dekosachen*. Ich war wie verzaubert. „Ich sagte ja, dass es noch besser werden würde", sagte Jacob und stiess mir leicht in die Hüfte. Ich konnte meinen offenstehenden Mund immer noch nicht schliessen. Jacob nahm meine Hand und lief auf eines der Bäder zu. Da wir praktisch die Einzigen hier waren, gab es in jedem Bad genug Platz und wir gesellten uns zuerst in eines der Grösseren. Das Wasser war angenehm warm und Jacob's Arm, den er um meine Taille gelegt hatte, drückte mich an ihn. Das Wasser war nicht zu tief, sodass wir noch stehen konnten. Ich hatte bereits die Liegen im Wasser im Visier, als Jacob mich plötzlich näher zog. „Und gefällt es dir?", flüsterte er mir ins Ohr. Als Antwort nickte ich wild und er musste grinsen. Er kam mir wieder ein Stück näher und legte dann seine Hände an meine Wangen. Er schaute tief in meine Augen und ich schluckte einmal leer. „Ally…" „Ja?", fragte ich leise. „Weisst du eigentlich wie sehr ich dich mag." Ich musste lächeln. „Ich bin so froh, dass ich dich habe", sagte er noch, bevor er anfing mich zu küssen. Ich gab mich ihm vollkommen hin und so zog er mich an sich hoch. Ich klammerte mich an ihn wie ein Affe und er trug mich durch das ganze Wasser bis hin zu den Liegen. Dort liess er mich runter und ich legte mich hin. Sofort war er über mir und küsste mich weiter. Wenn es nach mir ging, hätte das noch Jahre so weiter gehen können, doch leider waren wir in der Öffentlichkeit und alle starrten uns schon an. Ich legte eine Hand an Jacob's Brust und drückte ihn so ein wenig zurück. Er schaute mich fragend an und ich räusperte mich verlegen, während ich ihm weismachte, dass wir nicht allein waren. Neben uns war plötzlich ein altes Ehepaar aufgetaucht, das uns doof anstarrte. Er verstand sofort und ging von mir runter. „Wollen wir rausgehen?", fragte er und ich nickte beschämt. Wie ich solche Situationen hasste. Ich setzte mich auf und schwamm ihm hinterher. Wir nahmen die kleine Treppe nach draussen und sofort schlug mir ein kühler Wind ins Gesicht. Durch das warme Wasser war es aber trotzdem angenehm. Ich schaute mich zuerst um, um sicher zu gehen, dass keine Menschen in der Nähe waren, bevor ich auf Jacob's Rücken sprang. Er erschrak erst und schlang dann die Arme um meine Beine, damit ich nicht runterfiel. Wir lachten beide. Der Tag verging schnell. Zu schnell wenn ihr mich fragt. Wir gingen von Bad zu Bad, (machten ein bisschen rum) und assen noch etwas in der kleinen süssen Bar am Ende des Pools. Als es schon etwa vier Uhr nachmittags war, verliessen wir die atemberaubende Therme und gingen in den Stadtpark spazieren. So würde ich einen gelungenen Tag beschreiben.

9. Kapitel

Tyler

Dieser Tag war alles andere als gut. Ich hatte soeben eine echt
miese Note in Deutsch bekommen, Eleanor musste notfallmäs-
sig zu ihrem kranken Grossvater nach Denver, und meine Jungs
waren alle beschäftigt. Was sollte ich denn bitte heute Abend
machen?! So langsam wurde mir nämlich ziemlich langweilig. Ich
steuerte durch unser ganzes Haus, in der Hoffnung auf irgendeine glorreiche Idee zu stossen, wie ich meinen Montagabend
verbringen konnte. Nach meinem vierten Besuch im Wohnzimmer hielt Stasy mich auf. „Mein liebes Bruderherz könntest du
deinen Arsch bitte mal irgendwo hin platzieren und nicht ständig
durchs ganze Haus rennen", fuhr sie mich genervt an. Ich verzog
meine Lippen zu einem entschuldigenden Lächeln, woraufhin
sie schmunzeln musste. Ich liess mich neben sie aufs Sofa fallen
und seufzte. „Was ist denn nur los mit dir?", fragte sie mich und
setzte sich so hin, dass sie mich anschauen konnte. „Ach nichts,
Schwesterlein", sagte ich sarkastisch und sie boxte mir leicht in
die Schulter. Das hatte Ally immer getan. Egal. Ich schüttelte den
Kopf. „Hat es vielleicht was mit Ally zu tun?", fragte Stasy und
schaute mich mit zusammengepressten Lippen an. Natürlich
musste Stasy sie erwähnen. „Vielleicht." „Tyler, komm schon du
kannst es mir erzählen. Ich bin deine Schwester. Ich weiss so gut
wie alles über dich", versuchte sie mich zu überzeugen. Ich
schaute sie an und dann überlegte ich, wie ich es ihr am besten
erklären konnte. „Nun ja, sie ignoriert mich eben", sagte ich also,
denn ich hatte echt keinen Bock darauf, ihr die ganze Story zu
erzählen. „Und du lässt das zu? Der Tyler, den ich kenne, würde
so etwas nicht einfach so akzeptieren." „Bei ihr ist es anders."
„Was ist anders?", fragte sie weiter. Konnte sie es nicht einfach
gut sein lassen. Nein, konnte sie leider nicht. Sie war in solchen
Sachen leider genau gleich wie ich. „Ich weiss nicht, wie ich es
dir erklären soll, Stasy", sagte ich und warf ahnungslos meine

Hände in die Luft. „Kann es vielleicht sein, dass du sie magst?",
fragte Stasy und kniff mir leicht in den Arm. „Was laberst du da.
Du weisst doch wie mein Motto ist. Ficken und weiterschicken."
„Aber nicht bei ihr", meinte Stasy. Ich musste einige Sekunden
überlegen, was Stasy ausnutzte. „Komm schon Ty, gib doch einfach zu, dass du dich in Ally verknallt hast!" „Einen Scheiss tu
ich", widersprach ich ihr. Sie verschränkte überzeugt die Arme.
„Lüg mich nicht an, Brüderchen." „Tu ich nicht. Ich mag sie
nicht." Je mehr ich das sagte, desto überzeugter wurde ich davon, dass ich leider genau das Gegenteil tat. Ich mochte sie wirklich. Hatte ich das soeben wirklich gedacht?! Was war nur falsch
mit mir? „Ich brauch jetzt Alkohol", sagte ich und stand auf.
Stasy fing an zu grinsen. „Ich hatte Recht, du magst sie scheinbar
wirklich." Ihr Lächeln wurde breiter und sie lief mir nach in die
Küche. „Lass gut sein Stasy", warnte ich, doch sie gab einfach
nicht nach. „Warum gibst du es nicht einfach zu?!" Mit der Zeit
ging sie mir so auf den Sack, dass ich kurz vorm Ausrasten war.
„Ich hab's dir jetzt schon etwa 100-mal gesagt. Ich mag Ally
nicht!" „Jaja wer's glaubt wird selig", lachte Stasy. Ich verdrehte
die Augen und schenkte mir alten Scotch in ein Schnapsglas ein.
„So viel?", fragte Stasy, als ich das Glas bis fast oben gefüllt hatte.
„Kann ja nicht Schade, ein bisschen Alkohol." Mit diesem Satz
trank ich das Glas auf ex. „Tyler bist du verrückt?!", kreischte
Stasy. „Das war viel zu viel." Sie rannte auf mich zu und nahm
mir das Glas aus den Händen. „Tyler alles OK?" „Mir geht's
gut." Bis Alkohol bei mir wirkte, brauchte es ein paar Stunden,
weshalb ich beschloss raus zu gehen. Ich hielt es mit einer fra-
genden Stasy nicht mehr aus. „Tyler du hast gerade ein ganzes
Glas Scotch geleert, bist du dir sicher, dass du so noch raus gehen willst?", fragte Stasy mich kritisch. „Aber klaro. Ich spür rein
gar nichts." Leider war es wirklich so. Ich hatte gehofft, dass ich
mit dem Alkohol meinen Frust runter spülen konnte, leider hatte
es nicht so gut funktioniert wie gedacht. Ich machte mich miesgelaunt auf den Weg zu Zack. Weil ich keinen Bock auf einen
möglichen Unfall mit meinem neuen Wagen hatte, ging ich zu

Fuss. Ich sah sein Haus schon in der Ferne. Diese Hütte war der absolute Hammer. Kein Wunder, dass wir ständig Partys bei ihm schmissen, dieses Haus war einfach der Burner. Ich klopfte und die weisse moderne Tür öffnete sich automatisch. Geil. Zack stand im Flur und kam nun auf mich zu. „Hey was geht?", fragte er mich und umarmte mich brüderlich. „Ach nix, hatte nur keinen Bock auf Zuhause." „Kenn ich zu gut", lachte er. „Ich dachte du seist heute beschäftigt", sagte ich und lief ihm nach ins Wohnzimmer. „Ja eigentlich war ich mit Veronica verabredet gewesen, aber die Schlampe hat mich versetzt", sagte er verbissen. „Ach bro, vergiss die, die hat sowieso keinen Arsch und ihre Stimme ist so tief wie die eines Typen mit langjähriger Raucherlunge", versuchte ich ihn aufzuheitern. Er lachte. „Hast schon Recht." Wir setzten uns vor den Fernseher und zockten ein wenig Fortnite bis es spät wurde. Ich spürte immer noch nichts von diesem scheiss Alkohol. „Hast du irgendwelches Zeugs hier?", fragte ich nach einer Weile, weil ich in der Stimmung für ein bisschen Gras war. „Da fragst du genau den Richtigen", sagte er grinsend. „Natürlich hab ich da." Ich fing an zu grinsen. „Lass uns Einen rauchen", meinte ich und Zack nickte begeistert. Wir gingen hoch in sein Zimmer und er nahm ein kleines Säckchen mit Gras hervor. „Wie viel Gramm sind das?", fragte ich, während ich mir das Zeugs näher ansah. „Genug für eine ganze Woche", meinte er und fing an einen Joint zu drehen. Ich setzte mich auf sein Bett und wartete geduldig. Ich freute mich wie ein kleines Kind. Wie lange ich schon nicht mehr gekifft hatte. Wurde allmählich wieder mal Zeit. Als Zack fertig war, drehte er sich grinsend zu mir um und präsentierte mir sein Werk mit Stolz. Ich nickte begnügt. „Lass uns zum alten Stall gehen", meinte ich und ging nach unten. Der alte Stall war früher unser Treffpunkt gewesen und manche von uns gingen immer noch dorthin, um verbotene Sachen zu machen oder irgendwelche Chicks dort zu verführen. Wir nahmen Zack's Auto und brausten los. Die Fahrt dauerte nicht lange und wir kamen schnell an unserem Ziel an. Wir parkten das Auto einige Meter vom Stall entfernt und gingen dann zu Fuss weiter. Angekommen, liessen wir uns auf einer Bank nieder und Zack nahm den Joint hervor. „Feuerzeug?", fragte ich, kramte meins aus der Tasche und hielt es Zack hin. Er grinste und nahm es mir aus der Hand. Er zündete ihn an und nahm den ersten Zug. Dann nickte er wohlbefindend. „Gib mal her", sagte ich und nahm ihm den Joint aus der Hand. Ich nahm einen langen Zug und zog ihn hinunter bis in meine Lunge. Ich nickte zufrieden. „Guter Stoff", sagte ich zu Zack, als ich den Rauch wieder ausatmete. „Ich weiss, ich habe nur das Beste." Wir kifften den Joint zu Ende und redeten noch eine Weile über geile Bitches, bevor wir wieder in die Stadt zurückfuhren. Voll zu gedröhnt, lief ich nach Hause und schmiss mich aufs Bett. Ich nahm mein Handy zur Hand und scrollte durch die Kontakte. Bei Ally blieb ich stehen und sofort hob sich die Beneblung auf. Ich sah wieder klar und war bei vollem Bewusstsein. Echt jetzt?! Es war so geil gewesen, nicht nachdenken zu müssen, wenn auch nur für eine knappe Stunde. Ich legte das Handy wieder weg und schloss einfach die Augen in der Hoffnung einschlafen zu können. Was für ein Tag...

Ally

Ich lag auf der Couch und lauschte der Stimme im Fernseher. Ich hatte keine Ahnung, was gerade lief, aber ich hörte klar eine tiefe Männerstimme, die immer wieder sprach. Ich tippte auf meinem Handy herum und schlürfte nebenbei meinen Kräutertee, als mir plötzlich wieder das Ereignis von heute Morgen in den Kopf schoss. Ich hatte Tyler einfach stehen gelassen. Okay, was hätte ich sonst tun sollen? Es war so eigenartig zwischen uns, seit er mir diesen Brief geschrieben hatte. Wir hatten nicht wirklich miteinander geredet, geschweige uns richtig in die Augen geschaut. Alles war anders. Ob ich es gut oder schlecht finden sollte, wusste ich leider noch nicht, aber ich fand es auf jeden Fall etwas komisch. Gerade als ich weiter über Tyler nachdenken wollte, klingelte es an der Tür. Ich stand seufzend auf und begab mich zur Tür. Ich öffnete sie und davor stand Stasy. «Hey, was machst du denn hier?», fragte ich und musste lächeln. «Ich muss dir unbedingt was erzählen», erwiderte Stasy aufgewühlt. «Alles okay?» Sie nickte nur und steuerte aufs Sofa zu. Ich setzte mich neben sie hin und merkte, wie sie andauernd ihre Hände knetete. Ich schaute sie mit einer hochgezogenen Augenbraue an und dann begann sie endlich zu erzählen. «Also na schön…», fing sie an. «Ich hab mit Lucas geschlafen.» Erst weiteten sich meine Augen und dann musste ich grinsen. «Und war's gut?» «Ally, wie kannst du so etwas fragen?! Ich habe dir gerade erzählt, dass ich mein erstes Mal hatte und du fragst, ob es gut war?», fragte sie entsetzt, jedoch mit einem gewissen Humor in der Stimme. «Es war der Hammer», haute sie raus und wir fielen beide in Gelächter. «Aber ich sag's dir. Er war so süss. Es war wirklich perfekt», schwärmte sie und mein Grinsen verliess mich einfach nicht. «Ich freue mich so für dich», sagte ich und sie lächelte mich dankend an. Sie sah so glücklich aus wie schon lange nicht mehr und das brachte mich immer wieder zum Lächeln. Ich hatte so ein Glück, eine beste Freundin wie Stasy zu haben. Nachdem wir noch stundenlang geredet hatten, wurden wir beide allmählich müde. «Du, ich verschwinde dann mal, es ist schon ziemlich spät», sagte Stasy und drückte mich kurz. «Bis Morgen dann», rief ich ihr noch nach, während sie zur Tür hinaustrat. Die Tür fiel ins Schloss und ich sass nun wieder allein auf der Couch und dachte über den grössten Unsinn nach. Ob Jacob und ich auch bald soweit sein würden? Ich hatte ehrlichgesagt keine Ahnung. Ich schüttelte den Kopf. Wieso dachte ich über so etwas nach? Wenn es passierte, dann passierte es eben. Man sollte solche Sachen nicht planen.

Ich schlurfte die Treppe hoch und direkt in mein Zimmer. Ohne zu zögern liess ich mich in mein Bett fallen und schloss die Augen. Was für ein Tag…

Nächster Morgen

Heute wachte ich ausnahmsweise mal vor dem Wecker auf. Ich nahm mein Handy zur Hand und beantwortete ein paar Nachrichten, bevor ich es wieder weglegte und mir mit den Händen, den Schlaf aus den Augen rieb. Ich gähnte einmal und stand dann unmotiviert auf. Ich führte meine tägliche Morgenroutine durch und ging runter in die Küche. Meine Mom stand dort und machte sich Rührei mit Schinken. «Hey Spatz, möchtest du auch was davon?» Ich lehnte dankend ab, schnappte mir einen Apfel und machte mich auf den Weg nach draussen. Wie immer wartete dort Jacob auf mich und nahm mich mit zur Schule. Den ganzen Weg über redeten wir über den gestrigen Tag und einigten uns darauf, das öfters zu machen.

Als wir auf dem Schulhof ankamen, ging ich zu Mason und Clara, die auf einer Bank sassen und innig miteinander diskutierten. Als ich näherkam, konnte ich ein paar Fetzen auffangen. Anscheinend ging es um den Herbstball, der bald stattfinden sollte. «Hey Leute», sagte ich und blieb vor ihnen stehen. «Hey Guurl, siehst mal wieder gut aus heute», sagte Clara und schaute mich grinsend an. Ich grinste zurück und begrüsste noch Mason, bevor ich mich an ihrem Gespräch beteiligte. «Also ihr redet wohl über den Herbstball», sagte ich und Clara nickte wild. «Anscheinend soll dieses Jahr sogar ein bekannter Musiker dort sein», meinte Mason und wackelte mit seinen Brauen. «Ja, das hab ich auch gehört. OMG ich freu mich so auf diesen Ball», himmelte Clara. Ich musste lächeln. Ich hatte Schulbälle nie wirklich gemocht, aber das lag wahrscheinlich daran, dass ich da immer solo hingegangen war. Dieses Jahr würde sich dies aber endlich ändern, schliesslich hatte ich ja Jacob. «Und mit wem geht ihr hin?», fragte ich die zwei und Mason's Miene veränderte sich schlagartig. «Also mich haben da schon ein paar Jungs gefragt, aber es steht noch nicht fest, mit wem ich gehe», meinte Clara und spielte mit einer Haarsträhne. Ich schaute zu Mason, der scheinbar nicht so eine grosse Auswahl an Mädchen hatte.

«Kennt ihr Liv, aus der 11.?», fragte er und schaute rechts an mir vorbei. Ich drehte mich um und sah am anderen Ende des Schulhofes, ein dünnes, blondes Mädchen stehen. «Ah du meinst die Liv, die im Schulchor singt?», fragte Clara und schaute nun ebenfalls in ihre Richtung. Mason nickte. «Willst du etwa mit der zum Ball gehen?», fragte Clara verwundert. «Ja wieso nicht, ich meine sie ist echt nett und sieht auch nicht schlecht aus», meinte Mason und fuhr sich unsicher durchs Haar. «Wenn du sie magst, frag sie doch einfach. Sie scheint echt nett zu sein», sagte ich zu Mason und er schaute mich erstaunt an. «Meinst du wirklich?» «Ja wer würde nicht gern mit Mason Viller zum Herbstball gehen?», meinte ich und grinste ihn an. Er fing auch an zu grinsen, was seine Grübchen zum Vorschein brachte. Mason war eigentlich schon ziemlich süss, aber leider auch mein bester Freund, über den ich alles wusste und ich meine wirklich alles. «Danke Ally, du bist die Beste», sagte er, sprang auf, drückte mich kurz und lief dann auf diese Liv zu. «Beziehungsberatung bei Alice Anderson», sagte Clara lachend und stand auf. Sie hielt mir gespielt den Arm hin. «Wollen wir?», fragte sie und ich hängte mich bei ihr ein. Gemeinsam liefen wir lachend auf den Schuleingang zu. Weil es Dienstag war, hatte ich erst Bio dann Englisch und dann noch Deutsch. Ich überlebte eigentlich ziemlich gut, bis Deutsch an der Reihe war. Ich setzte mich an meinen Standartplatz und wie es nicht anders sein konnte, setzte sich Tyler hinter mich. Jedoch bohrte er mir keinen Stift in den Rücken oder sonstiges. Wir redeten kein Wort miteinander und auch als ich nach Vorn an die Tafel gehen musste, um etwas zu erklären, würdigte ich ihn keines Blickes. Einige würden wahrscheinlich sagen, dass wir uns unreif verhielten, aber nach den ganzen Geschehnissen, wollte ich einfach mal eine Zeit in meinem Leben ohne Tyler Collins haben. Als es endlich zu Mittagspause klingelte, war ich wirklich froh, denn ich hatte zum ersten Mal einen riesen Hunger. Ich ging an die Theke und wollte mir das Tagesmenu bestellen, als mich zwei Arme von hinten umschlangen. «Hat mein Mädchen heute mal grossen Hunger?», flüsterte mir Jacob ins

Ohr. Ich musste lachen. Die Küchenmagd stellte mir einen vollen Teller aufs Tablett und Jacob liess mich kurz los, damit ich mein Tablett in die Hände nehmen konnte. Er gab mir einen Kuss, der zwar kurz, aber sehr intensiv war. Als ich mich von ihm löste, grinste er und nahm mir mein Tablett aus den Händen. «Ich bin eben ein richtiger Gentleman», sagte er, als ich ihn lachend ansah. Er ging voraus und ich wollte ihm schon folgen, als ich durch die Mensa blickte und bei einem Augenpaar hängen blieb. Die Augen waren grün, so grün wie eine Wiese im Sommer. Ich konnte nicht wegschauen. Die Augen starrten mich ebenfalls an. Mein Blick ging weiter runter zu den Lippen. Ich wusste zu gut, wem diese Lippen gehörten. Ich schaute wieder hoch zu den Augen und schluckte einmal leer. Wieso war es so scheisse schwierig Tyler Collins zu ignorieren?! Er starrte mich immer noch aus seinen perfekt grünen Augen an und ich fühlte mich wie erstarrt. Ich wollte mich bewegen und zu Jacob laufen, aber ich konnte meinen Blick einfach nicht von ihm abwenden. «Ally» Jemand sagte meinen Namen. «Ally» Nun rüttelte mich jemand an meinen Schultern. «Ally, alles okay?» Tyler wandte seinen Blick ab und sofort war ich wieder bei mir. «Was, wo, wann?», fragte ich komplett verwirrt. Jacob sah mich sorgend an. «Ist alles okay bei dir?», fragte er und zog eine Augenbraue in die Höhe. Ich sah nochmals zur Stelle rüber, wo Tyler gestanden hatte, doch er war nicht mehr da. Ich schaute wieder zu Jacob und nickte. «Alles gut» Ich stellte mich auf die Zehenspitzen und küsste Jacob sanft auf den Mund, dann lächelte ich ihn an, in der Hoffnung, dass er nichts von meinem Starren vorhin eben mitbekommen hatte.

10. Kapitel

Tyler

Ich war noch immer nicht wieder ganz bei mir. Ihre Augen hatten mich komplett in ihren Bann gezogen. Diese Augen...Diese Lippen...Ihr Gesicht. Wieso musste sie nur mit diesem behinderten Stephens zusammen sein?! Ich konnte es einfach nicht verstehen. Er war doch ein komplett normaler Typ, der dazu auch noch ziemlich hässlich war. Ach egal. Ich schaute noch einmal zu ihr rüber, doch sie war nun voll und ganz auf ihr Essen fokussiert. Ich musste grinsen. So kannte ich meine Prinzessin. «Was grinst du so blöd?», fragte Eleanor und stellte sich vor mich, sodass ich keinen Blick mehr auf Ally erhaschen konnte. «Ich grinse, weil ich gerade eine versaute Phantasie von uns zwei hatte. Ich habe heute Sturm. Wie wär's wenn du vorbei kommst», log ich und legte meine Arme um ihre Taille. Ich zog sie näher an mich heran und streifte über ihre Lippen. Ich spürte wie sie überall Gänsehaut bekam und musste grinsen. «Hört sich gut an.» Mein Grinsen wurde noch breiter. Okay, jetzt mal ganz ehrlich. Ich hätte diesen Abend eigentlich lieber mit jemand anderem verbracht, aber Eleanor und ich waren nun wieder offiziell zusammen und darum konnte ich sowas nicht bringen. Schliesslich hing mein Ruf davon ab. Zack, Julien und Owen sassen bereits am Tisch und winkten mir zu. Ich gab Eleanor noch einen kleinen Klaps auf ihren Hintern und lief dann lässig auf den Tisch zu. «Hey Jungs, was geht ab?», fragte ich in die Runde und liess mich auf die Sitzbank fallen. «Was war das vorhin eben?», fragte Owen und schaute mich irritiert an. «Was meinst du?», fragte ich zurück, während ich an meiner Cola nippte. «Dieser Starrblick auf die Eine da, wie heisst sie schon wieder?» Owen überlegte und öffnete gerade seinen Mund, um weiter zu reden, als ich sagte: «Ah, du meinst Ally.» Er nickte. «Naja, sie ist heiss, was soll ich sonst noch dazu sagen», meinte ich cool und zuckte mit den Schultern. «Es sah aber nicht so aus, als ob du sie nur heiss findest», sagte nun Zack und schaute zu ihr rüber. «Was soll das denn bitte heissen?» Was wollten diese Vollidioten damit sagen?! «Hast du was mit ihr?», fragte Julien schlussendlich. Ich fing an zu lachen. «Leute, ihr wisst schon, dass sie die beste Freundin meiner Schwester ist und ausserdem ist sie mit diesem Vollspasst Stephens zusammen», redete ich mich aus der Sache raus. «Du bist Tyler Collins, sowas kann dir doch egal sein.» Zack glaubte mir nicht. *Fuck.* «Leute bitte. Ist das euer scheiss Ernst? Als ob ich was mit der habe, sie ist mir viel zu unerfahren und ausserdem kann ich jede haben. Wieso sollte ich also dieses graue Mäuschen wollen?» Wow, die Frage stellte ich mir jetzt wirklich. Wieso wollte ich sie? Ich konnte jede haben. Wieso ausgerechnet sie? Ich biss mir auf die Lippen. Die Jungs nickten nun alle gleichzeitig, doch ich wusste genau, dass Zack mir immer noch nicht glaubte. Er hatte mich schon immer durchschaut. Egal, ich würde es ihm ein anderes Mal erklären. Um vom Thema abzulenken, hatte ich bereits schon eine Idee. «Und wie sieht's aus mit dem Herbstball, habt ihr schon Bräute?», fragte ich also. Julien und Owen fingen an zu grinsen. Perfekt, so schnell konnten meine Freunde abgelenkt werden. «Ich hab da schon eine im Visier», sagte Julien und schaute zu Ally rüber. Whaat?! Wollte der mich jetzt etwa komplett verarschen? «Du hattest recht bro. Sie ist eigentlich schon ziemlich scharf.» Ich zog meine Augenbrauen hoch. «Ju, sie hat nen Freund», versuchte ich es ihm deutlich zu machen. «Scheiss auf ihren Freund. Mit Stephens kann ich locker mithalten und vielleicht kann ich ihn sogar übertrumpfen», plapperte er weiter. In mir spannte sich alles an. Wenn er ihr zu nahe käme, würde er sein blaues Wunder erleben. Zack bemerkte meine Reaktion sofort und warf mir einen warnenden Blick zu. «Gib auf, bei der hast du keine Chance, wenn nicht mal Ty sie rumbekommt.» Owen klang überzeugt. Ich und sie nicht rumbekommen. Der hatte ja keine Ahnung. Ich grinste innerlich. «Ein Versuch ist es wert, bei so einer Schnecke.» Julien zwinkerte mir zu und ich musste mich wirklich zusammenreissen, dass meine Faust nicht in seiner Fresse landete. Was dachte der sich eigentlich?! Ich schaute auf die Uhr und bemerkte, dass die Mittagspause gleich zu Ende war. Ich stand auf und wollte Eine rauchen gehen, doch auf halbem Weg blieb ich steh'n. Ich blickte zu meinen Jungs und nickte Zack zu, dass er mitkommen soll, als mir jemand entgegen kam. Es war Ally. Ich wollte unbedingt mal mit ihr reden, denn dieses Schweigen, brachte mich fast um. Ich wollte schon auf sie zugehen und sie fragen, ob sie Zeit zum Reden hätte, als Jacob hinter sie trat. Er legte einen Arm um ihre Schulter und gab ihr einen Kuss, bevor er mich provozierend ansah. Ally schaute auf den Boden und würdigte mich wieder mal keines Blickes. Wie mir dieses kindische Zeugs auf den Sack ging. Jacob wandte seinen provozierenden Blick nicht von mir und meine Mood änderte sich schlagartig von genervt zu angepisst und schlussendlich zu sauer. Ich ballte meine Fäuste und versuchte die Aggressivität, die sich in mir bildete zurück zu halten. Ein und Aus-atmen. Zack, der Alles-Checker kam schnell auf mich zu und legte einen Arm um meine Schulter. «Bro komm runter.» Ich nickte während ich weiter meine Hände zu Fäusten ballte. «Irgendwann werde ich diesen Stephens noch umbringen.» Zack ging mit mir nach Draussen und hielt mir eine Zigarette hin. «Nun erzähl mal, was es mit dieser Kleinen auf sich hat…»

Ally

Ich war immer noch ein wenig durch den Wind, wegen der Sache mit Tyler in der Mensa. Zuerst hatten wir uns eine gefühlte Ewigkeit lang angestarrt und dann hatte auch noch sein komischer Freund, dieser Julien Price die ganze Zeit zu mir rüber gestarrt. Was war nur falsch mit diesen Jungs?! Ich war gerade auf dem Weg zu meinem Klassenzimmer, als genau dieser Julien mir über den Weg lief. Ich wollte schon in den nächsten Flur abbiegen, als er mich aufhielt. «Hey Ally, warte mal kurz.» Ich atmete tief ein und machte mich gefasst, auf was jetzt auch immer kam. «Ähm kennen wir uns?», fragte ich, denn ich kannte ihn kaum und hatte auch nicht das Bedürfnis ihn kennenzulernen. «Ne glaub nicht, aber es gibt ja noch genügend Zeit sich kennen zu lernen», sagte er und lehnte sich cool an der Wand an. Ich nickte stumm, denn ich hatte wirklich keine Lust darauf, eine Konversation mit einem Idioten zu führen. «Also du und Stephens», fing er an. «Wie lange läuft das zwischen euch schon?» Ich war ein wenig schockiert. Wieso wollte er das wissen?! «Ähmm...», fing ich an, doch jemand fiel mir ins Wort. «Seit genau einem Monat du Spasst und jetzt verpiss dich.» Jacob stellte sich hinter mich und ich spürte wie sich seine Muskeln anspannten. «Hey bro, chill mal, ich hab sie nur was gefragt», wehrte sich Julien und warf unschuldig seine Arme in die Luft. Bevor Jacob noch was sagen konnte, was er vielleicht bereut hätte, zwinkerte Julien mir noch einmal zu, bevor er seinen Weg fortführte und an uns vorbei ging. «Was wollte der von dir?», fragte Jacob und kniff leicht die Augen zusammen. «Nichts, mach dir keine Sorgen», wollte ich ihn beruhigen. Ich küsste ihn auf die Lippen und schenkte ihm mein süssestes Lächeln. Seine Wut, Eifersucht oder was auch immer das gewesen war, verflog und er lächelte mich ebenfalls an. «Ich hab Mathe, wir sehn uns später.» Ich verabschiedete mich von ihm und ging in meine Klasse. Der Unterricht zog langsam vorbei und ich war kurz davor einfach wegzunicken.

Als es nach einer gefühlten Ewigkeit endlich zum Schulende klingelte, packte ich mein Zeugs zusammen und ging nach Draussen. Dort wartete ich auf Stasy. Nach zehn Minuten schaute ich auf die Uhr und fragte mich allmählich, wo sie blieb. Ich nahm mein Handy hervor und rief sie an. Es ging jedoch niemand ran. Wo steckte sie nur?! Nach zwanzig Minuten hatte ich keine Geduld mehr und rief sie nochmals an. Wieder ging niemand ran. Na dann, musste sie eben selbst schauen, wie sie nach Hause kam. Ich ging auf den Parkplatz und fand den Wagen meiner Mom. Ich stieg ein und begrüsste sie mit einer kurzen Umarmung. «Hey Spatz, wie war die Schule heute?», fragte sie und ich meinte nur: «War ganz OK.» «Wo ist Stasy, wollte sie nicht mit uns fahren?», fragte meine Mom und schaute sich auf dem Parkplatz um. «Keine Ahnung wo sie ist.» «Hast du sie schon angerufen?» «Ja schon zweimal», gab ich zurück. «Nun denn, vielleicht wurde sie noch von etwas aufgehalten. Sollen wir noch auf sie warten?» «Nene, sie kann auch den Bus nehmen», meinte ich und meine Mom nickte. Sie startete den Motor und wir fuhren vom Parkplatz auf die Strasse runter. Die Autofahrt verlief eigentlich ziemlich ruhig. Wir redeten bloss ein bisschen über unseren Tag und sie erzählte mir irgendwas von einer Überraschung, die Zuhause auf mich warten sollte. Hatte ich schon mal erwähnt, dass ich Überraschungen hasste?

«Also Schatz, ich weiss ja, dass ich nicht oft zuhause bin und wir daher nicht viel zusammen unternehmen können...» Sie unterbrach ihren Satz kurz und ging in die Küche. Was kam denn jetzt?! Vielleicht hatte sie ja ihren Job gekündigt. Sie kam mit einem Briefumschlag zurück und drückte ihn mir lächelnd in die Hand. «Mach ihn auf», forderte sie mich auf und ihr Lächeln wurde noch breiter, als ich den Umschlag vorsichtig zu öffnen begann. Ich zog zwei Papierstücke raus. Es waren Flugtickets. Flugtickets nach Barcelona in Spanien! Ich schaute meine Mom verwirrt an. Flogen wir etwa nach Spanien? Die grössere Frage war jedoch wann, denn ich hatte keine Ferien. Erst im Winter und bis dahin ging es noch fast drei Monate. Meine Mom bemerkte wie ich darüber nachdachte und beantwortete mir alle Fragen, die mir im Kopf rumschwirrten. «Also, wir fliegen am Donnerstag. Ich habe bereits bei deiner Schule eine einwöchigen Dispens beantragt und sie wurde vom Direktor genehmigt. Das heisst wir fliegen nach Spanien», kreischte sie. Ich konnte es kaum glauben. Wir flogen wirklich nach Spanien?! Ich sprang auf und schloss in das Gekreische meiner Mom mit ein. Wir waren noch nie zusammen in den Urlaub gefahren, geschweige denn so weit weg. Ich freute mich tierisch auf diese Woche und das Gute daran war, dass es bis dahin gar nicht mehr so lange dauerte. Sofort erzählte ich es all meinen Freunden und natürlich Jacob. Er war leider nicht so glücklich darüber wie ich. Als letztes rief ich noch Stasy an, nun ging sie endlich mal ran. «Hey beste

Freundin, warum bist du heute nicht mit uns nach Hause gefahren?», fragte ich erst, weil sie mir noch nichts geschrieben hatte. «Hey Ally, sorry wegen dem. Ich wurde von Mrs. Dumbilton aufgehalten. Sie musste noch etwas mit mir besprechen», entschuldigte sie sich. Sie fühlte sich mies, woraufhin ich ihr versicherte, dass es nicht so wild wäre. Ich erzählte ihr von unserem spontanen Trip nach Spanien und sofort kam ihre gute Laune zurück. «OMG, wie krass geil ist das denn bitte?!» Sie rastete förmlich aus. Wir tratschen noch eine Weile weiter, bis mich meine Mom nach Unten rief. Ich legte auf und stand wenige Sekunden später in der Küche. «Ja was ist?», fragte ich. «Da wartete jemand vor der Tür auf dich», meinte sie und nickte in Richtung Haustür. Ich machte auf dem Absatz kehrt und öffnete die Haustür. Draussen vor der Tür stand Jacob mit einem Rosenstrauss in der Hand. Ich musste lächeln. Hatte ich nicht den süssesten Freund der Welt?! «Hey was machst du denn hier?», fragte ich ihn, während er mir die Rosen übergab. «Ich wollte dich noch einmal sehen, bevor du für eine Woche verschwindest», meinte er und trat einen Schritt näher. Er schlang seine Arme um mich und zog mich näher an sich. «Ich will nicht ohne dich leben», sagte er und lehnte seine Stirn an meiner an. «Es ist ja nur für eine Woche», versuchte ich ihn zu überzeugen. «Ich werde dich trotzdem schrecklich vermissen.» «Ich dich auch», sagte ich und schloss den winzigen Abstand zwischen unseren Lippen. Wie immer fühlte es sich so gut an, ihn zu küssen. Doch diesmal fühlte es sich irgendwie anders an. Ich hatte das Gefühl, dass wir uns voneinander verabschieden mussten und ich hasste Abschiede. Er brachte kurz einen Abstand zwischen uns und sah mir in die Augen. „Ich liebe dich, Ally.". Seine Stimme klang ernst und man konnte hören, dass er diesen Satz wirklich ernst meinte. Ich wollte es schon erwidern, doch irgendwie blieb es einfach in meiner Kehle stecken. Was war los mit mir?! Wieso konnte ich meinem Freund nicht sagen, dass ich ihn liebte? Weil er mich nun etwas verwirrt ansah, da ich nichts sagte oder tat, lehnte ich mich nach vorn und küsste ihn wieder auf die Lippen.

«Willst du heute hier übernachten?», fragte ich ihn. Überlegt hatte ich mir das zwar nicht wirklich, da meine Mom Zuhause war und ich eigentlich noch packen musste, aber ich wollte die letzten paar Stunden, die wir noch hier waren mit Jacob verbringen. Er lächelte mich an und nickte.

Tyler

Nachdem ich Zack das Ganze mit Ally erklärt hatte, beschloss ich spontan die Schule zu schwänzen, da ich nicht wirklich Bock darauf hatte meinen Dienstagnachmittag in diesem hässlichen Gebäude zu verbringen. Zack schloss sich mir an und so gingen wir gemeinsam in die Stadt. Wir checkten ein paar heisse Chicks ab und ich holte mir ein paar neue Sneakers, die ich mir eigentlich schon lange kaufen wollte. Ja auch Männer gingen manchmal shoppen. Später gingen wir dann noch zu Zack nach Hause und zogen uns ein paar Zigaretten rein. «Magst du sie?», fragte er plötzlich, während ich an meiner Kippe zog. «Wen?», fragte ich, wusste jedoch ganz genau, wen er meinte. «Ally», sagte er und schaute mich ernst an. Ich hatte ehrlichgesagt noch nie so richtig über diese Frage nachgedacht. Das Ganze war einfach zu kompliziert. Sie war für mich (bis jetzt) immer wie eine zweite kleine Schwester gewesen, aber seit diesem Kuss, nun ja, seit da hatte sich alles verändert. Ich sah sie nicht mehr als kleines, unschuldiges Mädchen, sondern viel mehr als jemand den ich wollte. Ja ich wollte sie, aber leider wusste ich nicht, was das bedeutete. Oh mann, ich hatte keine Ahnung. «Ja klar mag ich sie, aber ich denke eher wie eine gute Freundin oder wie eine zweite Schwester», sagte ich also, weil ich vor Zack nicht wirklich raushauen wollte, dass ich ununterbrochen daran denken musste, wie sehr ich sie wollte. Zack sah mich misstrauisch an. «Und da bist du dir ganz sicher?», fragte er und ich nickte. Eigentlich war ich mir ganz und gar nicht sicher. Mein Handy begann zu klingeln und ich nahm es aus der Hosentasche. Eleanor. Ich verdrehte die Augen. «Die ruft mich schon die ganze Zeit an», motzte ich und Zack lachte. «Sie ist deine Freundin bro, natürlich ruft sie dich an, wenn du einfach so aus der Schule verschwindest.» Ich zuckte gelangweilt die Schultern und drückte sie weg. Die sollte mal ein bisschen chillen. Es dauerte nicht fünf Minuten und sie rief wieder an. Weil ich keinen Bock mehr hatte, ging ich ran. «Was?», fragte ich genervt. «Babe ist alles in Ordnung? Du warst am Nachmittag nicht mehr in der Schule.» Sie hörte sich besorgt an, was aus irgendeinem Grund dazu führte, dass sie mir noch mehr auf den Sack ging. «Ich hab geschwänzt.» «Ah okay, ja dann bin ich erleichtert. Ich hatte schon Angst, dass dir was zu gestossen sei», meinte sie mit ihrer Barbiestimme. Ich sagte daraufhin nichts mehr. «Ach und Baby soll ich heute Abend noch bei dir vorbeikommen?», fragte sie mit einer verführerischen Stimme. «Ne sorry, hab heute keine Zeit. Wir seh'n uns morgen.» Mit diesem Satz legte ich auf und steckte mein Telefon zurück in meine Tasche. «Was war das denn eben?», fragte Zack schockiert. «Was denn?» «Du warst gerade echt arschig zu ihr», meinte er, woraufhin ich nur mit den Achseln zuckte. Wir waren nicht mal zwei Wochen wieder zusammen und sie stresste mich jetzt schon wieder. Ob das mit dem nochmals Zusammenkommen eine gute Idee gewesen war?

Irgendwann verabschiedete ich mich dann von Zack und machte mich auf den Weg nach Hause, wo mich eine beunruhigte Stasy empfing. «Schwesterchen, ist alles okay?», fragte ich, weil sie nicht damit aufhören konnte, ihre Hände zu kneten. Sie schaute mich an und verzog dann gequält ihr Gesicht. «Tyler…», fing sie an und ich rechnete schon mit dem Schlimmsten. Was hatte sie wieder angestellt?! «Ich muss dir was sagen…Also…» Sie überlegte offensichtlich, wie sie es mir am besten sagen sollte. «Sag jetzt endlich», forderte ich sie auf. «Ally geht für eine Woche nach Spanien.» Sie redete so schnell, dass ich ihr nur schwer folgen konnte. Ally ging nach Spanien? Wann? Warum? Und die meist bedeutendste Frage war: Mit wem? Ich fing von vorn an. «Wann geht sie denn?», fragte ich also. «Sie fliegt am Donnerstag», meinte Stasy und ich schluckte. Das hiess wohl, dass ich sie nur noch morgen sehen konnte. «Und darf ich fragen mit wem sie geht?» Stasy lachte. «Mach dir keine Sorgen. Jacob geht nicht mit. Nur sie und ihre Mom.» Ich war irgendwie erleichtert. «Nun ja, dann wünsche ich ihr morgen wohl noch viel Spass», sagte ich und lehnte mich auf dem Sofa zurück. Stasy schaute mich misstrauisch an. „Was ist?", fragte ich. „Tyler, ich weiss nicht was zwischen dir und Ally vorgefallen ist. Ihr redet beide nicht darüber, aber ich weiss das irgendwas passiert sein muss." Ich zuckte ahnungslos mit den Schultern. Ich wollte nicht unbedingt mit Stasy darüber reden, schliesslich war sie Ally's beste Freundin. „Tyler, komm schon. Was ist zwischen euch passiert?" Manchmal hasste ich es, dass meine Schwester und ich uns so ähnlich waren. Wir konnten solche Sachen einfach nie gut sein lassen. „Nun ja, ich hab eben wieder mal Scheisse gebaut", sagte ich und dachte an meinen idiotischen Brief. Sie schaute mich mit einer hochgezogenen Braue an. „Ich hab ihr einen Brief geschrieben, in dem ich gesagt habe, dass es nie zwischen uns funktionieren würde." Stasy schaute mich mit grossen Augen an. „Wieso hast du das getan?", fragte sie. „Ally ist einfach zu gut für mich. Ich hab sie so oft verletzt und trotzdem war sie immer für mich da. Sie hat jemand besseren verdient." Ich merkte immer mehr, wie mich das Ganze traf. Ich fühlte mich beschissen. „Ist das dein ernst, Tyler?" Stasy sah mich unglaubwürdig an. „Also hör mir mal zu, mein liebes Bruderherz. Sag einem Mädchen nie, dass sie sich jemand besseren suchen soll, denn denk mal darüber nach, was nach diesem Brief passiert ist. Sie hat sich jemand anderen gesucht, nämlich Jacob. Und du sitzt hier rum, badest in Selbstmitleid und machst dir zehntausend Gedanken." Ich zuckte wieder mit den Schultern. Damit hatte sie nicht unrecht. „Also hör mir zu, Tyler. Jetzt steh auf, kauf ihr Blumen oder irgendwas und fahr zu ihr. Sag ihr, dass du nicht willst, dass sie Jacob datet. Sag ihr einfach, dass du sie willst!" Irgendwie hatte Stasy damit schon recht, aber ich wusste nicht mal, ob Ally mir das je verzeihen würde. „Ich rede morgen mit ihr", sagte ich also und fing mir damit ein enttäuschtes Schnauben von Stasy ein.

11. Kapitel

Ally

Jacob war noch kurz zu sich nach Hause gefahren, um sich ein paar Sachen zu holen. Währenddessen räumte ich kurz mein Zimmer auf und gesellte mich dann zu meiner Mom in die Küche. «Und freust du dich schon auf übermorgen?», fragte sie. Natürlich, was war denn das für eine Frage! «Ja, ich freue mich sooo sehr», erwiderte ich und sie musste lachen. „Ich freu mich wirklich darauf, dass wir wieder mal etwas Zeit miteinander verbringen können." Sie lächelte mich herzlich an. „Ich mich auch Mom." Ich schloss sie in eine Umarmung und sie gab mir einen Kuss auf die Stirn. «Ach und übrigens ich bin heute Abend nicht zuhause, also seid ihr zwei allein.» Ich musste ihr Gesicht gar nicht sehen, um zu wissen, dass sie breit grinste. Ich seufzte und ging dann nach oben in mein Zimmer. Ich nahm mein Handy und rief Stasy an. Sie ging sofort ran. «Hey du», sagte sie gutgelaunt. Ihre gute Laune war immer so ansteckend. Ich musste grinsen «Stasy ich muss dich was fragen.» «Klar, du kannst mich alles fragen?», sagte sie überzeugt und ihr Grinsen war kaum zu überhören. «Jacob übernachtete heute bei mir», sagte ich und kaum hatte ich ihr das erzählt, sprudelte es aus ihr wie aus einem Buch. „Omg Ally, heisst das ihr werdet es heute tun? Also ich kann dir etwas sagen, es wird anfangs wahrscheinlich ein bisschen weh tun, aber ich glaub Jacob hat sowieso schon genug Erfahrung, darum wird das sicherlich kein Problem. Oh Gott, ich freu mich so für dich. Glaub mir es ist so ein schönes Gefühl, wenn du es mit der Person machst, die du liebst." Ich atmete tief durch. „Stasy, ich weiss nicht ob wir es tun werden. Ich weiss nicht mal ob ich überhaupt bereit dafür bin", antwortete ich auf ihre Aussage. „Achso…" Sie verstummte. „Er hat mir heute gesagt, dass er mich liebte und weisst du was?" „Was denn?" „Ich konnte es nicht mal erwidern." Jetzt wusste Stasy scheinbar nicht mehr, was sie sagen sollte, denn sie war ganz still. Nach einer

Weile fing sie wieder an zu sprechen: „Kann es sein, dass das an Tyler liegt?", fragte sie uns sofort weiteten sich meine Augen. Was?! Wie kam sie denn darauf? „Wie kommst du darauf?", fragte ich irritiert. „Ally, du kannst nicht leugnen, dass da noch was zwischen dir und ihm ist." Ich zog die Brauen hoch. „Stasy, wirklich, das mit Tyler und mir ist vorbei, das kannst du mir glauben. „Nicht für ihn." Warte mal was? Mit einer solchen Aussage hätte ich jetzt wirklich nicht gerechnet. „Was meinst du damit?" Ich merkte, dass Stasy kurz davor war, etwas auszuplaudern, was sie eigentlich nicht durfte. „Jetzt sag schon." „Also gut", legte sie los. „Ich hab vorher mit ihm geredet und es scheint als ob ihm das Alles wirklich nah geht und du weisst wie Tyler eigentlich ist. Er ist ein Stein, wenn es um Gefühle geht, aber bei dir ist er nicht so." Ich wusste nicht was ich sagen sollte. Mein Mund war trocken und irgendwie blieben mir die Worte im Hals stecken. „Vielleicht kannst du Jacob nicht sagen, dass du ihn liebst, weil du eigentlich immer noch Gefühle für Tyler hast." Nein. nein, nein, nein. Ich hatte mit Tyler abgeschlossen. Er hatte mein Leben zulange kontrolliert. Ich wollte das nicht. Ich mochte Jacob, wirklich. Er war toll. Ich wollte auch nur Jacob. Aber nachdem Stasy mir das alles erzählt hatte, wurde ich unsicher. *Ich hasste mein Leben.* „Egal, tut mir leid ich bin abgeschweift. Also was ich noch dazu sagen wollte ist, dass du nichts überstürzen solltest. Wenn es sich mit Jacob richtig anfühlt, tu es einfach und wenn du dir unsicher wirst, lass es einfach." Sie fing wieder an zu lächeln. „Ist gut, danke für deinen Rat", sagte ich und legte auf. Das war jetzt alles etwas zu viel gewesen. Ich ging runter in die Küche, um mir einen Tee zu machen. Ich war gerade dabei mich an den Tisch zu setzen, als meine Mom reinkam. «Ich geh dann mal. Viel Spass ihr zwei», sagte sie und ich hörte noch wie die Tür ins Schloss fiel, bevor ich mit voller Wucht auf den Küchentisch einschlug. Der letzte Monat war so perfekt gewesen, wieso musste nun alles wieder von vorn beginnen?! Ich legte meinen Kopf auf den Tisch und dachte nach. Weit kam ich aber nicht, denn knapp eine halbe Minute später klingelte es an der Tür.

Seufzend stand ich auf und liess Jacob rein. Sofort bemerkte er meinen niedergeschlagenen Blick und zog mich in eine Umarmung. „Hey baby, was ist los?" Ich drückte meinen Kopf gegen seine Brust und versuchte die Tränen zurückzuhalten, die mir in die Augen schossen. Wieso war mein Leben nur so ätzend? Als ich mich nach einer Weile von ihm löste, schaute er mich besorgt an. „Ist wirklich alles okay?" Ich nickte langsam und er lächelte mich an. „Wie wär's mit Pizza?" „Ou ja, Pizza hört sich gut an." Sofort schlich sich ein Grinsen auf meine Lippen.

Zusammen mit der Pizza und zwei Gläsern Eistee setzten wir uns auf die Couch. Jacob wählte den Film aus und ich war schon dabei das erste Stück meiner Pizza-Hawaii zu essen. *Gott, war das lecker.* Nachdem wir alles aufgegessen hatten, legte sich Jacob hin und ich kuschelte mich an ihn. «Ich will nicht, dass du donnerstags fliegst», sagte er und küsste mich auf die Stirn. Anstatt ihm zu antworten, kuschelte ich mich noch näher an ihn heran. Wir verharrten eine Weile in dieser Position, bevor ich aufstand und ihn fragte, ob er einen anderen Film schauen wollte. Er willigte ein und ich schob eine neue DVD ein. Ich bekam nicht wirklich viel vom Film mit, denn ich dachte nach. Ich dachte über Stasy's Worte nach. Wollte mich Tyler wirklich? Wieso hatte er mir dann diesen beschissenen Brief geschrieben?! Es gab einfach keinen Sinn. Jacob streichelte im gleichen Rhythmus immer wieder meinen Hinterkopf und meine Gedanken beruhigten sich allmählich. Ich schaute auf die grosse Uhr, die an der Wand hing und bemerkte, dass es schon halb elf war. «Ich bin müde, wie sieht's mit dir aus», sagte er und erhob sich langsam von der Couch. Ich nickte und er schaute mich kurz intensiv an, bevor er seinen Blick senkte und die Treppe hoch ging. «Kommst du?», fragte er lachend, denn ich stand immer noch an derselben Stelle. «Ja gleich», sagte ich und er grinste. Als er um die Ecke gegangen war, bewegte ich mich endlich. Ich fuhr mir mit den Händen durchs Haar und war verzweifelt. Ich hatte gar nicht mehr daran gedacht, dass Jacob hier übernachtete. Ich hatte mir nicht mal Gedanken darüber gemacht, ob ich jetzt überhaupt bereit dafür war, ihm zu sagen, dass ich ihn liebte oder sogar mit ihm zu schlafen. Heute war nicht der Abend dafür. Am liebsten hätte ich ihn einfach nach Hause geschickt und die ganze Nach durchgeheult. Ich schleppte mich nach oben und ging kurz ins Bad, wo ich mich im Spiegel betrachtete. Ich sah wirklich müde aus. Ich hatte Augenringe die fast bis zu meiner Nasenspitze reichten und mein Haar war verstrubbelt. Ich nahm mir eine Bürste und versuchte die Knoten rauszubekommen, was sich schwerer erwies als gedacht. Irgendwann verlor ich die Nerven und schmiss die Bürste auf den Boden. *Was war denn nur los mit mir?!* Ich schüttelte frustriert den Kopf. Ich spritzte mir kaltes Wasser ins Gesicht und ging dann in mein Zimmer, wo es sich Jacob bereits auf meinem Bett bequem gemacht hatte.

Als er mich erblickte, erschien ein breites Grinsen auf seinem Gesicht. Ich lächelte zurück und er stand auf. Er kam zu mir rüber und schlang die Arme um mich. «Weisst du eigentlich wie glücklich du mich machst», sagte er und legte seinen Kopf an meinen Hals. „Du bist so unfassbar toll", flüsterte er in mein Ohr und ich musste lächeln. Er war einfach zu süss. Trotz seiner lieben Worte und seiner Nähe konnte ich nicht aufhören an Tyler zudenken. Ich war ein grauenhafter Mensch, das wurde mir in letzter Zeit immer bewusster. Jacob war so gut und ehrlich und ich dachte an einen anderen, wenn wir zusammen waren. Ich musste damit ein für alle Male aufhören. *Ich musste endlich abschliessen...*

Tyler

Heute war Mittwoch, dass bedeutet es war der letzte Tag, an dem ich Ally sehen konnte. Ich wollte unbedingt mit ihr reden, da mir dieses Irgendwas, was zwischen uns war übertrieben auf den Sack ging. Ich ging ins Bad und stellte mich unter die Dusche. Ich hatte so gar keine Lust auf den heutigen Tag. Eleanor würde sicherlich rumheulen, weil ich gestern so hart zu ihr gewesen war. Das jedoch war mein geringstes Problem. Dieses Girl übertrieb sowieso immer masslos. Ausserdem würde ich Julien verprügeln müssen, weil er sich gestern an Ally rangemacht hatte. Das hatte mir übrigens Owen erzählt. Was wollte der nur von ihr?! Dachte er wirklich, er hätte eine Chance? Ich musste innerlich lachen. Als ich das Bad frischgeduscht wieder verliess, stand Stasy im Flur und wartete scheinbar auf mich. Ich blieb stehen und schaute sie fragend an. «Ist was?» «Ja ich wollte dir nur sagen, dass Ally heute nicht mehr in die Schule kommt», sagte sie und schaute auf ihre Füsse. «Was, warum?» Ich war verwirrt. Gestern hatte sie mir doch gesagt, dass Ally heute noch kam. «Sie hat mir heute Morgen geschrieben. Sie muss noch packen und all das und kommt darum nicht.» Ich nickte steif und ging in mein Zimmer. Ernsthaft jetzt?! Ich würde Ally also eine ganze Woche lang nicht sehen, ohne vorher alles geklärt zu haben. Ich schmiss mein Badetuch, das ich mir um die Hüfte gewickelt hatte, aufs Bett und fuhr mir mit den Händen durchs nasse Haar. Nachdem ich meine Aggressionen einigermassen unter Kontrolle hatte, nahm ich mir was zum Anziehen und verliess danach das Haus. Ich war viel zu früh dran. Es war knapp nach sieben und die Schule begann erst um acht Uhr. Ich hatte noch genügend Zeit. Sollte ich also vielleicht einfach zu Ally fahren? Wenn Ally nicht in die Schule kam, musste ich eben zu ihr gehen. Ich wollte diesen ganzen Mist einfach endlich geklärt haben und ein kleiner Teil in mir wünschte sich einfach, sie noch einmal zu sehen. Ich startete meinen Wagen und fuhr auf die Strasse. Im Radio kam nur Schrott, weshalb ich eine Bon Jovi CD reinmachte und das Volumen voll aufdrehte. Es dauerte nicht lange und ich hatte ihre Strasse erreicht. Ich wollte gerade vor ihrem Haus parken, als ich einen schwarzen BMW in der Einfahrt stehen sah. Stephens. Was tat der denn hier? Hatte er bei ihr übernachtet?! Der Kinnladen fiel mir runter. Nie im Leben. Ich kannte Jacob, er war zwar etwas dumm, aber bei den Mädchen genau wie wir anderen. Er wollte sie nur für eine Nacht und dann verpisste er sich zur Nächsten. Das war ja schön und gut, aber wenn er das bei

Ally abzog, konnte er mit einer Trachtprügel von mir höchstpersönlich rechnen. Ehrlichgesagt wusste ich nicht, wieso ich mir überhaupt so viele Gedanken darüber machte. Vielleicht war ja gar nichts passiert. Aber irgendein Gefühl in mir sagte einfach, dass es zu spät war. Dass ich zu spät war. Ich hatte sie verloren.

Weil ich die zwei auf keinen Fall stören wollte (Ironie), überlegte ich es mir anders und wendete. Ich fuhr direkt in die Schule, wo ich doch noch ein wenig zu früh dran war. Ich rief Zack an und zwang ihn regelrecht dazu, sofort zur Schule zukommen. Als er fünf Minuten später auf den Parkplatz gebraust kam, hastig ausstieg und zu mir rüber eilte, sah er ziemlich geschaffen aus. «Was ist der Notfall?», fragte er mich und ich fing an zu grinsen. «Es gibt keinen Notfall. Ich hatte einfach keinen Bock darauf, allein hier rumzuhängen.» Zack sah mich ungläubig an. «Du willst mir jetzt nicht ernsthaft sagen, dass ich in diesem Tempo hierher gerast bin und das nur, weil du nicht alleine warten wolltest?» Er fühlte sich offensichtlich verarscht. «Doch genau das wollte ich damit sagen.» Ich grinste immer noch wie blöd, während er mich mit einem genervten Blick ansah. «Ich hasse dich», sagte er und boxte mir in die Schulter. Ich musste lachen und zog mein Zigarettenpäckchen hervor. «Kippe?», fragte ich und sofort verschwand seine Wut. Er nahm sie grinsend an und schnappte mir mein Feuerzeug weg.

Es dauerte nicht lang und dann kamen auch schon die ersten paar Schüler. Die Meisten waren jedoch nur Streber, oder irgendwelche Bücherwürme, welche sich den ganzen Tag in der Bibliothek verkrochen. Wir rissen ein paar Sprüche und lachten uns einen runter, weil die ganzen Streber so lachhaft aussahen. Zum Glück würde ich nie so enden. Kurz bevor es klingelte, stiessen schliesslich auch noch Julien und Owen zu uns. Ich warf sofort einen verachtenden Blick zu Julien, der mich aber nicht wirklich beachtete. Er war so, in sein Gespräch mit Owen vertieft, dass er gar nichts von meinen tötenden Blicken checkte. Ich klopfte ihm auf die Schulter und er schaute mich grinsend an. «Wir müssen reden», sagte ich und sein Grinsen wurde schmaler. «Über was denn?», fragte er und ich nickte in Richtung Parkplatz. Ich wollte das nicht unbedingt vor den Anderen klären. «Jungs wir kommen gleich wieder», sagte ich und Julien folgte mir auf den Platz. «Was ist denn?», fragte er und ich atmete tief ein. «Halt dich von Ally fern.» Er lachte. «Wieso sollte ich?» «Weil ich es dir gesagt habe», warnte ich. «Schon gut, schon gut, chill mal. Wieso regst du dich denn so auf? Willst du etwa was von der Kleinen?», fragte er und grinste mich pervers an. «Ich chill nicht und halt dein Maul. Sie ist wie eine Schwester für mich.» Er nickte, grinste aber immer noch so blöd. Dieser Typ war gerade kurz davor, Eine zu kassieren. Ich musste hier weg. Ich lief los und Julien rief mir «hey warte» nach. Ich tat so als ob ich ihn nicht gehört hätte und ging weiter. Der Tag war für mich jetzt schon gelaufen.

Ally

Jacob war bereits in die Schule gegangen und für mich hiess es nun packen. Ich nahm mir einen mittelgrossen Rollkoffer und packte alles ein, was ich brauchen könnte. Obwohl wir nur eine Woche gingen, hatte ich Kleider für etwa drei Monate dabei. Meine Mom kam hoch in mein Zimmer und musste lachen, als sie sah, dass ich den Koffer fast nicht zu bekam. «Brauchst du Hilfe Schatz?», fragte sie und wollte schon herbeieilen. «Nein, nein Mom, danke aber ich schaff das schon allein», verteidigte ich mich und sie hielt unschuldig die Hände in die Luft. «Alles klar, pass nur auf, dass dein Koffer nicht plötzlich explodiert, mit denen vielen Sachen, die du eingepackt hast.» Ich musste schmunzeln. Okay, zugegeben ich hatte vielleicht ein wenig übertrieben, aber ich war schliesslich noch nie im Urlaub gewesen und wenn ich schon mal ging, dann aber richtig. Ich ging noch kurz ins Bad, da ich mein Handy dort liegen gelassen hatte und warf mich dann damit aufs Bett. Der Koffer konnte warten, schliesslich brachte ich ihn ja sowieso nicht zu. Ich ging auf

Instagram und scrollte durch die Bilder. Sofort fiel mir Eleanor's neues Profilbild auf. Es war ein Bild von ihr und Tyler, das ziemlich neu war. Sie küssten sich. Sofort hatte ich ein ungutes Gefühl im Magen. Ich war aus irgendeinem Grund traurig, aber ich hatte ja wirklich keinen Grund dazu. Ich hatte einen perfekten Freund und Eleanor liess mich in Ruhe, weil ich keinen Kontakt mehr mit Tyler hatte, was wollte ich also mehr? Doch irgendwas liess mich die Sache mit Tyler einfach nicht vergessen. Ich konnte ihn nicht vergessen. Ich hatte ihn wirklich gemocht, mehr als einen Bruder, doch das war jetzt vorbei. Ich musste damit abschliessen und Spanien war genau das Richtige dafür. Ich legte das Handy weg und konzentrierte mich wieder auf diesen blöden Koffer. Ich versuchte ihn mit aller Gewalt zu zukriegen, doch es wollte einfach nicht. Nach einer halben Ewigkeit gab ich dann endlich nach und fragte meine Mom nach Hilfe. Wie es nicht anders hätte sein können, brachte sie ihn beim ersten Versuch zu. Wieso immer ich? Ich war einfach eine Niete, wenn es um praktische Dinge ging. Nicht mal kochen konnte ich. Manchmal hätte ich mich am liebsten selbst ausgelacht.

Der Tag ging schnell um. Den Hauptteil der Zeit verbrachte ich damit auf meinem Bett zu liegen und über den bevorstehenden Urlaub nachzudenken. Jedoch schlich sich immer wieder ein Gedanke in meinen Kopf. Ich musste die ganze Zeit an dieses doofe Profilbild von Eleanor denken. Ich brachte den Gedanken, dass Tyler sie liebte nicht aus dem Kopf. Wie konnte er so jemanden nur als Freundin wollen?! Sie war hochnäsig, eingebildet und lief rum wie eine Barbiepuppe. Was fand er nur an ihr? Egal, so etwas sollte mich eigentlich gar nicht interessieren (aber leider tat es das). Ich blickte immer wieder auf mein Handy, weil ich das Gefühl nicht los wurde, dass irgendwas noch passieren würde, bevor ich nach Spanien flog. Ja okay, zugegeben ich wollte Tyler noch einmal sehen bevor ich flog. Wieso wusste ich auch nicht, aber ich hatte das Gefühl, dass wir diese komische Stille zwischen uns endlich aufheben mussten. Ich war zwar selbst schuld an der ganzen Sache, aber hätte er diesen doofen Brief nicht geschrieben, wäre es auch nie so weit gekommen.

Es war kurz nach fünf und ich schaute schon wieder auf mein Handy. *Arghh!* Ich war kurz davor ihn anzurufen, sagte mir aber jedes Mal aufs Neue wieder „nein". Ich durfte ihn nicht anrufen. Er hatte zu viel Mist gebaut. Ich schüttelte meinen Kopf, weil ich mich mal wieder über mich selbst aufregte. Dieser Typ machte Dinge mit mir, die ich nicht wirklich gut fand. Ich musste ihn aus meinem Kopf bekommen. Ich nahm wieder mein Handy und ging in meine Fotogalerie. Ich schaute mir die Bilder von mir und Jacob an und musste schmunzeln. Doch mir verging das Lachen schnell, als ich plötzlich alte Videos von Tyler fand. Eines war genau vor zwei Jahren an seinem Geburtstag entstanden. Er war da sechzehn geworden und hatte eine fette Party geschmissen. Im Video konnte man erkennen, wie er oben ohne auf dem Tisch rumtanzte und von allen Seiten angebaggert wurde. Wieso zum Teufel hatte ich ein solches Video auf meinem Handy?! Ich drückte auf „delete" und schmiss mein Handy aufs Bett. Ich hätte am liebsten einfach drauf losgeschrien. Die vergangenen Wochen hatte ich nie an Tyler gedacht, doch jetzt plötzlich fing es wieder an. Genau jetzt, als ich nach Spanien fliegen musste. Wieso hatte ich ein solch hartes Karma nur verdient?! Egal ich durfte mich jetzt nicht von Tyler ablenken lassen, schliesslich flog ich nach Spanien, was gab es geileres!

12. Kapitel

Tyler

Die Woche ohne Ally verging langsam. Es fühlte sich eher so an, als ob sie fünf Monate weggewesen wäre. Ich dachte jeden Tag daran, wie sie in einem scharfen Bikini am Strand lag und am liebsten hätte ich mich einfach zu ihr hin gebeamt. In dieser Woche war so einiges passiert. Zack hatte eine grosse Homeparty geschmissen, bei der ich mit Eleanor Schluss gemacht und mir gleich darauf drei andere Chicks geschnappt hatte. Ausserdem hätte ich fast Stephens verprügelt, als ich betrunken gewesen und er mir gewaltig auf den Sack gegangen war. Diese Woche war wirklich chaotisch gewesen. Ich hatte mich oft zusammenreissen müssen, um nicht einfach mein Handy zu nehmen und Ally anzurufen. Ohne sie war es einfach langweilig. Ich konnte niemanden anstarren oder besser gesagt ich konnte einfach niemandem auf den Sack gehen, Okay, zugegeben konnte ich das schon, aber es war bei niemandem so amüsant wie bei ihr.

In dieser Woche war ich eigentlich nie nüchtern gewesen und meist hatte ich auch ein paar harmlose Drogen intus. Zack meinte schon, dass das der Liebeskummer wegen Eleanor sei, doch ich dachte da eigentlich an jemand anderen. Egal, ich hatte langsam wirklich genug von Mädels. Zack und ich hatten uns geeinigt, dass wir nichts Ernstes mit einer anfangen würden und daran würde ich mich auch halten. Schliesslich war die Einzige, die ich wollte, vergeben. Ja, ich mochte sie. In dieser Woche war mir das eindeutig klar geworden. Aber trotzdem änderte das rein gar nichts. Ich konnte nichts mit ihr anfangen und sie wollte es wahrscheinlich eben so wenig, darum dachte ich gar nicht wirklich darüber nach. Stattdessen angelte ich mir jeden Tag eine Neue, mit der ich ein bisschen meine Zeit vertrieb. Wenn man beliebt war, war das Leben so viel schöner.

Heute, Donnerstag

Heute würde Ally zurückkommen. Das war mein erster Gedanke als ich aufwachte. Ich streckte mich einmal durch, bevor ich mich langsam zwang aufzustehen. Fuck. Ich hatte einen deftigen Kater. Kein Wunder, gestern hatten wir wiedermal viel zu viel gesoffen. Eigentlich hatte ich die ganze Woche durch viel zu viel gesoffen, aber wen interessiert's schon? Ich hatte einigermassen gute Schulnoten und auch im Football konnte ich mich zusammenreissen.

Ich ging runter in die Küche, wo ich mir einen Kaffee machte und meine neuen Nachrichten checkte. Ich blickte auf das Datum und stellte mit Freude fest, dass wir verlängertes Wochenende hatten. Das hiess *„It's Partytime!"* Genau in dem Moment bekam ich eine Nachricht von Owen: «Hey Ty, komm mal rüber. Ich hab neuen Stoff bekommen.» Ich grinste in mein Telefon und trank den Kaffee leer, bevor ich das Haus verliess und mich auf den Weg zu Owen machte. Dieser Typ war momentan mein persönlicher Dealer. Wo er das ganze Zeugs herbekam, wusste ich zwar nicht, aber es interessierte mich eigentlich recht wenig. Hauptsache ich hatte meinen guten Stoff. Ich schrieb Owen, dass er runterkommen soll und wenige Minuten später stand er am Eingang. Wir begrüssten uns freundschaftlich, bevor er mir sein neues Zeugs zeigte. Es waren kleine weisse Tabletten. «Was ist das?», fragte ich, da ich nichts mit zu harten Drogen zu tun haben wollte. «Keine Angst Bro, das ist nicht so heftig.» Ich nickte. «Willst du welche?», fragte er mich und hielt mir die Packung hin. Ich überlegte kurz, griff dann aber danach. «Kann ja nicht schaden», meinte ich und er grinste frech. «Hey, ich muss wieder rein, meine Grossmutter kommt gleich zu Besuch», sagte er und verabschiedete sich von mir, bevor er auf dem Absatz kehrt machte und wieder rein ging. Ich so dumm und neugierig wie ich war, konnte es natürlich kaum abwarten, das Zeugs zu schlucken. Ich kaufte mir auf dem Weg zu Zack eine Wasserflasche und nahm eine Pille. In den ersten paar Minuten passierte nichts, doch dann spürte ich die Wirkung prompt. Ich fühlte mich plötzlich so glücklich und unbeschwert. *Wow.*

Bei Zack angekommen, klingelte ich und als er die Tür öffnete, machte er sofort grosse Augen. «Ty, was zum Teufel hast du genommen?» Es fiel mir schwer die Augen offen zu halten, da sie immer wieder zu fallen wollten. «Keine Ahnung, Owen hat mir da so neues Zeugs gegeben», murmelte ich. «Gib mal her», forderte Zack. Ich kramte in meiner Jackentasche und zog die Packung hervor. Zack nahm sie mir aus der Hand und schaute es sich ein wenig genauer an. «Bist du behindert. Das ist Ecstasy!» Ich hörte nicht richtig zu, da ich mich auf einen Baum konzentrierte, der plötzlich ein Gesicht bekam. Ich fing an zu grinsen. «Hey Zack siehst du den Baum da, der hat voll die grossen Augen.» Zack schüttelte den Kopf und zog mich am Ärmel mit sich. «Wo geh'n wir hin?», fragte ich und konnte einfach nicht aufhören zu grinsen. «Ich fahr dich jetzt nach Hause», sagte er streng. Er setze mich ins Auto und fuhr kurz darauf los. Er stellte den Radio an und da kam gerade ein Song von AC/DC. Ich stellte das Volumen höher und fing an mitzusingen. Singen konnte man das jedoch nicht wirklich nennen. Es war eher ein Gebrabbel. Als wir in meine Einfahrt abbogen, schnallte ich mich los und wollte beim Fahren bereits aussteigen. «Tyler, benimm dich.» Zack war offensichtlich angepisst, leider konnte ich aber nichts anderes als doof in der Gegend rum zu grinsen. Er zog mich wieder am Ärmel mit sich und klopfte dann an meiner Haustür. Stasy kam zu Tür und öffnete sie, als sie mich erblickte, weiteten sich ihre Augen. «Tyler, was zum Teufel?!», schrie sie und schaute mich entsetzt an. «Er hat Ecstasy genommen», erklärte ihr Zack. Sie nickte mit zusammengepressten Lippen und starrte mich wütend an. «Ich überlass ihn dann mal dir», sagte er und ging wieder zurück zu seinem Auto. Stasy warf mir einen Killerblick zu und zog mich dann mit ins Haus. «Setz dich auf die Couch», befahl sie mir und ich watschelte dorthin. Ich liess mich drauf plumpsen und wippte wie ein kleines Kind rauf und runter. Stasy kam wieder und ihr Gesichtsausdruck war immer noch ernst. «Stasy, sei nicht böse auf dein Brüderlein», sagte ich und zog einen Schmollmund. «Lass das», meinte sie kühl und liess sich mit einem Glas Wasser neben mir nieder. «Wieso hast du diesen Scheiss genommen?» «Welchen scheiss?», fragte ich und trank wie eine Katze aus dem Wasserglas. «Tyler, wieso hast du verdammt nochmal Drogen genommen?!» Ihre Geduld schien zu schwinden. «Nun ja, ich hatte einfach Lust darauf», meinte ich und beäugte das Wasser vorsichtig. Sie verschränkte die Arme vor der Brust. «Ist es wegen Ally? Hast du wegen Ally Drogen genommen?», fragte sie. «Wieso sollte ich wegen Ally Drogen nehmen?», fragte ich und zog eine Grimasse. Wieso verstand meine Schwester denn keinen Spass. «Weil du sie magst und du sie nicht haben kannst.» Ich lachte. «Schwesterchen, du weisst doch, ich kann jede haben wenn ich will.» «Nein nicht sie.» Diese Aussage ging wie eine Endlosschleife durch meinen Kopf. *Ich konnte jede haben, ausser sie.* Vielleicht war genau das der Grund, wieso ich sie wollte, weil sie schwer war zu kriegen. Nein, sie war nicht schwer zu kriegen, sondern schwer zu verdienen. «Wenn ich es will, kann ich auch sie haben», meinte ich cool und verschränkte nun ebenfalls meine Arme vor der Brust. Sie lachte. «Wer's glaubt wird selig.» Hatte mir meine Schwester soeben gesagt, dass ich es nicht schaffen würde?! Die wird noch ihr blaues Wunder erleben, dachte ich mir nur und fokussierte mich wieder auf mein Wasser, das irgendwie plötzlich anfing zu blubbern. Das Gals wurde plötzlich heiss und ich erschrak und liess es einfach auf den Teppich fallen. *ups.* Es landete auf dem Boden und zerbarst. Stasy schrie erschrocken auf und sah mich dann wütend an. «Es wurde plötzlich ganz heiss», meinte ich und sie schüttelte nur den Kopf. «Tyler du bist echt unmöglich, geh in dein Zimmer.» «Bist du meine Mutter?» «Nein, aber deine Schwester, also tu was ich dir sage.» Weil ich zu müde war für einen Streit, gab ich nach und lief nach Oben. Ich wusste ehrlichgesagt nicht, wie lange es dauerte bis ich Oben ankam, doch als ich auf den Wecker neben meinem Bett blickte, war es schon vier Uhr nachmittags. In einer Stunde würde Ally wieder hier sein, dass hiess, es war genügend Zeit, um mich noch etwas hinzulegen. Verdammt, dieses Zeugs machte echt müde. Es dauerte nicht lange und ich schlief tief und fest.

Ally

Die Ferien waren der absolute Hammer gewesen. Dieses Hotel und der Pool, das Meer, einfach alles. Es war wie im Paradies gewesen. Wir hatten einiges unternommen und uns ein wenig in der Stadt umgesehen. Barcelona war einfach genial. Die Leute waren alle so herzlich zu uns gewesen, aber leider war ihr Stimmvolumen etwas ausgeprägter als unseres. Aber so waren die Spanier nun mal. Es hatte mich viel Überwindung gekostet in das Flugzeug einzusteigen, dass wieder zurück nach Amerika flog. Klar, ich hatte meine Freunde vermisst und auch Jacob und vielleicht auch Tyler, aber trotzdem war Spanien einfach so schön gewesen. Der Flug nach Hause verlief eigentlich ohne jegliche Probleme und darum landeten wir genau zur geplanten Uhrzeit. Wir verliessen das Flugzeug und machten uns auf den Weg zum Bagage-Claim. Nach kurzer Zeit erschienen auch schon unsere Koffer auf dem Laufband. Ich schnappte sie mir und gemeinsam mit unserem Gepäck verliessen wir den Flughafen. «Ich muss noch kurz auf die Toilette, warte hier und ruf doch schon mal ein Taxi», sagte meine Mom und ich nickte. Ich wollte schon dem nächsten Taxifahrer winken, als ich von Hinten umarmt wurde. Schockiert drehte ich mich um und was ich dort sah, brachte mein Herz zum Schmelzen. Jacob stand vor mir, mit einem Blumenstrauss in der Hand. Sofort schossen mir Tränen in die Augen. Ich liess mein Gepäck stehen und schlang meine Arme um ihn. «Ich hab dich so vermisst», murmelte ich in seine Brust und er lachte. «Ich dich auch.» Als wir uns nach einer Ewigkeit voneinander lösten, platzierte ich noch schnell einen Kuss auf seinen Mund und nahm dann die Koffer wieder in die Hand. «Überlass das mir», meinte er und nahm mir das Gepäck ab, während er mir die Blumen übergab. Er war wirklich der perfekte Freund. Solche Momente kannte ich nur aus Liebesfilmen, aber ich hätte nie im Leben gedacht, dass mir sowas auch mal passieren würde. Ich war einfach nur überglücklich. Meine Mom kam endlich zurück und fing sofort an zu lächeln, als sie Jacob sah. «Hallo Jacob», meinte sie herzlich und zog ihn in eine Umarmung. «Ich bin wirklich froh, dass meine Tochter einen solch guten Freund wie dich hat.» Ihr Lächeln wurde noch breiter. «Vielen Dank Mrs. Anderson, aber ich kann Ihnen versichern, ich bin noch viel glücklicher darüber.» Ich lächelte ihn an und er zwinkerte mir grinsend zu. Jacob brachte uns zu seinem Auto und verstaute noch das Gepäck im Kofferraum, bevor er sich ebenfalls in den Wagen setzte.

Nach einer halbstündigen Fahrt kamen wir bei mir zuhause an und er trug all unsere Sachen wie ein echter Gentleman ins Wohnzimmer. «Vielen Dank Jacob», sagte meine Mom und nahm ihren Koffer mit in die Küche. Nun stand ich allein mit Jacob bei der Haustür und hatte immer noch die Blumen in der Hand. «Danke für alles», sagte ich und musste lächeln. «Nichts zu danken. Ich würde alles für dich tun», sagte er und nahm mir die Blumen ab. Er legte sie neben mir auf den Schuhschrank und schloss dann meine Hände in seine. Er blickte mir tief in die Augen. *Wollte er es etwa schon wieder sagen?!* Weil ich Angst hatte es wieder nicht zu erwidern können, legte ich stattdessen einfach meine Lippen auf seine. Endlich wieder seine Nähe und Geborgenheit zu spüren, machte mich unglaublich glücklich. Ihn zu küssen, ihn bei mir zu haben, all das hatte ich so schrecklich vermisst. Er erwiderte meinen Kuss und legte seine Hände um meine Taille. „Wir seh'n uns morgen in der Schule wieder", sagte er und schaute mir tief in die Augen. „Bis dann." Ich gab ihm noch einen flüchtigen Kuss und schnappte mir dann meinen Koffer, mit dem ich mich nach oben begab. Ich schrieb Stasy, dass ich wieder zuhause war und hüpfte dann kurz unter die Dusche. Frisch geduscht und angezogen, nahm ich mein Handy wieder in die Hand und sah, dass Stasy mir bereits zurückgeschrieben hatte. «Hey Ally, kommst du rüber?» Ich antwortete:

«Klar, komme so in einer halben Stunde;)» Daraufhin nahm ich meinen Koffer und packte alles aus. Ich hatte kaum die Hälfte aller Klamotten gebraucht, die ich eingepackt hatte. Ich schnappte mir eine Jacke, da es Draussen ziemlich kalt war und ging dann runter in die Küche. „Ich geh kurz bei Stasy vorbei", rief ich meiner Mom zu und verliess dann das Haus.

Ich klopfte an und Stasy öffnete die Tür. Wir fingen beide an zu lachen und umarmten uns. «Ich hab dich sooooo schrecklich vermisst», sagte sie und drückte mich so fest, dass ich fast keine Luft mehr bekam. «Ich dich auch, ich dich auch», lachte ich und versuchte mich zwanghaft aus der Umarmung zu befreien. «Du musst mir alles über Spanien erzählen», sagte sie und zog mich ins Haus rein. Wir liessen uns auf dem Sofa im Wohnzimmer nieder und ich erzählte ihr alles. Wir redeten und lachten und zum zweiten Mal an diesem Tag, war ich einfach lückenlos glücklich. Plötzlich ertönte ein lautes dumpfes Geräusch von oben und wir schraken beide zusammen. «Was war das?», fragte ich schockiert. Stasy presste die Lippen zusammen. «Das ist höchst wahrscheinlich Tyler», meinte sie und ihr Blick veränderte sich. Ich konnte zwar nicht ganz deuten, was es damit auf sich hatte, aber sie schien leicht gereizt zu sein. «Ich geh kurz nachschauen, warte hier», sagte sie, stand auf und ging nach Oben. Ich hatte mich immer noch nicht ganz vom Schock erholt. Hatte ich das mit dem Glücklich sein vielleicht zu früh gesagt? Sofort richteten sich wieder all meine Gedanken auf Tyler. Ich wollte ihn sehen. Alles in mir sagte, dass ich ihn unbedingt sehen musste, doch mein Kopf war klar dagegen. Ich wollte das zwischen uns nicht noch komplizierter machen, darum wartete ich einfach ab und tat nichts.

Tyler

Ich war gerade ernsthaft aus meinem Bett gefallen und hatte mir den Kopf gestossen. Nie wieder würde ich solchen Scheiss nehmen, das stand fest. Ich rieb mir die Stelle am Kopf und biss mir auf die Zähne. Blut strömte aus der Wunde. Fuck. Ich hörte Schritte und dann wurde die Tür geöffnet. Eine wildgewordene Stasy stand davor und ich hatte schon Angst, mein letztes Stündchen hätte geschlagen. Sie kam in mein Zimmer und schloss die Tür hinter sich. «Also Tyler, hör mir zu. Ally ist hier und ich werde nicht zulassen, dass sie dich in so einem Zustand sehen muss. Sie ist verdammt glücklich, also mach es nicht kaputt. Du kannst sie gerne begrüssen oder was auch immer, aber geh duschen und verhalte dich normal. Ich will nicht, dass sie von den Drogen weiss. Verstanden?!» Sie hörte sich wütend an und weil ich echt ein bisschen Schiss vor ihr hatte, nickte ich nur. «Also, vermassele es nicht.» Sie verliess mein Zimmer und ich seufzte. Wieso musste ich immer so dumm sein? *Wieso zum Teufel hatte ich Ecstasy genommen?!* Ich hätte mich selbst verprügeln können. Ausserdem wollte ich auf gar keinen Fall, dass Ally irgendwas von dieser Sache mitbekam. Sie sollte nicht so von mir denken. Reiss dich zusammen Tyler, sagte ich mir selbst und rappelte mich mühsam auf. Mein Hinterkopf schmerzte und es blutete immer noch. Ich ging ins Bad, wo ich mir erstmal kaltes Wasser ins Gesicht spritzte. Dann nahm ich mir ein paar Taschentücher und tupfte damit das Blut von meinem Kopf. Es brannte wie die Hölle. Ich wusch die Wunde mit Wasser aus und versuchte dann meine Haare so drüber zu legen, dass man es nicht sah. Als ich mit dem Verarzten fertig war, ging ich noch kurz unter die Dusche und zog mir eine Jogginghose und einen Sweater an. Ich atmete einmal tief durch und wollte mich schon nach Unten begeben, als die Treppe zu knarren begann. Jemand kam hoch. Ich blieb an der Stelle vor meinem Zimmer stehen und wartete, bis ich den Haaransatz der Person erkennen konnte. Es war Ally. Ich schluckte einmal leer. Ihr Blick schoss sofort in meine Richtung, als sie bemerkte, dass ich dastand. Wir schauten uns an und die Welt schien stehen zu bleiben. Niemand von uns sagte was. Ich hörte sie ebenfalls leer schlucken. Wenn jetzt niemand was sagte, würde es noch *cringer* werden und das wollte ich auf keinen Fall. Darum tat ich das, was ich am besten konnte, sie provozieren. «Hey Prinzessin und wie waren deine Ferien. Hast du mich vermisst?» Ich lief zu ihr hin und stellte mich vor sie. Ich wusste nicht, wie sie auf meine Aussage reagieren würde, schliesslich hatten wir seit fast zwei Monaten nicht mehr miteinander geredet. «Meine Ferien waren super, danke der Nachfrage», sagte sie und zwinkerte. Die Frage mit «vermissen» hatte sie jedoch nicht beantwortet. Trotzdem war ich erleichtert, da es eine typische Antwort von ihr war. Anscheinend verstand sie meinen Spass immer noch, was mich natürlich zum Grinsen brachte. «Und wie war es so in Spanien?», fragte ich, um die unangenehme Stille zu durchbrechen. «Es war der absolute Hammer», sagte sie enthusiastisch. Ich musste lachen. «Aber sicher nicht so der Hammer wie ich.» «Und du fragst mich wirklich, ob ich dich vermisst habe?», lachte sie. «Wie könnte ich einen solchen Vollidioten vermissen.» Autsch. Der hatte gesessen. 1 zu 0 für sie. «Wenn du mich nun bitte entschuldigen würdest, ich muss ins Bad.» Ich checkte erst jetzt, dass ich ihr den Weg versperrte und rückte etwas zur Seite. Sie ging an mir vorbei und machte die Türe zu. Holy Shit, wie ich dieses Girl vermisst hatte

13. Kapitel

Ally

Erst jetzt merkte ich, was ich die letzten zwei Monate so vermisst hatte. Ich lehnte mich an der Badezimmertür an und hatte vergessen, was ich eigentlich hier drin wollte. Ich konnte nur noch an Tyler denken. *Was tat ich da?!* Ich hatte einen Freund. Ich hatte den besten Freund, den man nur haben konnte und dachte trotzdem noch über Tyler Collins nach. Ich hatte wirklich gedacht, dass ich ihn bereits vergessen hatte, aber es schien, dass das fast unmöglich war. Ich biss mir auf die Lippen. Wie gerne hätte ich ihn einfach geküsst. Diesen Drang, diesen verdammten Drang musste ich endlich los werden. Kein Wunder, dass ich Jacob meine Liebe nicht gestehen konnte, wenn sich immer Tyler in meinem Hinterkopf befand. Es hatte so gut funktioniert. Fast einen Monate hatte ich mich von ihm ferngehalten, aber jetzt war alles für die Katz. All die Gefühle, die ich für ihn hatte, kamen wieder und ich hätte meinen Kopf am liebsten gegen die Wand geschlagen. Ich durfte keine derartigen Gefühle für einen Jungen haben, der nicht mein Freund war. Ich schüttelte den Kopf, in der Hoffnung Tyler so da raus zu bekommen. Wie es ihm wohl ging? Das war die Frage, die mich jedes Mal quälte, nachdem ich mit ihm zusammen gewesen war. Ich hatte keine Ahnung, was in seinem Kopf vorging. Ob ich für ihn nur eine weitere Eroberung gewesen war oder doch mehr?! Ach, ich hatte doch keine Ahnung. Dieses ganze Zeugs mit ihm, machte mich noch verrückt. Ich musste einfach drüber hinwegkommen, sonst würde ich nie die perfekte Beziehung mit Jacob führen können und das war alles was ich im Moment wollte.

Ich stellte mich vor das Waschbecken und beobachtete mich im Spiegel, während ich meine Hände wusch. Was fanden die Jungs nur an mir? Ich sah aus wie jedes andere Mädchen. Blond, jetzt mit einem Pony, aber trotzdem immer noch langweilig. Ich war langweilig, öde und gleich wie alle anderen, was sahen die also in mir?! Ich schüttelte wieder den Kopf. *Was war nur los mit mir?* In Spanien war mein Leben so unbeschwert gewesen, dann kam ich zurück und alles schien zusammen zu fallen. Ich atmete tief ein und wieder aus und machte die Badezimmertür auf. Ich ging runter in die Küche und fand keine Spur von irgendjemandem. *Wo waren die zwei?* Ich drehte also wieder um und lief zurück nach Oben. Erst klopfte ich bei Stasy an. Nichts. Niemand antwortete. Dann ging ich zu Tyler's Zimmer, biss mir auf die Lippen und klopfte. Wieder niemand antwortete. *Wollten die mich gerade verarschen?* Ich ging wieder runter in der Hoffnung, dass Stasy vielleicht nur den Müll rausgebracht hatte. Ich linste durch das Küchenfenster und dann verschlug es mir die Sprache. Vor dem Haus standen Stasy und Tyler und schienen sich mit Worten gerade umzubringen. Sie schrien sich gegenseitig an und irgendwann nahm Tyler etwas (keine Ahnung was das war) aus der Jackentasche und drückte es Stasy in die Hand. Dann sagte er noch was, bevor er sich umdrehte und mit zackigen Schritten davonlief. Was war das denn gerade gewesen? Keine zwei Sekunden später kam Stasy wieder rein und als sie mich in der Küche erblickte, fuhr sie zusammen. Sie hielt dieses etwas immer noch in der Hand und schaute mich mit einem schuldigen Blick an. Es war eine Packung. *Was war denn hier los?* Ich ging auf sie zu und nahm die Packung aus ihrer Hand. OMG. Das waren Drogen. Ich wusste zwar nicht was für welche, aber es waren eindeutig härtere Drogen. Das Entsetzten war mir ins Gesicht geschrieben. Was hatte das zu bedeuten? Ich schaute Stasy irritiert an. «Ally, es gibt da was, was du wissen solltest.» Sie sprach langsam und ich merkte, dass es ihr nicht leicht viel. «Tyler hat Drogen genommen und das mehrmals.» Im ersten Moment war ich nicht wirklich überrascht, denn er hatte schon öfters gekifft oder ähnliches, doch dann schaute ich mir die Tabletten nochmals etwas genauer an und alles in mir begann zu brennen. Tyler hatte Drogen genommen. Drogen, die ihn töten hätten können. «Wieso hat er das getan?», fragte ich, denn ich konnte es einfach nicht glauben, besser gesagt, ich wollte es nicht glauben. «Ich weiss es nicht», sagte sie und schaute traurig zu Boden. «Ich muss mit ihm reden», sagte ich und nahm mein Handy zur Hand. «Nein, tu das nicht. Er war vorhin echt wütend und ich weiss nicht was er macht, wenn er weiss, dass ich es dir erzählt habe.» Sie flehte mich innständig an. Ich nickte verständnisvoll, trotzdem brodelte es in mir. Ich wollte ihm so gerne einfach eine reinhauen. *Wie konnte er so etwas tun?!* Er wusste doch ganz genau, dass mein Vater an Drogensucht gestorben war und trotzdem tat er so etwas. Das war einfach verantwortungslos.

Ich zerbrach mir den ganzen Abend, den Kopf darüber. Wieso hatte Tyler das getan? Jeder mögliche Grund, schoss mir durch den Kopf, doch ich hatte keine Ahnung. Drogen, wieso zum Teufel genau Drogen?! Ich wollte das einfach nicht glaube, ich konnte es nicht glauben. Genau er, der ganz genau wusste, wie sehr mich das mit meinem Vater mitgenommen hatte. Ich versuchte mich zu beruhigen (vergebens). Ich lief in meinem Zimmer auf und ab. Ich hatte solche Angst um ihn. Ich wusste wie es war, jemanden an Drogen zu verlieren und auf keinen Fall wollte ich das gleiche, dass ich mit meinem Vater erlebt hatte auch mit Tyler durchmachen. So stark würde ich nicht sein.

Tyler

Nachdem ich und Stasy uns gestritten hatten, war ich einfach abgehauen. Ich hatte so keinen Bock mehr auf ihre Standpauken gehabt, dass ich einfach gegangen war. Die konnte mich mal. Ich war mir überaus bewusst, dass ich Scheisse gebaut hatte, aber musste sie es mir andauernd unter die Nase reiben. Ich hatte meine Lektion gelernt. Ich hatte eigentlich vorgehabt zu Zack zu gehen, doch irgendwie entschied ich mich dann spontan um. Ich lief ein bisschen in der Stadt rum, bis ich zu einem Starbucks kam. Dort holte ich mir einen grossen Café Latte und setzte mich damit auf eine Bank, die gleich vor dem Laden stand. Ich dachte über jeglichen Scheiss nach, bis ich schliesslich zu Ally kam. Ich erinnerte mich wieder an vorhin vor dem Badezimmer. Sie hatte mich mit ihrer Art total überrascht. Ich hatte wirklich damit gerechnet, dass sie mich weiter ignorieren würde, doch sie hatte sich wie immer verhalten, was mich wirklich erleichterte. Ich hatte es schon vermisst, sie ständig Prinzessin zu nennen. Ich hatte einfach alles an ihr vermisst. Sie war die einzige Person, der ich zu hundert Prozent vertraute, aber auch sie hatte mich verlassen. Kein Wunder, ich hatte sie ja praktisch dazu gedrängt mich zu vergessen. Hätte ich diesen scheiss Brief doch nicht geschrieben. Fuck mann. Ich hatte ihn nur aus einem Grund geschrieben. Ich wollte sie nicht verletzen, aber ich hatte damit leider genau das Gegenteil erreicht. Sie war der beste Mensch, der mir je begegnet war und darum war sie einfach zu gut für jemanden wie mich. Ich bekam zwar immer die heissesten Girls ab, aber die waren kein Vergleich zu ihrer Schönheit. Sie war alles, was sich ein Mann wünschte und Stephens konnte sich wirklich verdammt glücklich schätzen so jemanden zu haben. Sie war der Oberhammer und ich hatte es verkackt, wie immer. Genervt von mir selbst, erhob ich mich wieder und schmiss mein Getränk weg. Ich machte mich wieder auf den Weg nach Hause, um mich bei Stasy zu entschuldigen, da ich vielleicht ein bisschen überreagiert hatte. Ich klopfte an der Tür und als Stasy sie öffnete, wollte ich schon «Es tut mir leid» sagen, doch sie kam mir zuvor. «Tyler, Ally weiss, dass du Drogen genommen hast.» Sofort nahm ich meine Entschuldigung zurück. «Wieso verdammt nochmal hast du es ihr gesagt?!» Ich wurde wütend. Nein, verdammt. Mir war scheissegal, wer alles davon wusste, aber nicht sie. «Sie hat uns gesehen und danach auch noch die Tabletten.» Ich atmete tief und langsam, um nicht völlig auszurasten. «Wie hat sie reagiert?», fragte ich und befürchtete schon das Schlimmste. «Sie hat nur gesagt, dass sie mit dir reden will und dann ist sie gegangen.» Stasy hörte sich besorgt an. «Ich geh zu ihr», sagte ich und drehte mich um. Bevor Stasy noch was dazu sagen konnte, ging ich zu meinem Wagen, startete ihn und fuhr wie ein Wilder drauf los. Ich erreichte Ally's Haus nach weniger als zwei Minuten. Neuer Rekord. Ich stieg aus und knallte die Autotür zu. Schnell eilte ich zur Haustür und wollte schon klingeln, als sie geöffnet wurde. «Tyler?» Ally's Mom, sah mich entsetzt an. «Was tust du denn um diese Uhrzeit noch hier?», fragte sie und beäugte mich kritisch. «Ich muss unbedingt zu Ally.» «Sie ist Oben. Ich muss zu meiner Nachtschicht, also seid ihr allein. Stellt ja keinen Mist an, haben wir uns verstanden?» Sie sah mich eindringlich an und ich nickte. Sie liess mich rein und verliess dann das Haus. Ich sprintete die Treppe hoch und blieb vor Ally's Zimmer stehen. Fuck. Hoffentlich würde es gut gehen. Ich klopfte und die Tür wurde kurz daraufhin geöffnet.

Ally

Vor meiner Tür stand Tyler. Er trug eine schwarze Jeans, eine braune Lederjacke und sein Haar war zerzaust. Wenn ich nicht extrem wütend auf ihn gewesen wäre, hätte ich ihn jetzt wahrscheinlich einfach nur angestarrt, denn er sah einfach zu gut aus. Ich verschränkte die Arme vor der Brust und schaute ihn enttäuscht an. «Ally es tut mir leid.» «Du musst dich nicht rechtfertigen», meinte ich. «Können wir bitte darüber reden?» Er hörte sich verzweifelt an. Ich nickte und liess ihn rein. Wir setzten uns aufs Bett und er schaute mich mit einem traurigen Blick an. «Ich weiss, ich hab einen Fehler gemacht. Ich wollte dieses Zeugs nicht nehmen, wirklich nicht.» «Wieso hast du es genommen?», fragte ich, denn diese Frage, quälte mich schon die ganze Zeit. «Ich weiss es nicht." Nein, mit dieser Aussage gab ich mich nicht zufrieden. Ich schaute ihn ernst an. „Ally, ich weiss es nicht. In letzter Zeit ist einfach alles scheisse und ich wollte einfach mal wieder glücklich sein." Er warf ahnungslos die Hände in die Luft. „Es gibt aber andere Auswege als Ecstasy zu schlucken!" Ich war immer noch wütend auf ihn. „Es gab keinen Anderen. Du bist das Einzige, was mich glücklich gemacht hat…" Er machte eine Pause. „Aber ich hab's verkackt und dich verloren." Er senkte seinen Kopf, sodass ich ihm nicht mehr in die Augen schauen konnte. *Hatte er das eben wirklich ernst gemeint?!* Ich war sprachlos. Ich wusste nicht, was ich sagen sollte. Mit einer solchen Aussage hätte ich nie im Leben gerechnet. „Du hast mich nicht verloren, Tyler", sagte ich. Er hob seinen Kopf und blickte mir tief in die Augen. „Doch ich hab dich an Stephens verloren." Er stand auf. Wollte er sich jetzt wirklich verpissen?! Jetzt? Er ging auf die Tür zu, als ich „warte", rief. Er blieb stehen, drehte sich aber nicht um. „Bitte geh nicht." Ich wusste nicht, was ich da gerade tat, aber ich wollte nicht das er ging. Ich wollte endlich mal über die ganze Sache zwischen uns reden. Es machte mich fertig und ihn anscheinend auch. Er drehte sich wieder zu mir um und liess sich neben mir nieder. „Tut mir leid, dass ich immer so ein Arschloch zu dir war." Er zwang sich ein Lächeln auf. „Du warst wirklich ein richtiger Arsch." Er nickte. „Ich weiss, tut mir leid." Am liebsten hätte ich ihn einfach umarmt oder irgendwas gesagt, denn ich merkte wie schlecht er sich fühlte. Ich hatte das alles nie gewollt. Wieso hatte ich ihn an diesem einen Abend geküsst?! All das wäre nie passiert, wenn ich nicht so dumm und naiv gewesen wäre. »Über was denkst du nach?», fragte er plötzlich und ich wusste im ersten Moment nicht, ob ich ihm die Wahrheit sagen sollte. Ich atmete einmal tief ein und schaute ihn dann an. «Ich hätte dich an diesem Abend nicht küssen dürfen.» Er schaute mich nun ebenfalls an. «Das ist nicht deine Schuld. Es braucht dazu immer zwei», sagte er und lächelte schwach. «Du bist wirklich nicht schuld, Ally.» Das war nicht die Wahrheit. Ich hatte sehr wohl Schuld daran. Ich hatte ihn zuerst geküsst. Ich hatte mich in ihn verliebt und mir ausgemalt, dass er das Gleiche für mich empfand. Ich war naiv gewesen und hatte mich nicht auf die Wirklichkeit konzentriert, denn die Wirklichkeit zeigte, dass Tyler und ich nie zusammen sein könnten. Wir waren zu unterschiedlich, dazu kam noch, dass ich null Erfahrungen hatte und er dagegen die Hälfte der Mädchen unserer Schule flachgelegt hatte. Und zum Schluss kam noch, dass ich Jacob hatte und ich ihn auch wirklich mochte. Tyler und ich waren einfach eine zu riskante Mischung.

Tyler

Je länger und intensiver ich sie ansah, desto bewusster wurde mir, wie schön sie eigentlich war. Sie war die Definition von perfekt. *Verdammt.* Ich musste mich zusammenreissen. Sie schien total in ihren Gedanken versunken zu sein, denn als ich ihren Namen aussprach, reagierte sie nicht. Ich schüttelte sie leicht an den Schultern und sie schaute mich verdutzt an. «Hast du was gesagt?», fragte sie und wurde rot. Ich musste schmunzeln. Es war so unglaublich niedlich, wenn sie rot wurde. «Ich wollte nur sagen, dass ich dann mal wieder gehe. Es ist schon spät.» Sie nickte und begleitete mich zu Tür. Ich stellte mich auf ihre Veranda und sie blieb auf der Türschwelle stehen. Wie sie da so stand, in ihrem oversized T-Shirt (darunter hoffentlich keine Hose an), sah sie unglaublich scharf aus. Am liebsten hätte ich sie einfach gegen die Wand gedrückt und sie mit Küssen übersäht, aber ich vergass immer wieder aufs Neue, dass es da ja noch Stephens gab. «Ich geh dann mal», sagte ich und winkte zum Abschied. Sie winkte zurück und blieb noch einen kurzen Moment draussen stehen, um mich zu beobachten, bevor sie rein ging und die Tür abschloss. *Was für ein Tag?!* Ich setze mich ins Auto und fuhr los. Die ganze Fahrt über konnte ich einfach nur an sie denken. Wie richtig es sich angefühlt hatte, in ihrer Nähe zu sein oder ihr zu sagen, dass ich ohne sie nicht glücklich sein konnte. Eigentlich war ich gar nicht der Typ für sowas, aber sie tat Dinge mit mir, die ich einfach nicht erklären konnte. Am liebsten wäre ich umgedreht, wieder zu ihr zurückgefahren und hätte sie einfach in meine Arme genommen. Ich vermisste ihre Nähe und ihre weichen Lippen. *God damn!* Was war nur in mich gefahren, ich war ein Häufchen Elend geworden...

14. Kapitel

Ich wachte zum ersten Mal seit langem ohne Kater auf. Damn, fühlte sich das gut an. Ich streckte und reckte mich und begab mich schliesslich noch unter die Dusche, bevor ich mich in die Küche stellte und dort einen Kaffee trank. Meine Mutter war dabei sich frischen Tee zu kochen und so plauderten wir ein bisschen. Sie wusste von all den Sachen, die abgingen nichts. Nichts von den Drogen, nichts von Ally, nicht mal was davon, dass ich nicht mehr mit Eleanor zusammen war. Wir redeten nie über solches Zeugs, was mich ehrlichgesagt nicht wirklich störte, schliesslich geschah momentan sowieso nur jede mögliche Scheisse. Ich trank meine Tasse leer und stellte sie in die Spüle. «Ich geh dann mal. Bye Mom.» Ich drückte ihr einen kleinen Kuss auf die Wange und machte mich dann auf den Weg zu meinem Wagen. Auf dem Weg zur Schule lud ich noch Zack und Julien auf. Owen hatte mir geschrieben, dass es ihm mies ginge und er nicht in die Schule kam. Seltsam, denn er war eigentlich nie krank. Egal, war ja nicht mein Problem.

Bei der Schule angekommen, stürzten sich natürlich gleich alles Mädels auf uns. Die Jungs grinsten zufrieden, während ich die Mädchen auf die Seite schob. Boah, diese Bitches gingen mir heute richtig auf den Zahn. Alle schauten mich entsetzt an. «Was ist denn mit dir los? Bist du heute mit dem falschen Fuss aufgestanden?», fragte Julien, der sich von einer Blondine befingern liess. Ich schüttelte genervt den Kopf und lief voraus. Ich hatte momentan einfach keinen Bock auf solche Girls. Die waren doch alle nur auf mein Aussehen aus. Ich ging auf den Schulhof und blieb dort stehen. Ich zog mein Handy aus der Tasche und suchte Owen's Kontakt. Nach dem dritten Klingeln ging er ran. «Hey, warum bist du nicht in der Schule?», fragte ich. «Hab gestern ein bisschen zu viel von diesen Pillen geschluckt», antwortete er. Seine Stimme hörte sich rau und schläfrig an. «Weisst du überhaupt was das für Scheiss ist?», fragte ich ihn und wurde etwas gereizt. «Keine Ahnung bro.» «Das ist Ecstasy du Scheisskerl! Du hast mir Ecstasy gegeben!» Owen sagte nichts mehr, stattdessen legte er einfach auf. Was für ein Penner. Ich schüttelte wieder den Kopf. Kein Wunder kam der nicht in die Schule, wenn er sich mehrere von denen reingeschüttet hatte.

Es klingelte zur ersten Stunde und ich schaute mich nach Zack und Julien um. Da sie nirgends zu sehen waren, ging ich schonmal rein und suchte meinen Spind auf. Auf dem Weg warf ich ein paar Girls ein Zwinkern zu und sie schmolzen dahin. Ich grinste zufrieden und öffnete meinen Schrank. Ich nahm meine Sachen raus und schloss dann wieder ab. Als erstes hatte ich Bio. Boah, so gar keinen Bock auf diesen Scheiss. Ich hasste Bio über alles. Es war langweilig und unser Lehrer eine absolute Niete. Ich seufzte und machte mich dann auf den Weg zu meinem Klassenzimmer. Kaum war ich auf den nächsten Flur abgebogen, kam mir das Dreamcouple (Ally und Jacob) entgegen. Ich hätte am liebsten umgedreht, aber so war ich nicht. Ich war Tyler Collins. Cool ging ich an ihnen vorbei und sah Ally mit einem durchbohrenden Blick an. Als ob es das gestrige Gespräch nicht gegeben hätte, ignorierte sie mich jedoch wieder. WTF. Dieses Mädchen war schon eigenartig. Aber egal. Ich hatte heute keine Lust auf irgendwelchen Stress. Ich wollte einfach chillen und diesen dummen Tag hinter mich bringen.

Ally

Als Jacob und ich an Tyler vorbei gegangen waren, hatte ich krampfhaft versucht, ihn nicht anzusehen. Dafür gab es einen guten Grund. Jacob hatte von irgendwoher (fragt mich nicht von wem) erfahren, dass Tyler mir gestern einen Besuch abgestattet hatte. Das hatte ihm natürlich gar nicht gefallen. Er wusste, dass zwischen mir und Tyler mal was gelaufen war und hatte darum ein wenig überreagiert. Ich hatte ihm versichert, dass es nicht so gewesen wäre, wir hätten nur geredet. Theoretisch stimmte das ja. Wir hatten wirklich nur geredet. Was sich in meinen Gedanken abgespielt hatte, musste Jacob ja nicht unbedingt wissen. Diese Anziehungskraft, die ich zu Tyler hatte, brachte mich allmählich fast zum Durchdrehen. Ich musste diese Gefühle endlich loswerden. Ich verschränkte meine Finger mit denen von Jacob und lächelte ihn unschuldig an. Innständig hoffte ich, dass er nicht mehr sauer war. Als er endlich zurück lächelte, atmete ich hörbar aus. «Bist du nicht mehr sauer?», fragte ich. «Nein, du hast es mir ja erklärt und ich glaube und vertraue dir.» Meine Mundwinkel gingen wieder nach Oben. «Danke», sagte ich und er hielt an. «Keinen Grund mir zu danken.» Er zog mich zu sich hin und legte vorsichtig eine Hand um meine Taille. «Auch wenn ich sauer wäre, würde das nicht lange anhalten, da ich nicht ohne dich kann.» Er flüsterte die Worte in mein Ohr und begann dann, mich leidenschaftlich zu küssen. Ich erwiderte seine Küsse und auf einmal wurde mir ganz warm. Ich war glücklich. Er vertraute mir und das schätzte ich wirklich, aber aus irgendeinem Grund, hatte ich das Gefühl, dass ich sein Vertrauen missbrauchte. Jedes Mal, wenn ich Jacob küsste, bahnte sich Tyler einen Weg in meine Gedanken und zerstörte alles. Ich musste endlich über ihn hinwegkommen, doch zum wievielten Mal sagte ich das nun schon?! *Arghh*, es war einfach so verdammt schwierig. «Alles OK?», fragte Jacob und rückte ein wenig von mir ab. Ich nickte nur, verabschiedete mich von ihm und machte mich dann auf, in meine Klasse. Als ich so durch die Flure ging, fiel mir auf, dass überall die Plakate vom Herbstball hingen. Zum ersten Mal würde ich auf einen echten Schulball gehen, und das mit meinem Freund. Vor nem' Jahr hätte ich so etwas nicht mal zu träumen gewagt, doch es war wahr und das machte mich aus irgendeinem dämlichen Grund überglücklich. Eigentlich hasste ich solche doofen Bälle, aber nur, weil ich nie eine Begleitung gehabt hatte. Dieses Jahr würde jedoch alles anders werden. Ich überlegte mir schon, welche Farbe mein Kleid haben sollte, als es zur nächsten Stunde klingelte. *Fuck*. Ich rannte los. Ich sprintete durch die Flure, bis zum Bio-Raum und öffnete die Tür. Alle sassen auf ihren Plätzen und der Lehrer stand vorne an der Tafel. «Miss Anderson, wieder mal zu spät», sagte Mr. Mayers und seufzte empört. «Tut mir leid», murmelte ich und schaute mich nach einem freien Platz um. Super. Der einzige Platz, der noch nicht besetzt war, war der neben Tyler. Ich atmete tief ein und ging durch die Reihen, bis zu den letzten paar Tischen. Ich wollte mich setzten, doch Tyler hatte die Füsse auf dem Stuhl platziert. Ich räusperte mich und sah ihn auffordernd an. Er presste die Lippen zusammen und nahm die Füsse im Schneckentempo runter. Wow, Dankeschön. Ich setzte mich und atmete aus. Diese Stunde würde ja lustig werden (Ironie). Aus Prinzip setzte sich niemand zu den Jungs hin, da sie praktisch jeden aus der Reihe rausmobbten. Diese Reihe war wie ihr Territorium und sie verteidigten sie bis aufs Blut. Wenn ihr mich fragt, war das ziemlich kindisch und absoluter Schwachsinn, aber so waren diese arroganten Vollidioten eben. Ich hörte schon, wie alle Mädels wild miteinander zu tuscheln begannen und die Jungs mich mit grossen Augen beäugten. Ich fühlte mich ziemlich unwohl in dieser Situation. «Wieso glotzen mich denn alle so an?», fragte ich zu meiner Rechten, also Tyler. Er schaute mich kurz an, dann wieder weg und gab mir keine Antwort. Was sollte das denn?! Was hatte er denn jetzt schon wieder für ein Problem?

Tyler

Dachte sie wirklich, dass ich nach dieser Fluraktion vorhin so tat, als ob nichts geschehen wäre. Sie hatte mich knallhart ignoriert und das konnte ich auch. Vielleicht übertrieb ich, aber sorry so war ich nun mal. Julien, der neben mir sass, warf ihr immer wieder Blicke zu und grinste. Boah, wie ich diesem Typ gern eine in die Fresse geschlagen hätte. Konnte er es nicht endlich mal sein lassen? Er hatte sowieso keine Chance. «Hey Anderson, wie geht's denn so?», fragte er plötzlich hinter meinem Rücken durch. «Gut», sagte Ally unsicher und legte ihren Stift nieder. «Du siehst heute echt gut aus.» OK, jetzt war es endgültig vorbei mit meiner Geduld. Dachte dieser Typ wirklich, er könne einfach so meine Prinzessin anmachen?! Ich drehte mich zu ihm um und eigentlich wollte ich ihn einfach nur warnen, doch ich hatte in letzter Zeit so viel Stress verdrängt, dass mein Temperament einfach mit mir durch ging und ich ihm geradeaus eine in die Fresse schlug. Sofort stiess der Schmerz in meine Hand und ich sah, wie Julien aus der Nase zu bluten begann. «Tyler bist du wahnsinnig?», rief Zack wildgeworden und half Julien aufzustehen, da er wegen des Aufpralls vom Stuhl gekippt war. Ich war wie in einem Flash. Ich bekam praktisch nichts von der ganzen Szene mit. Ich hörte noch wie Mr. Mayers «Collins, ins Büro des Direktors!» schrie und Ally mich zu sich umdrehte und besorgt meine Hand nahm, die voller Blut war. Ihr Blick war mit Angst überflutet, jedoch hatte sie keine Angst vor mir, es sah eher so aus, als ob sie Angst *um* mich hatte. Wenn der Schmerz nicht so gewaltig gewesen wäre, hätte ich wahrscheinlich lässig gegrinst und irgendeinen Spruch gerissen, doch ich war dazu leider nicht in der Lage. Mr. Mayers kam zornig auf mich zu und zog mich am Ärmel hoch. «Ich sagte, sofort ins Büro des Direktors», schrie er noch einmal. «Mr. Mayers ich werde ihn hinbringen», meinte Ally und stand auf. Meinte sie das gerade ernst? Ich konnte ja wohl selbst zu diesem Vollidioten ins Büro gehen. «Geht schon, ich schaff das auch alleine», protestierte ich und wollte schon losgehen, als Mr. Mayers noch was sagte. «Das ist eine sehr gute Idee Mrs. Anderson. Schliesslich wissen wir ja nicht, was unser Mr. Collins hier sonst noch in den Fluren treibt.» Musste das echt sein? Ich brauchte nun mal wirklich keinen Aufpasser. «Geh'n wir», sagte Ally und zog mich mit ihr. Alle starrten uns an und ich bemerkte, die neidischen Blicke der Girls. Ich musste innerlich grinsen.

Ally

Ich wartete, bis wir zum Klassenzimmer raus waren und blieb dann stehen. Verwirrt tat es mir Tyler nach. Ich schaute ihn wütend an. Was sollte das vorhin eben?! Was hatte er damit erreichen wollen, Julien eine reinzuhauen? Tyler zog eine Augenbraue hoch. «Was?», fragte er genervt. «Kannst du mir bitte erklären, was da eben sollte.» Ich stütze die Hände in die Hüfte und atmete hörbar aus. «Keine Ahnung. Er ist mir schon den ganzen Tag auf den Sack gegangen», meinte er cool und zuckte mit den Achseln. «Er ist dein bester Freund Tyler und man schlägt seinen besten Freund nicht einfach so, weil er dir mal auf den Sack geht.» «Er ist nicht mein bester Freund, er ist nur ein guter Kumpel und ausserdem hat er dich dumm angemacht.» «Ja und? Tyler ich bin nicht mehr fünf. Ich kann mich auch selber wehren.» Ich verschränkte meine Arme vor der Brust. War das wirklich seine Ausrede? Weil Julien mich dumm angemacht hatte?! Ich hätte fast gelacht. «Egal, du kapierst es nicht», sagte er und versetzte sich wieder in Schritt. Er liess mich knallhart stehen. So kam er mir nicht davon. Ich eilte ihm hinterher und holte ihn schnell ein. «Wenn ich es nicht kapiere, dann erklär es mir doch», sagte ich und drehte ihn an der Schulter zu mir um. Seine Gesichtszüge waren hart und ich merkte, dass ihn die Situation schon ein wenig mitnahm. «Ich muss zum Direktor. Ich hab keine Zeit es dir zu erklären.» Er schaute mir kurz intensiv in die Augen, drehte sich dann um und ging davon. Ich schüttelte den Kopf. Wieso war er nur so kompliziert?! «Ally?», erklang eine Stimme hinter mir. Ich drehte mich um und sah Jacob, wie er den Gang entlang auf mich zu kam. «Hey», sagte ich. «War das eben Tyler gewesen, mit dem du gesprochen hast?» Er kam wenige Meter vor mir zum Stehen. Ich nickte nur. Hoffentlich dachte er nichts Falsches. In diesem ganzen Drama, in dem ich mich sowieso schon befand, wollte ich nicht auch noch mit Jacob streiten. Er atmete hörbar aus und wendete seinen Blick von mir ab auf den Boden. «Jacob, es ist nicht so wie du denkst. Tyler hat Julien geschlagen und dann hat Mr. Mayers ihn zum…»

«Ally, lass gut sein.» Er winkte mit der Hand ab und setzte sich wieder in Bewegung. «Wir seh'n uns später.» Mit diesen Worten ging er an mir vorbei, ohne mich zu umarmen, mich zu küssen oder mich auch gar anzusehen. Was zum Teufel?!

Tyler

Auf dem Weg zum Direktorat, zerbrach ich mir den Kopf darüber, wieso zum Teufel ich Julien eine reingehauen hatte. Klar, er war mir tierisch auf den Sack gegangen, aber gleich zu zuschlagen. Vielleicht hatte ich etwas übertrieben. Das war alles nur wegen diesen dummen Gefühlen, die ich für Ally hatte. Ich wusste ehrlichgesagt nicht mal was ich fühlte, aber der blosse Gedanke daran, dass jemand sie anfasste (jetzt mal ausgenommen ihr Freund, mit dem musste ich schliesslich ja leben) brachte mich zum Kochen. Ich hatte wirklich nicht das Recht so zu fühlen, schliesslich war sie ja Stephens Freundin und nicht meine, aber irgendwie mochte ich es einfach nicht, wenn andere Typen sich mit ihr abgaben. Ich war so dumm. Ich musste endlich damit aufhören, ständig an sie zu denken. Ich hatte so etwas noch nie erlebt und erst jetzt merkte ich, wie ätzend es war, jemanden zu mögen.

Ich nahm die Treppe zum obersten Stock und erblickte da schon den allzu bekannten Raum. Ich hasste unseren Direktor. Er war ne Arschgeige und unsere Beziehung war nicht wirklich Friede, Freude, Eierkuchen. Ich atmete einmal tief ein und klopfte an die Tür. «Herein» Allein seine Stimme war schon nervig. Ich stiess die Tür auf und erblickte einen fetten, glatzköpfigen Mann, der etwa in seinen 50er war. Wie mich dieser Typ anekelte. Er hatte seine Füsse auf dem Tisch platziert und die Hände lagen gefaltet in seinem Schoss. «Setzen Sie sich Mr. Collins», forderte er mich auf und zeigte auf die zwei Stühle, die vor seinem fetten Pult standen. Ich liess mich in einen der Beiden fallen und schaute auf. «Wollen Sie mir vielleicht erklären, was es damit auf sich hat, dass Sie einen Ihrer Schulkollegen brutal schlagen und das noch während dem Unterricht?» Er nahm die Füsse vom Tisch. «Er hat genervt», sagte ich und zuckte mit den Schultern. Der Direktor zog empört die Augenbrauen hoch. «Das ist kein Grund für solch ein schlechtes Verhalten. Wir tolerieren so etwas nicht an unserer Schule, haben Sie das verstanden?» Langsam wurde der alte Sack wütend. Am liebsten hätte ich mit «OK Easy» geantwortet, aber dann wäre ich höchst wahrscheinlich von der Schule geflogen, darum sagte ich nur: «Es wird nicht wieder vorkommen.» «Das hoffe ich für Sie. Das ist Ihre letzte Chance Mr. Collins.» Er stand auf und wollte mir die Hand reichen. Angewidert senkte sich mein Blick auf seine Hand und ich schluckte einmal leer. Wo die wohl schon überall gewesen sein mochte. Ich stand ebenfalls auf und streckte ihm meine Hand unfreiwillig entgegen. «Ich hoffe, Sie besuchen mich in nächster Zeit etwas weniger», sagte er noch, bevor ich mich umdrehte und mit verdrehten Augen den Raum verliess. Wie der mir auf den Sack ging. Ich hätte mir besser ihn vorgeknüpft, als Julien. Oh Julien, apropos, bei dem musste ich mich ja auch noch entschuldigen. Ich lief durch die Flure, bis ich zu den Männertoiletten kam, wo ich Zack und Julien's Stimme hörte. Ich atmete einmal tief ein und ging dann rein. Zack schaute mich zuerst an und sein Blick war nicht gerade herzerwärmend. Julien war dabei seine blutende Nase abzutupfen. «Hey bro, es tut mir leid. Ich hatte das eigentlich gar nicht gewollt, es ist einfach mit mir durchgegangen», sagte ich und stellte mich neben Julien, während ich ihm freundschaftlich eine Hand auf die Schulter legte. Erst schaute er mich etwas kritisch an, dann aber drehte er sich zu mir um und hob seine Hand hoch, sodass ich einschlagen konnte. Ich grinste dankend und schlug ein. Er verkniff sich ebenfalls ein Grinsen. «Jetzt weiss immerhin jeder, dass er sich nie mit dir anlegen sollte, deine Schläge sind echt deftig, Bro.» Ich lachte.

Nach dieser unangenehmen Aktion auf dem Flur, ging ich wieder zurück ins Schulzimmer. Als ich das Klassenzimmer betrat, gingen sofort alle Blicke zu mir. Eleanor's Girls begannen wieder zu tuscheln. Ich verdrehte genervt die Augen. Was für ein Kindergarten. Ich setzte mich wieder nach Hinten und wartete verhängnisvoll bis die Stunde zu Ende war. Ich musste mit Jacob reden. Er war vorhin einfach gegangen. Ich wusste, dass er unsicher wegen Tyler war, aber ich hatte ihm das Ganze schon einmal erklärt. Ich wollte doch nur ihn, auch wenn meine Gedanken Tyler gegenüber, dem vielleicht nicht zusprachen, konnte ich Tyler problemlos vergessen. Ich korrigiere, bald würde ich es können* (hoffentlich). Als es endlich zur nächsten Stunde klingelte, raste ich schnell aus dem Klassenzimmer und suchte vergebens nach Jacob. Er war nirgends zu finden. Sogar sein bester Freund Charles wusste nicht wo er steckte. Sofort machte sich ein ungutes Gefühl in mir breit. *Wollte er vielleicht Abstand von mir?*

Den ganzen Tag zerbrach ich mir den Kopf über diesen Gedanken. Wollte Jacob vielleicht Abstand von mir? Klar, es war verständlich. Er dachte, dass ich immer noch Gefühle für Tyler hätte und vielleicht war das auch so, aber ich wollte mit Jacob zusammen sein und nicht mit Tyler. Aus Tyler und mir würde sowieso nie was werden.

Gleich nach Schulende fuhren mich Lucas und Stasy nach Hause. Ich hatte irrtümlicherweise mein Handy zuhause liegen gelassen und brauchte es unbedingt, um Jacob endlich anrufen zu können. Ich machte mir schon richtige Sorgen. Als wir in die Einfahrt einbogen, sprang ich bereits aus dem Wagen und bedankte mich mit einem kurzen: «Danke fürs Fahren, bye.» Ich rannte ins Haus und die Treppe hoch. Ich schloss die Tür zu meinem Zimmer auf und *holy shit...* Ich erschrak so deftig, dass ich leise aufschrie. Jacob sass auf meinem Bett und hielt ein Schild in der Hand mit der Aufschrift *«Prom?»* Er stand lächelnd auf. «Ich weiss es ist noch nicht der Abschlussball, aber ich wollte dich fragen, ob du mich auf den Herbstball begleiten möchtest?» Er nahm meine Hände und schaute mich mit seinen unglaublich schönen blauen Augen an. «Was sagst du?» Sein Lächeln liess meine Knie weich werden und wie er so dastand und mich fragte, ob ich ihn zum Ball begleiten wollte, versicherte mir nur noch einmal mehr, dass ich den Richtigen gewählt hatte und keinen anderen wollte. «Ja, OMG ja!» Ich war zu Tränen gerührt und schlang meine Arme um ihn. «Ich hab noch eine Überraschung für dich.» Er brachte einen kleinen Abstand zwischen uns und nahm etwas aus seiner hinteren Jeanstasche. Es war ein Umschlag. «Was ist das?», fragte ich lächelnd und er reichte ihn mir. Ich öffnete den Umschlag behutsam und zog zwei Karten raus. *„Geniessen Sie ein unvergessliches Wochenende im Wellness & Spa Club East Colorado"*. Ich schüttelte ungläubig den Kopf. Das konnte nie und nimmer wahr sein. Ein Wellnesswochenende mit meinem Freund? *Aahhhhh*, ich hätte schreien können vor Glück. Schon immer hatte ich mir vorgestellt, wie es wäre, ein Wellnesswochenende mit einem heissen Type zu verbringen und oh gott, ich konnte es einfach nicht fassen. „Jacob, es ist perf..." Weiter kam ich nicht, denn mir schossen Freudetränen in die Augen. Er lächelte und schlang sofort seine Arme um mich. „*Du* bist perfekt, Baby" Ich lächelte in seine Brust und unsere Herzen schlugen im Einklang. Ich konnte gar nicht beschreiben, wie gut ich mich gerade fühlte.

15. Kapitel

Tyler

Die nächsten zwei Wochen würden die Hölle werden. Dieser dumme Direktor hatte ernsthaft meine Mom angerufen und ihr gesagt, dass es nicht so weiter ginge. Meine Noten seien schlecht und das Verhalten, dass ich an den Tag lege, sei auch nicht wünschenswert. Dieser behinderte Typ sollte einfach mal seine Fresse halten. Zu meinem Pech war meine Mom heute nicht gerade wirklich gut gelaunt gewesen und hatte deshalb beschlossen mich für die nächsten zwei Wochen in ein Camp für schwer erziehbare Kids zu stecken. Was für ein Scheiss! Dachte sie wirklich, dass so ein Mist ändern könnte, wie ich mich in der Schule gebe?! Pfff, ich konnte nur lachen. Ich würde ein bisschen Alkohol dorthin mitschmuggeln und mich jeden Tag besaufen. So ein Scheiss. Meine Mom war eigentlich nicht so, aber sie war heute wohl mit dem falschen Fuss aufgestanden und dann auch noch eine solche Nachricht vom Direktor zu bekommen, hatte sie wahrscheinlich zur Weissglut getrieben. Mir war es eigentlich ziemlich egal. Ob ich nun in der Schule mit Mädchen flirtete oder in so einem beschissenen Camp, störte mich recht wenig. Das einzige Problem an der ganzen Sache war, dass ich am Abend des Herbstballs zurück kam und meine Mom hatte mich dazu gezwungen dahin zugehen. Darauf hatte ich wirklich null Bock. Es war einfach wieder mal ein Abend an dem ich mich betrinken würde und dann mit meinen Jungs und ein paar Girls feiern ging. Yeah, was für ein Abend…

Nach dem Ausraster meiner Mom war ich in mein Zimmer gegangen und hatte mir ein paar Serien reingezogen. Als ich auf die Uhr schaute, war es schon halb zwölf und allmählich fielen mir die Augenlieder zu. Seufzend legte ich mein Handy weg und knipste das Licht aus. Wieso war mein Leben nur so ätzend? Ich hatte das erste Mal in meinem Leben Gefühle für ein Mädchen, dass mich aber nicht wollte. Ich konnte jetzt zwei Wochen in einem Camp für strengerziehbare Jugendliche verbringen und mein Alkoholkonsum war in den letzten Monat überheblich gestiegen. Oh mann…

Ally

Die Woche verging schnell und uninteressant. So ohne Tyler, von dem ich ehrlichgesagt nicht wusste, wo er steckte, liessen mich die blöden Hintergedanken in Ruhe und ich konnte eine wunderschöne Woche mit Jacob verbringen. Noch schöner würde jedoch das bevorstehende Wochenende werden.

Es begann alles am Freitagabend. Ich packte in Ruhe meine Sachen für den Trip nach East Colorado. Ich hatte keine Ahnung, was ich alles mitnehmen sollte, darum packte ich einfach alles ein, was ich schön fand. Ich freute mich so sehr. Als ich auf die Uhr blickte und feststellte, dass es schon kurz vor acht war, geriet ich allmählich in den Stress. Ich hastete ins Bad, um mir meine Zahnbürste zu schnappen und kämmte noch kurz mein Haar, bevor es auch schon an der Haustür klingelte. *Verdammt.* Jacob war wie immer zu früh. Ich eilte die Treppe hinunter und stellte in der Mitte meines Wegs fest, dass ich den Koffer vergessen hatte. Ich machte kehrt und drehte um. «Mom, kannst du bitte die Tür öffnen», schrie ich und schnappte mir den Koffer, der auf meinem Bett lag. Ich verliess mein Zimmer und ging wieder runter, diesmal etwas langsamer, da der Koffer echt schwer war. Vor der Tür stand Jacob, der gerade meine Mom begrüsste. Ich ging auf die Beiden zu und sofort bahnte sich ein Grinsen auf Jacob's Gesicht. Ich lächelte zurück, verabschiedete mich von meiner Mom und ging dann zusammen mit ihm nach Draussen. «Und freust du dich schon?», fragte er, als wir im Auto sassen und losfuhren. «Wie ein kleines Kind, dass in den Zoo geht», sagte ich und er lachte vor sich hin. Die ganze Autofahrt über studierten wir die verschiedenen Massagen und Angebote, die im Hotel offeriert wurden. Wir stellten schnell fest, dass sie unglaublich exklusive Angebote hatte, leider war aber auch der Preis etwas zu „exklusiv". Nach etwa einer Stunde erreichten wir endlich das Hotel. Von aussen konnte man zwar noch wenig erkennen, aber schon von hier aus konnte ich feststellen, dass es ziemlich luxuriös war. Es besass sogar Balkone, die grösser waren, als jene von den Blocks in unserer Strasse. Scheinbar stand mein Mund ein wenig offen, denn Jacob beäugte mich belustigt. «Tut mir leid, es ist nur, ich war noch nie in einem solchen Hotel», meinte ich und stieg immer noch staunend aus dem Auto aus. Jacob nahm unser Gepäck und gemeinsam betraten wir das Wellnessparadies. Als wir in die Lobby traten, weiteten sich meine Augen automatisch. Kronleuchter, wie in einem Palast, hingen von der Decke runter und die Wände waren mit Goldimitaten versehen. Mein Staunen nahm noch mehr zu, als wir zu unserem Zimmer geführt wurden. Der Angestellte schloss die Tür auf und geleitete uns rein. Jacob schaltete das Licht an und nun war es mein Kinnladen der automatisch runterfiel. Das Zimmer war unglaublich. Ich hatte in meinem Leben noch nie, solch ein riesiges Himmelbett gesehen. Ausserdem war das Bad grösser, als mein gesamtes Zimmer zuhause. Ich war wie geflasht. Noch nie hatte mich etwas so überwältigt, wie dieses Hotel. Es war spektakulär. «Und gefällt es dir?», fragte Jacob, stellte sich hinter mich und legte seine Arme um mich. «Es ist der absolute Wahnsinn. Danke», erwiderte ich, neigte meinen Kopf ein wenig zurück und küsste ihn sanft. «Es gibt keinen Grund mir zu danken. Ich sollte dir danken, dass ich eine so wundervolle Freundin habe.» Mit diesen Worten zauberte er mir ein Lächeln aufs Gesicht und verdiente sich noch einen Kuss. «Es ist schon spät, wie wärs, wollen wir schlafen gehen?», fragte er und liess von mir ab, um sich zu seinem Koffer zu begeben. Gähnend bejahte ich seinen Vorschlag. Ich war echt müde. Solche langen Autofahrten machten mich immer müde. «Ich geh noch schnell ins Bad», sagte ich und nahm mein Pyjama mit. Ich wusch mir das Gesicht und schaute in den Spiegel. Was ich da sah, war ein fast 17-

jähriges Mädchen, das überglücklich war. Ich hatte einfach alles, was man sich wünschen konnte. Einen perfekten Freund, die beste Freundin, die man haben konnte und ich verstand mich super mit meiner Mom. Trotz all diesen Sachen merkte ich immer wieder, dass mir was fehlte. Ausser ich war bei Tyler. Bei ihm fühlte ich mich einfach komplett. Ach verdammt. Ich musste endlich aufhören über ihn nachzudenken. Stattdessen zog ich mir mein Pyjama an und legte mich neben Jacob ins Bett, der fürsorglich seine Arme um mich schlang. Ich würde dieses Wochenende nicht mehr an Tyler Collins denken.

Tyler

Dieses Camp war der reinste Horror. Es gab gerade mal zwei geile Girls und einen Typ, der einigermassen bei Verstand war. Alle anderen waren entweder Drogenjunkies oder irgendwelche Psychopaten. Was für eine Anstalt hatte meine Mutter da nur ausgesucht?! Zweimal täglich hatten wir eine Sprechstunde mit Mrs. Viller. Sie war (glaube ich) unsere Psychiaterin/Betreuerin/Ansprechperson, ach keine Ahnung, sie war irgendwie einfach für alles zuständig. Für mich war sie jedoch einfach nur eine 25-jährige Frau, die verdammt scharf war und immer einen zu kurzen Rock trug.

Ich war gerade dabei mit einer der zwei Girls rumzumachen, als zwei Angestellte in meine Hütte kamen. *Also klopfen konnten die sich wirklich mal angewöhnen.* Ich liess von Nancy, Natalie oder doch Noemi (ach, ich konnte mir Namen einfach nicht merken) ab und schaute schmunzelnd zu den zwei Männern. „Sie haben eine Sprechstunde mit Mrs. Viller", sagte der eine, während der andere mir mein Shirt reichte. Ich lächelte gekonnt und stand auf. Ich zog mir das Shirt über und folgte den Männern nach draussen. Das Camp befand sich in einem Wald in der Nähe von Colorado City. Meilenweit gab es nur solche doofen Bäume. Wir schliefen in kleinen holzigen Hütten und es gab eine Art

Treffpunkt, der sich in der Mitte aller Hütten befand und genau dorthin wurde ich jetzt gebracht. Die Männer setzten mich vor dem Sprechzimmer ab und verschwanden dann. Ich seufzte und klopfte dann an der Tür. «Komm rein», tönte es von Innen. Ich atmete ein letztes Mal tief ein und stiess dann die Tür auf. Mrs. Viller sass auf einem Sessel, der in der Mitte des Raums stand und nippte an einer Tasse Tee. Ihr Rock war gefährlich weit oben und ich hatte das böse Bedürfnis ihn noch weiter hoch zu ziehen. «Setzen Sie sich, Mr. Collins», bat sie mich und deutete auf das Sofa vor ihr. Ich liess mich breit darauf nieder und schaute sie mit einem verschmitzten Grinsen an. «Mr. Collins, wie Sie vielleicht wissen, sind Sie einer meiner anstrengendsten Mandanten und ich bitte Sie in Zukunft, sich mir ein wenig zu öffnen, sonst können Sie sicher sein, in der nächsten Zeit nicht hier rauszukommen. Haben Sie das verstanden?» Sie überkreuzte die Beine und schaute mich mit einem intensiven Blick an. Ich konnte mich nicht wirklich auf ihre Worte konzentrieren, da ihre langen Beine mich um den Verstand brachten. «Ja ich hab's verstanden», sagte ich also, da ich nur den letzten Teil verstanden hatte und kreuzte die Arme vor der Brust. «Also was wollen Sie wissen?» «Wieso haben Sie Drogen genommen?" Woher zum Teufel wusste sie das?! „Woher wissen Sie das?", fragte ich und setzte mich auf. „Mr. Collins, wir wissen so einiges über Sie. Darum möchte ich ja, dass Sie endlich mit mir reden." Ich schluckte einmal leer. Fuck. „Sie wollen also wissen, weshalb ich Ecstasy genommen habe?", fragte ich und schaute ihr intensiv in die Augen. Sie nickte. „Ich habe dieses Zeugs genommen, weil mir langweilig war. Ich hab zuerst nicht mal gewusst, was es war und als ich es dann rausgefunden hatte, war es eben zu spät." Sie nickte wieder. „War dies der einzige Grund wieso Sie es genommen haben?" Ich seufzte. Konnte sie es nicht einfach sein lassen?! „Ja, das war der einzige." „Nun denn, wenn das so ist, sollten Sie sich vielleicht eine Beschäftigung suchen, wenn sie aus Langeweile zu Drogen greifen." Sie schaute mich mit einem seltsamen Blick an, den ich nicht einordnen konnte. Irgendwie hatte ich das Gefühl, dass sie mir nicht glaubte. Aber egal, das war nicht mein Problem. „Möchten Sie sonst noch über etwas mit mir reden?", fragte sie und ich schüttelte nur den Kopf. Sie wusste schon genug. Auch wenn sie aussah wie eine Göttin, ging sie mein Privatleben einen Scheiss an. «Immerhin ein Fortschritt, hören Sie Mr. Collins, wir wollen Sie nicht hierbehalten. Wir wollen Ihnen nur helfen, also sobald Sie sich uns öffnen und wir Ihnen helfen konnten, können Sie gehen." Sie stand auf und reichte mir die Hand. «Vielen Dank für das Gespräch, Sie können gehen.» Grinsend nahm ich ihre Hand und schüttelte sie behutsam. «Ich danke Ihnen.» Ich zwinkerte ihr zu und verliess dann den Raum. Ich liebte Herausforderungen und sie war ganz klar Eine.

Ally

Es war Samstagmorgen und ich war gerade dabei, mit Jacob ein wundervolles Frühstück zu geniessen. Das Hotel war der absolute Hammer. Mal abgesehen von der grandiosen Lobby und unserem wunderschönen Zimmer bot das Hotel noch viele andere sehenswürdige Attraktionen. Allein schon der Frühstückssaal brachte mich wieder zum Staunen. Von Rührei bis zu tropischen Früchten gab es alles. Ich fühlte mich wie auf Wolke 7.

Nach dem Morgenessen begaben wir uns sofort in den Wellnessbereich und gönnten uns dort eine ayurvedische Massage. Es war absolut lohnenswert. Die Massage liess mich entspannen und ich genoss einfach mal den Moment. Ich dachte über nichts nach und liess es einfach auf mich wirken. Schon bald fielen mir die Augen zu. «Die Massage ist zu Ende. Ich hoffe es hat Ihnen gefallen», sagte die Masseurin und reichte mir meine Anziehsachen. Ich seufzte (glücklich), bedankte mich bei ihr und zog mich dann wieder an. Ob Jacob wohl auch schon fertig war? Ich machte mich auf den Weg zur Lobby und sah ihn dort im weissen Bademantel sitzen. Ich musste grinsen. Er sah einfach in Allem gut aus. Ich schlich mich an ihn ran und legte meine Arme um seinen Hals. «Buuh», flüsterte ich in sein Ohr und er fuhr leicht zusammen. Ich lachte. «Hast du mich schon vermisst?» Jetzt war er es, der lachte. «Ich vermisse dich immer, wenn du nicht bei mir bist.» Wieso war er nur so verdammt süss?! Ich ging um die Couch herum und setzte mich auf seinen Schoss. «Hast du Lust mit mir baden zu gehen?», fragte ich und schaute ihn grinsend an. «Und wie.» Mit diesen Worten stand er auf und packte mich an der Taille. Er hob mich hoch. Ich musste lachen. Alle starten uns an, doch er lief einfach weiter. Jacob trug mich hoch in den zweiten Stock, wo es einen Aussen-Jacuzzi gab. Wir gingen raus auf die Terrasse und er liess mich runter. «Ich komme gleich wieder, geh schon mal rein», sagte er und huschte wieder nach Drinnen. Ich lief zum Pool hin und hielt die Hand rein. Das Wasser war heiss und die Luft leicht kühl. Ich streifte mir den Bademantel ab und ging ins Wasser. Der Kontrast von Kalt zu Heiss, liess mich erzittern, jedoch tat es unglaublich gut. Der Pool war genug tief, sodass ich mich einfach im Wasser treiben lassen konnte. Sofort schoss mir ein Gedanke durch den Kopf. Ich war bereit. Ich hatte keine Ahnung, wieso ich gerade an das dachte, aber ich wollte es. Ich wollte Jacob so sehr. Ich wollte nicht mehr warten und darüber nachdenken, ob ich bereit war oder nicht. Ich hatte ein gutes Gefühl bei ihm. Ausserdem war mir bewusst, dass auch er es wollte. Er hatte es schon oft genug offensichtlich gemacht. Unbewusst war ich dabei meinen Bikini zu öffnen. Gott, was tat ich da nur? Ich wusste wirklich nicht, was in mich gefahren war, schliesslich war ich wenn's ums Thema Sex ging der unerfahrenste Mensch ever. Aber aus irgendeinem Grund hatte ich gerade einfach das Bedürfnis dazu, das Bedürfnis Jacob zu spüren und zwar körperlich zu spüren. Ich zog meinen Bikini aus und legte ihn auf den Poolrand. Zum Glück hatten wir den Jacuzzi, den ganzen Tag gemietet. Ich wollte gar nicht daran denken, wie sehr ich mich geschämt hätte, wenn plötzlich irgendwelche Gäste aufgetaucht wären.

Als ich mich allmählich fragte, wo Jacob blieb, ging endlich die Balkontür auf und er trat nach Draussen. In seiner linken Hand hielt er eine Champagnerflasche und in der anderen zwei Gläser. Ich begab mich auf die andere Seite des Pools und legte meine Arme auf den Rand. Er kam grinsend zu mir rüber und ich atmete aus. Ich war so weit. «Du warst lange weg.» «Ich weiss, tut mir leid, aber ich musste dem Barkeeper klar machen, dass ich nur das Beste für meine Freundin will.» Er hielt die Flasche hoch. Nun stand er direkt vor mir. Er hielt mir die Flasche hin und stellte die Gläser auf den Rand. Ich nahm sie entgegen und stellte sie ebenfalls auf den Rand. Er zog sich kurz den Bademantel aus und nahm dann die Flasche, um die Gläser aufzufüllen. «Das kann warten», sagte ich und machte ihm klar, dass er endlich seinen süssen Arsch ins Wasser bewegen sollte. Ich schwamm vom Rand zurück und sofort ging sein Blick an mir runter. Auch durch das sprudelnde Wasser konnte er klar erkennen, dass ich nichts anhatte. Sofort stellte er die Flasche wieder hin und schwang sich über den Rand ins Becken. Ich sah wie er schluckte und biss mir auf die Lippen. Langsam kam er näher und in meinem ganzen Körper breitete sich ein ungewohntes Kribbeln aus. Er blickte immer wieder an mir runter und dann wieder in meine Augen. Ich wusste genau, dass ich ihn mit dieser Situation überrascht hatte. Okay, zugegeben ich hatte mich damit selbst überrascht. Er stand nun direkt vor mir und sein Mund war leicht geöffnet. «Wow», sagte er und ohne zu überlegen, presste ich einfach meine Lippen auf seine. Wir küssten uns so intensiv, wie noch nie zuvor und alles in meinem Körper spannte sich an. Er schlang seine Hände um meine Taille und zog mich an sich hoch. Ich klammerte mich an ihn und er begann meinen Hals zu küssen. Er schaute mir kurz in die Augen und ging dann wieder zu meinen Lippen über. Er liess mich langsam runter und ich legte meine Hände an den Bund seiner Badehose. «Wollen wir zurück ins Zimmer geh'n?», fragte er mit flachem Atem und ich nickte. Mir blieb die Luft vollständig weg. Er half mir meinen Mantel anzuziehen und liess keine Chance aus, mich zu berühren.

Zusammen, mit unseren Badesachen unter dem Arm, hasteten wir zurück ins Hotelzimmer. Kaum im Zimmer angekommen, schloss er die Tür ab und drückte mich gegen die Wand. Er fing wieder an mich zu küssen und seine Hände glitten sofort zum Gürtel meines Bademantels. Er öffnete ihn sachte und streifte ihn mir dann vom Leib. Er grinste kurz, bevor er mich wieder küsste. Wir lösten uns von der Wand und gingen rüber in den Schlafraum, wo ich ihn ebenfalls aus dem Mantel befreite. «Bist du dir sicher?», fragte er und ich nickte. Gemeinsam liessen wir uns aufs Bett fallen und unsere Körper wurden zu einem.

16. Kapitel

Tyler

Als ich so gegen neun Uhr geweckt wurde, hätte ich dem Wecker am liebsten eine reingehauen. Jeden scheiss Morgen mussten wir um diese Uhrzeit aufstehen. Was für ein Bullshit. Zuhause schlief ich immer so bis elf und jetzt musste ich schon um neun Uhr mein Bett verlassen. Wie ich dieses verdammte Camp hasste. Den ganzen Tag über tat ich nur eins und zwar arbeiten. Ich musste mit ein paar anderen Kids Holz holen, Laub wischen oder sogar noch die verdammte Küche machen. Ich hasste es hier. Am Abend wurden immer Gemeinschaftsspiele gespielt oder man konnte schlafen gehen. Weil ich keinen Bock auf Brettspiele und kleine Kinder hatte, ging ich in meine Hütte, wo ich mich aufs Bett fallen liess. Ich hatte nicht mal ein Handy. Das war Kinderquälerei. Es dauerte nicht lange und da klopfte es schon an meiner Tür. Genervt stand ich auf und öffnete sie einen Spalt. Als ich jedoch erkannte, wer es war, öffnete ich die Tür vollständig. «Mrs. Viller, was machen Sie denn um diese Uhrzeit noch hier?» Mein Grinsen verriet schon, dass mir dieser Besuch auf jeden Fall gefiel. «Hören Sie auf so dumm zu grinsen Mr. Collins. Ich bin nur hier, um Ihnen etwas mitzuteilen.» Ich nickte. «Kommen Sie doch rein in die gute Stube», sagte ich und machte ihr mit einer Armbewegung klar, dass sie sich doch auf mein Bett setzen sollte. Sie schaute mich mit hochgezogenen Brauen an, was mein Grinsen nur noch breiter werden liess. Sie überlegte kurz und setzte sich dann aber, woraufhin ich die Tür schloss und mich siegessicher, neben ihr niederliess. «Was wollten Sie mir denn noch sagen?», fragte ich und rutschte näher zu ihr ran. Ich würde sie schon noch um den Finger wickeln. Sie räusperte sich und schaute mich dann mit ihren wunderschönen, blauen Augen an. «Wie Sie vielleicht noch wissen, habe ich Ihnen gesagt, dass Sie so lange hierbleiben, wie nötig. Dies ist jedoch nicht mehr der Fall. Sie werden diese Woche nach Hause gehen.»

«Ach ja, und wieso das, wenn ich fragen darf?» «Ihre Mutter hat uns angerufen und gesagt, dass Sie diese Woche noch nach Hause gehen», sagte sie. Ich nickte. Zum Glück, noch eine Woche hätte ich es hier wahrscheinlich nicht überlebt. «Das ist alles, was ich sagen wollte. Ich werde nun gehen. Ich wünsche Ihnen noch eine schöne Nacht.» Sie erhob sich und wollte schon zur Tür gehen, als ich mich vor sie stellte. Wenn ich schon gehen musste, nicht ohne eine Nacht mit ihr verbracht zu haben. Ich weiss ich war ein wenig zu sehr von mir selbst überzeugt, aber auf keinen Fall liess ich mir eine solche Chance entgehen. Auch wenn sie mich behandelte, wie all ihre anderen Klienten, merkte ich schon, wie sehr auch sie mit dem Widerstehen kämpfen musste. «Wollen Sie nicht noch ein wenig bleiben?», fragte ich und lehnte mich rückwärts an die Tür. «Vielen Dank, aber ich sollte mich auf den Weg machen.» Sie knetete nervös ihre Hände und schluckte laut. «Machen wir uns nichts vor. Sie wissen genau so gut wie ich, dass wir uns nicht mehr lange widerstehen können.» Ich ging auf sie zu und flüsterte ihr die letzten paar Worte ins Ohr, bevor ich mich wieder vor sie stellte und das mit einem nur sehr kleinen Abstand. «Mr. Collins, was t-t-tun Sie da?», fragte sie stockend. «Das was ich schon bei unserer ersten Begegnung tun wollte.» Ich strich ihr eine Haarsträhne hinters Ohr und biss mir auf die Lippen. Sofort ging ihr Blick dorthin und sie schluckte noch einmal. Sie schaute wieder hoch und unsere Blicke trafen sich. Wie ich es liebte, wenn solch starke Frauen weiche Knie, bei mir bekamen. Gleichzeitig schossen wir beide nach Vorn und unsere Körper pressten sich aneinander, während unsere Münder sich gegenseitig begannen aufzufressen. Meine Hände wanderten auf und wieder ab. Ich zog ihr den kurzen Rock aus und betätigte mich dann an ihrem Oberteil. Als sie nur noch in Unterwäsche vor mir stand, grinste ich wieder. «Hören Sie schon auf zu grinsen», sagte sie und zog mir das Shirt über den Kopf. Sie öffnete den Gürtel meiner Jeans und schaute mich verführerisch an. Sie wusste genau, dass sie mich verrückt machte. Sie drehte sich um und ging aufs Bett zu, wo sie sich niederliess und mich auffordernd ansah. «Was für eine Frau», sagte ich zu mir selbst und atmete schwer aus, bevor ich mich auf sie einliess.

Nächster Morgen

Ich wachte auf und grinste, als ich in das Gesicht von Mrs. Viller sah. Letzte Nacht war der absolute Hammer gewesen. Ich wusste zwar nicht, wann wir eingeschlafen waren, aber viel Schlaf hatte ich eindeutig nicht gehabt, denn ich musste sofort gähnen. Es dauerte nicht lange und auch sie wachte auf. «Wie spät ist es?», fragte sie und rollte sich zu mir rüber. «Ich denke, etwa so halb acht.» Sofort weiteten sich ihre Augen und sie setzte sich auf. «Fuck, fuck, fuck», fluchte sie und warf die Decke zur Seite, sodass sie aufstehen konnte. Sie war immer noch splitterfasernackt. Ich hatte den perfekten Ausblick, als sie mit dem Rücken zu mir aufstand und ihre Sachen vom Boden auflas. Sie hüpfte schnell in ihre Kleider, wobei sie ihren Rock falschrum anzog. Ich grinste immer noch wie ein Vollidiot, als sie sich zu mir umdrehte und mich mit einem sexy Lächeln ansah. Sie kam auf mich zu und gab mir einen leidenschaftlichen Kuss, bevor sie sich auf den Weg zur Tür machte. «Darf ich eigentlich noch deinen Namen wissen?», fragte ich und biss mir auf die Lippen. Sie drehte nur ihren Kopf zu mir und ihr Grinsen erweckte in mir das Verlangen, aufzustehen, sie zu packen und das von letzter Nacht gleich nochmal zu tun. «Mein Name ist Isabelle.» Mit diesen Worten öffnete sie die Tür und verliess die Hütte. Damn, was für eine Frau. Ich war immer noch geflasht von ihr. Auf jeden Fall hatte das hier Nachholbedarf. Grinsend legte ich die Arme hinter den Kopf und schloss meine Augen.

Ich wachte erst so gegen elf Uhr auf. Neben mir lag Jacob, der leise vor sich hin schnarchte. Es brachte mich zum Lächeln. Als ich ihn da so liegen sah, erinnerte ich mich wieder an die letzte Nacht. Wir hatten miteinander geschlafen und es war mit Abstand die schönste Nacht meines Lebens gewesen. Es hatte sich gelohnt zu warten, das stand fest. Weil ich ihn nicht aufwecken wollte, stand ich auf und zog mich an. Ich ging ins Bad und machte mich fertig. Als ich wieder zurück kam, öffnete Jacob gerade die Augen und lächelte mich verschlafen an. «Gut geschlafen?», fragte ich und legte mich wieder neben ihn ins Bett. «Mhm, und du?» Er rollte sich zur Seite und legte einen Arm um mich, wobei er mich näher zu sich zog. Ich nickte nur und schaute ihm in die Augen. Er strich mir eine Haarsträhne hinters Ohr und liess dann seine Hand auf meiner Wange liegen. «Ich liebe dich.» Wie immer, wenn er diese Worte sagte, breitete sich ein Kribbeln in meiner Magengegend aus. Ich wollte es so sehr erwidern, sooo seehrr, aber es fühlte sich irgendwie nicht richtig an. Ich küsste ihn leidenschaftlich. Er grinste und ehe ich mich versah, lag ich unter ihm. Seine Hand glitt an meiner Seite hoch, bis zu meiner Taille, dort verharrte sie und er schaute mich mit einem Verlangen im Blick an. Weil ich ihm nicht mehr länger widerstehen konnte, ergriff ich die Chance und drehte den Spiess um. Nun hatte ich die Oberhand gewonnen und beugte mich über ihn herab. Ich strich langsam über seine Lippen und merkte wie alles in mir zu beben begann. Ich wagte mich vor und küsste ihn behutsam. Bei diesen vorsichtigen Küssen blieb es jedoch nicht lange. Es dauerte keine Minute, da verschlangen wir uns schon wieder. Alles fühlte sich so gut und echt an. Wir hätten Stunden, ja sogar Tage damit weiter machen können, doch genau, als wir dabei waren, unsere Kleider loszuwerden, klopfte es an der Tür. «Echt jetzt?!» Ich hatte mich erhoben und schnell ein Shirt übergezogen, bevor ich zur Tür eilte und sie öffnete. Ein Hotelbeamter stand davor und vermittelte mir, dass wir bis spätestens 13:00 Uhr auschecken mussten. Da es schon 12:00 war und ich die Zeit komplett vergessen hatte, war seine Mitteilung recht passend. Ich schloss die Tür wieder zu und ging zurück in den Schlafraum, wo sich Jacob gerade aufsetzte. «Wir müssen in einer Stunde hier raus sein», sagte ich und er schaute mich schockierend an. «Es ist schon so spät?», fragte er mit zusammengezogenen Augenbrauen. Ich nickte und er stand auf. «Nun dann müssen wir das eben auf später verschieben.» Er grinste mich pervers an und kam auf mich zu. Er zog mich zu sich hin und biss sich auf die Lippen. «Das war das beste Wochenende meines Lebens.» Ich gab ihm einen kleinen Kuss und sagte: «Dem kann ich nur zustimmen.» Grinsend liess er von mir ab und packte sein Zeugs zusammen. Um 12:45 Uhr waren wir fertig und verliessen das wunderschöne Zimmer seufzend. Er hatte Recht gehabt. Das war eines der mit Abstand schönsten Wochenenden gewesen, die ich je erlebt hatte. Alles war perfekt gewesen. «Ich geb noch die Schlüssel fürs Zimmer ab, geh du doch schon mal zum Wagen», sagte Jacob und riss mich aus meinen Gedanken. Ich nickte und er lachte. «An was denkst du?» «Ach, an nichts», gab ich peinlich zurück.

Ich ging zum Auto und wartete dort auf ihn. Die Luft draussen war kühl und die Bäume erstrahlten in den Farben des Herbstes. Es roch nach frischem Laub und ein leichter Wind wehte durch die Baumwipfel. Ich blickte zum Eingang des Hotels und konnte dort endlich Jacob sehen, der cool auf mich zu schlenderte. «Tut mir leid, dass es so lang gedauert hat. Es gab ein Problem wegen dem Preis», entschuldigte er sich und schloss den Wagen auf. «Wieso, haben sie was falsch berechnet?» «Mach dir keine Sorgen, ich habe alles geklärt», versicherte er mir und lächelte mich an. Ich wollte ehrlichgesagt gar nicht wissen, wie viel dieser Wochenendaufenthalt gekostet hatte. «Fahren wir nach Hause», sagte Jacob und legte seine Hand auf meine. Ich lächelte zu ihm rüber und er startete den Motor.

Tyler

Wie immer war mein Tag öde und langweilig. Ich musste die ganze Zeit an Isabelle denken. Die Nacht mit ihr war wirklich genial gewesen und ich wollte sie unbedingt wiedersehen, doch wie konnte ich das so ganz ohne Grund?! Ich musste mir einen Grund suchen, das war's! Ich hatte schon eine ganze dumme Idee. Greg war unser Drogenjunkie. Seine Eltern hatten ihn für einen Entzug hierher geschickt. Leider hatten sie aber nicht bedacht, dass er problemlos seine Waren auch hierher bestellen konnte. Ich wusste zwar nicht wie dieser Typ das machte, aber ich konnte davon profitieren. Ich musste einfach mit einem Säckchen Kokain an den Wachleuten vorbeilaufen und ehe ich mich versah, hatte ich eine Sprechstunde mit Mrs. Viller. Mein Plan war zwar ziemlich dumm und einfältig, aber ich musste sie auf jeden Fall wiedersehen und eine andere Option fiel mir leider nicht ein. Also ging ich zu Greg, der die meiste Zeit im Hauptgebäude sass und dort Spiele spielte. Was für ein kranker, komischer Typ.

Ich ging zu ihm hin und setzte mich neben ihn. «Hey Greg, hast du ne Minute Zeit?» Er spielte gerade Poker mit einem anderen, den ich noch nicht kannte. Greg legte eine Karte raus und sah mich dann grinsend an. Er grinste immer so doof, wenn er sich mit mir unterhielt. «Klar Bro, was gibt's?» Er spielte weiter. «Du müsstest mir da mal nen Gefallen tun.» Ich erklärte ihm die Situation und die Geschichte mit Isabelle und er war sofort einverstanden. «Wusste schon, dass irgendwann ein Typ kommt, der sich diese Braut schnappt. Sie ist schon ziemlich heiss.» Ich lachte. «Komm so gegen fünf zu meiner Hütte. Ich geb dir dann, was du brauchst.» Ich nickte dankend und blickte sofort auf die Uhr. Es war halb vier und das hiess, dass ich noch genügend Zeit hatte, um Duschen zu gehen und mich immerhin ein bisschen schick für sie zu machen. Als es dann kurz vor fünf war, machte ich mich auf den Weg zu Greg, der drei Hütten von mir entfernt wohnte. Ich klopfte an und es dauerte nicht lange, da wurde die

Tür schon von dem grinsenden Vollspasst geöffnet. «Deine Bestellung», sagte er und reichte mir die Tüte. Ich nahm den Beutel mit weisser Konsistenz entgegen und beäugte ihn vorsichtig. «Ist das wirklich Koks?», fragte ich. Er lachte. «Nein du Dummkopf. Das ist Mehl. Denkst du wirklich ich würde dir echtes Koks geben?» Der Typ war wohl schlauer, als er rüber kam. «Die werden das nicht merken, vertrau mir.» Er zwinkerte mir zu und schloss dann einfach die Tür vor meiner Nase zu, ohne dass ich noch was sagen konnte.

Wird schon schief geh'n, dachte ich mir und lief Richtung Hauptgebäude, da dort die meisten „Aufpasser" platziert waren. Ich schlenderte cool auf die Eingangstür zu und es dauerte knapp zwei Sekunden, da standen schon alle um mich herum. «Was ist das?», fragte der eine und schaute mit zusammen gekniffenen Augen auf den Beutel herab. «Das hier?», fragte ich und hob das Säckchen hoch, sodass es alle sehen konnten. «Das meine lieben Freunde ist hochdosiertes Kokain.» Ich grinste so breit, in der Hoffnung, dass sie es mir abkaufen würden, was sie natürlich auch taten. Sie nahmen es mir aus der Hand und einer der Männer stellte sich vor mich. «Sie werden jetzt unverzüglich zu Mrs. Viller ins Büro gehen, haben Sie mich verstanden», schrie der Mann mich an. Er hatte scheinbar die Geduld mit mir verloren. Innerlich grinsend ging ich in Begleitung des Mannes zu ihrem Büro. Er klopfte an und die Tür wurde kurz darauf geöffnet. Isabelle stand im Türrahmen, so gutaussehend wie immer. Sie blickte mir in die Augen und dann zum Wachmann. «Was hat er angestellt?», fragte sie und der Mann schilderte ihr die Situation. Sie nickte und schaute mich wieder an, wobei ich mir ein perverses Grinsen nicht verkneifen konnte. «Ich werde mich darum kümmern», sagte sie und der Mann ging nickend davon. «Kommen sie rein Mr. Collins und schliessen sie die Tür hinter sich.» Ich folgte ihren Anweisungen und ging dann auf sie zu. Sie stand am Tisch und schenkte sich eine Tasse Tee ein. Ich ergriff die Chance und legte meine Arme um ihre Hüfte, wobei ich sie näher an mich drückte. Ich begann ihren Hals vorsichtig zu küssen und hörte wie sie leise stöhnte. Ich liess meine eine Hand vorsichtig nach Oben gleiten und zog ihr Shirt aus dem Rock, den sie immer noch falsch rum anhatte. Ich war gerade dabei den Verschluss ihres BHs zu öffnen, als sie sich schlagartig umdrehte. «Sie sind ein böser Junge Mr. Collins, aber Sie haben Glück. Ich stehe nämlich auf böse Jungs.» Sie begann mich zu küssen und zwar genau so leidenschaftlich wie am Abend zuvor. Ihre eine Hand vergrub sie in meinem Haar und die andere wanderten zum Bund meines Shirts. Ohne Skrupel zog sie mir das Shirt über den Kopf und küsste mich weiter. Ich hob sie auf den Tisch und befreite sie aus dem, sowieso schon falsch rum angezogenen, Rock. Unser Verlangen für einander war so gross, dass wir nichts mehr um uns herum wahrnahmen. Es gab nur sie und mich.

Ich wusste nicht, wie lange wir so weitermachten, aber irgendwann wurde es Draussen dunkel und ruhig. Keine Lichter mehr und keine Wachleute, die vor dem Gebäude standen. Alles war still, ausser uns. Nachdem wir mit dem spassigen Teil fertig waren, stellte sie mich zur Rede. «Wieso hattest du Drogen auf dem Areal dabei?», fragte sie, während sie sich wieder anzog. «Es waren keine Drogen, es war nur Mehl. Ich wollte zu dir und brauchte einen Grund dafür.» Ich stellte mich hinter sie und raunte es ihr ins Ohr. «Das war ganz schön riskant», sagte sie und drehte sich zu mir um, sodass ich sie ansehen musste. «No risk, no fun.» Sie lachte. «Ich bin froh, dass du gekommen bist.» Sie biss sich auf die Unterlippe. «Ich musste den ganzen Tag an dich denken», sagte ich und strich ihr eine Haarsträhne aus dem Gesicht. «Mir ging es gleich.» Sie schaute mich mit einem ehrlichen Blick an, der mich noch verrückter machte, als ihr sexy Lächeln. Ich konnte ihr einfach nicht widerstehen. Darum verwunderte es mich nicht, dass ich mich wieder ihren Lippen näherte und sie daraufhin intensiv küsste. Ich wusste nicht, wann wir endlich damit aufhörten uns gegenseitig zu vernaschen, doch als ich am Morgen danach wach wurde, lagen wir beide auf dem Boden, auf einem flauschigen Teppich. Ich musste grinsen als ich sie in meinen Arm liegen sah. Wenn es nach mir ging, konnte das in den nächsten Tagen ruhig so weiter gehen und das tat es auch. Bis zum Mittwoch, an dem ich entlassen wurde, hatten wir jede Nacht zusammen verbracht. Ob mit Reden oder anderen Sachen, jede Nacht war absolut genial gewesen. Sie gab mir sogar noch ihre Nummer, bevor ich ging und ich war mir sicher, dass ich sie anrufen würde. Ich hatte noch nie eine derartige Frau kennen gelernt.

17. Kapitel

Ally

Heute war Mittwoch und das hiess, dass Tyler zurückkommen würde. Ich wusste zwar nicht wo genau er gewesen war, aber Stasy hatte mir versprochen, es mir irgendwann mal zu erklären. Wenn sie jedoch sowas sagte, hiess es, dass ich es wahrscheinlich nie erfahren würde. Egal, es war mir eigentlich total egal. Ich war gerade dabei Stasy abzuholen, als das Auto der Collins' in der Einfahrt parkte. Miranda stieg aus und winkte mir lächelnd zu. Ich wollte sie schon begrüssen gehen, als die Beifahrertür geöffnet wurde und Tyler ausstieg. Na super, war ja klar gewesen, dass ich ihn gleich nachdem er wieder zurück war, sehen musste. Als er mich dort stehen sah, verharrte er in seiner Position und scannte mich förmlich von oben bis unten. Ich schluckte leer. Wie ich es hasste, wenn er das tat. Ich fühlte mich dann immer so unwohl. Nun schaute er mir direkt in die Augen und ich spürte, wie ich rot wurde. Nein, nein, nein! Ich drehte mich von ihm weg und ging durch den Garten zur Haustür. Ich trat, ohne zu klopfen ein und rief: «Stasy, können wir gehen?» «Komme schon», hörte ich ihre Stimme von oben und als die Holztreppe zu knarren begann und ich sie herunterkommen sah, beruhigte sich mein Puls wieder. Ich hätte nicht gedacht, dass Tyler's Rückkehr mich so aus der Bahn werfen würde.

Stasy schnappte sich ihre Jacke und schaute mich mit einer hochgezogenen Braue an. «Alles in Ordnung?», fragte sie und schaute mich besorgt an. Ich nickte. «Geh'n wir.» Ich wollte gerade die Tür öffnen, doch sie wurde bereits von aussen geöffnet. Ich wich zurück. Miranda trat ein und lächelte mich und Stasy an. «Müsst ihr zwei nicht in die Schule?», fragte sie uns und ich nickte. «Wir sind schon auf dem Weg, Mom», sagte Stasy und wendete sich erst jetzt wieder der Tür zu. Im Türrahmen stand nun Tyler, der seine Schwester lächelnd ansah. «Tyler», schrie sie kleinlaut und warf sich ihm um den Hals. «Du bist zurück.» Ihre Freude war kaum zu überhören. Er lachte und schlang die Arme um sie. Dieses Lachen, sein Lachen. Alles in mir zog sich zusammen. «Stasy wir müssen wirklich los.» Ich quetschte mich an den Beiden vorbei und fing mir dabei einen irritierten Blick von Stasy ein. Sie liess von Tyler ab und drückte ihn noch einmal kurz, bevor sie auf mich zu lief und die Tür hinter sich schloss. «Ist wirklich alles in Ordnung?», fragte sie und schaute mich mit demselben besorgten Blick an wie zuvor. «Ja wirklich, es ist alles OK.» Sie war nicht wirklich überzeugt, aber ich konnte ihr ja schlecht sagen, dass Tyler's Anwesenheit mich extrem nervös machte. Darum tat ich einfach so, als ob nichts wäre und fing wie immer mit einem neuen Thema an, in der Hoffnung sie ablenken zu können. «Und hat Lucas dich schon gefragt?» «Was meinst du?», fragte sie. «Na wegen dem Herbstball natürlich.» Ihr allzu bekanntes Grinsen, dass ich das Lucas-Lächeln nannte, erschien auf ihrem Gesicht. «Ja hat er und du glaubst nicht wie er mich gefragt hat.» Ich schaute sie interessiert an. «Er hat mir Ballons mit der Aufschrift PROM? gekauft.» «Aww das ist echt süss», sagte ich und sie nickte lächelnd. Wir redeten noch ein bisschen über den Herbstball und einigten uns darauf, dass wir heute nach der Schule zusammen unsere Kleider kaufen gingen.

Der Unterricht verlief eigentlich wie immer. Langweilig. Tyler liess sich den ganzen Tag nicht blicken, worüber ich eigentlich ziemlich froh war. Als die Schule endlich vorbei war, verabschiedete ich mich noch von Jacob und ging dann zusammen mit Stasy in die Stadt. Wir hatten schon lange keine Shoppingtour mehr gemacht und es war auf jeden Fall wiedermal Zeit dafür. Ich wusste noch nicht genau, was für ein Kleid ich wollte, aber so eine Vorstellung hatte ich schon. Wir gingen in die verschiedensten Läden, doch fanden nichts. «Komm wir gehen hier rein», sagte Stasy und zerrte mich am Arm mit sich. Wir steuerten auf eine luxuriös aussehende Boutique zu, die bodenlange Abendkleider im Schaurahmen ausgestellt hatte. «Bist du sicher, dass das in unserem Budgetgrad liegt?», fragte ich Stasy, die schon losrennen wollte, um die Kleider anzufassen. «Hör zu, das ist unser erster Ball, mit festem Freund, das heisst wir müssen doppelt so gut aussehen wie sonst.» Ich seufzte. Das würde ja ein Spass werden. Ich ging durch die Reihen mit Kleidern. Es gab bodenlange mit Diamanten, kurze Cocktailkleider ohne Ärmel oder sogar altertümliche Roben, die heutzutage wahrscheinlich niemand mehr trug. Ich hielt weiter Ausschau, bis ich das perfekte Kleid fand. Es war olivgrün und ging bis kurz über die Knie. Es war schulterfrei und sah edel aus. Zwar hatte es keine Glitzersteinchen oder derartiges, sah aber trotzdem Prinzessinnen-like aus. Das Kleid war der absolute Hammer, der Preis leider auch. Das stellte ich fest, als ich das Preisschild anguckte. Es war eindeutig viel zu teuer für mich. Stasy kam auf mich zugeeilt und trug etwa sieben Kleider über dem Arm. «Und hast du was gefunden?», fragte sie aufgeregt. «Das hier finde ich echt schön, leider ist es aber viel zu teuer.» Ich schmollte ein wenig, sodass Stasy lachen musste. «Probiere es einfach mal an, wegen dem Preis schauen wir später.» Sie zwinkerte mir zu und ich seufzte. Ich nahm das Kleid vom Ständer und folgte Stasy zu den Umkleidekabinen. Ich zog das Kleid behutsam an, schliesslich wollte ich es ja auf keinen Fall kaputt machen oder so. Als ich endlich fertig war und mich im Spiegel begutachtete, war ich geschockt. Das Kleid passte wie angegossen. «Hast du es schon an?», fragte Stasy von draussen. «Ja», gab ich zurück und schob den Vorhang beiseite. Als sie mich erblickte, fiel ihr sofort der Kinnladen runter. «Damn, Girl du siehst noch heisser aus als Angelina Jolie in True Woman.» Ich musste lachen. «Danke, du siehst aber auch nicht gerade schlecht aus», gab ich zurück. Sah sie wirklich nicht. Sie trug ein lavendelfarbenes Cocktailkleid, das dünne Spaghettiträger hatte und einen glitzernden Gürtel. «Ich nehm das Kleid, wie sieht's mit dir aus?», meinte Stasy und wollte schon zurück in ihre Kabine gehen. «Stasy du weisst ich kann mir sowas nicht leisten. Das Teil kostet 300 Dollar.» «Ach komm schon, das sieht so geil aus.» «Ich kanns mir nicht leisten.» Stasy biss sich auf die Unterlippe. «Und wie wär's wenn du deine Mom nach etwas

Geld bittest?» «Sie gibt mir schon genug. Ich möchte nicht nach mehr fragen.» Stasy nickte seufzend. «Was ziehst du denn dann an?» «Ich schätze, dass ich wohl irgendein altes Partykleid nehmen werde.» Ich zuckte mit den Achselnd. «Echt schade, das sah Bombe an dir aus.» Ich seufzte und zog das Kleid wieder aus. Stasy hatte Recht, das Kleid passte wirklich perfekt, aber ich hatte eben einfach kein Geld dafür. Etwas enttäuscht verliessen wir den Laden. Immerhin hatte Stasy nun ein geniales Kleid.

Tyler

Ich sass in meinem Zimmer und checkte nun seit Stunden mein Handy. Wenn man fast eineinhalb Wochen weg war, kamen schon so einige Nachrichten zusammen. Ca. 10'000 von Eleanor, dass sie mich zurückwollte und jegliche von Julien, Owen und Zack. Ausserdem hatte ich eine Message von einer unbekannten Nummer. «Hey Süsser. Ich vermisse dich jetzt schon. Sehn wir uns heute Abend? CU Isabelle» Ich musste grinsen. Ich schrieb ihr schnell zurück, dass sie mich in der City beim KFC treffen sollte und schaltete dann das ständig klingelnde Ding endlich ab. Ich lehnte mich zurück und atmete tief ein. Ich wollte gerade aufstehen, um mir ein Wasser zu holen, als die Haustür aufging. Es war Stasy. «Hey Schwesterchen, wo warst du denn?», fragte ich und ging die Treppe runter in die Küche, wo sie ihre Einkaufstaschen hinstellte. «Ich war noch mit Ally shoppen.» «Und was habt ihr geshoppt?» Allein bei Ally's Namen, breitete sich in mir ein komisches Gefühl aus. «Ballkleider für den Herbstball dieses Wochenende.» «Ah ja, der Herbstball, den hätte ich ja beinahe vergessen.» Sie lachte. «Und mit wem gehst du hin?», fragte Stasy mich und ich überlegte. Nun ja, ich konnte ja mit jeder hingehen, aber wahrscheinlich wurde von mir erwartet, dass ich Eleanor begleitete. «Keine Ahnung, wahrscheinlich mit Eleanor», gab ich also schulterzuckend zurück. Sie schaute mich empört an. «Ich weiss du magst sie nicht, aber sie ist scharf.» Sie verdrehte die Augen. «Dir geht es schon nur ums

Aussehen.» «Stimmt gar nicht», gab ich gespielt verletzt zurück. «Damit hast du mein Ego verletzt, Schwesterchen.» Sie lachte. «Verdient.» Damit hatte sie es zu weit getrieben. Ich packte sie und warf sie über die Schulter. Das hatte ich früher immer getan, wenn sie mich beleidigt hatte. «Lass mich runter, du Blödmann», quietschte sie. Als sie wieder auf dem Boden stand, kreuzte sie die Arme vor der Brust. «Du bist ungerecht.» Ich lachte. «Und was willst du dagegen tun?» Ich machte sie nach und kreuzte ebenfalls meine Arme. Sie schlug mir leicht gegen die Schulter, worüber ich nur noch mehr lachen musste. «Du bist ein Spasst, weisst du das?» «Ja, das wird mir öfters gesagt.» Sie ging an mir vorbei und liess die Chance nicht aus, mich ein zweites Mal zu schlagen. Ich schmunzelte.

Ich entschloss mich kurzerhand noch ein bisschen rauszugehen. Schliesslich hockte ich seit dem Morgen nur rum. Ich wollte meine Freunde sehen. Ich schnappte mir mein altes Bike und fuhr los. Meist hingen die Jungs nach der Schule noch bei Owen rum, darum machte ich mich auf dem Weg zu ihm. Während ich durch die Strassen cruiste, warf ich ein paar Mädels einen knieweich werden lassenden Blick zu. Wie ich Colorado vermisst hatte. Nach ca. einer Viertelstunde stand ich vor Owen's Haus. Ich stellte mein Bike ab und klingelte an der Haustür. Sofort wurde sie geöffnet. Es war Owen's Putzfrau. Sie hiess Paola und war gebürtige Spanierin. «Hallo Paola ist Owen da?», fragte ich und sie nickte lächelnd. «Kommen Sie herein Mr. Tyler», sagte sie und öffnete die Tür. «Möchten sie etwas trinken, Sir?», fragte sie. Ich verneinte dankend. «Ich geh mal nach Oben», rief ich ihr nach, als sie sich auf den Weg in die Küche machte. Ich stieg die gläserne Wendeltreppe hoch, die zu Owen's persönlichem Stockwerk führte. Seine Familie war ziemlich reich, weshalb er auch ein ganzes Stockwerk nur für sich hatte. Ich klopfte oben an und hörte zwei Stimmen, bevor die Tür geöffnet wurde. Owen und ein fremdes Mädchen standen davor. Als er mich erkannte, fing er sofort an zu grinsen. «Du bist endlich zurück mein Bro.» Er schloss mich in eine freundschaftliche Umarmung und stellte mich der Blondine vor, die neben ihm stand. Scheinbar hiess sie irgendwie Mary oder Marlene, keine Ahnung, ich konnte mir Namen nie sonderlich gut merken. Owen führte mich in seine Lounge, wo sich auch Zack und Julien befanden. Julien mixte sich gerade einen Mojito und Zack war dabei seine Zunge in irgendein braunhaariges Girl zu stecken. Als Julien den Blick von seinem Getränk hob und mich sah, jumpte er sofort über den Tresen und kam mit offenen Armen auf mich zu. «Ty», rief er und begrüsste mich lachend. Auch Zack liess endlich von dem Mädel ab und hiess mich grinsend willkommen. «Wie wär's mit nem Drink, Champion?», fragte Julien und stellte sich wieder hinter die Bar. Wir setzten uns alle an den Tresen und zogen uns Julien's viel zu starke Drinks rein, während ich den Jungs über das crazy Camp und meiner Affäre mit meiner Psychologin erzählte. Dann waren sie an der Reihe. Sie klärten mich über jegliche Neuigkeiten in der Schule auf. Unter anderem ging rum, dass die unschuldige Ally Anderson ihre Unschuld an den Aufreisser Jacob Stephens verloren hatte, als die zwei ein unvergessliches Wochenende in einem Wellnesshotel in East Colorado verbracht hatten. Als ich dies hörte, schnürte sich mir sofort die Kehle zu. Klar, hatte ich schon irgendwie geahnt, dass sie es irgendwann tun würde. Aber doch nicht mit ihm?! Irgendwie liess mich dieser Gedanke den ganzen Tag nicht mehr in Ruhe. Immer wieder musste ich daran denken, wie er ihre weichen, zarten Lippen küsste und noch jegliche andere Körperteile. Mir wurde schlecht.

Als es draussen schon dunkel wurde und ich feststellte, dass es kurz vor acht war, verabschiedete ich mich von den Boys und machte mich auf den Weg in die City. Beim KFC machte ich halt und hielt Ausschau. Auf einer Bank, direkt vor dem Laden, sass sie. Wie immer in einem zu kurzen Rock und dieser weissen Bluse, die ich schon zu oft aufgeknüpft hatte. Sofort verflog der Gedanke an Ally und ich konnte nur noch an Isabelle denken. Ich fuhr zu ihr hin und lehnte mein Bike an die Bank. «Guten Abend schöne Frau», sagte ich und setzte mich neben sie, wobei ich genau darauf achtete, dass meine Hand ihren Oberschenkel berührte. «Guten Abend mein Herr.» «Und hast du mich schon vermisst?», fragte sie und schaute mich mit diesem verführerischen Blick an, der mich so furchtbar anturnte. «Und wie.» Ich hatte die Worte kaum ausgesprochen, da klebten unsere Lippen schon aufeinander. Wir schenkten den Menschen, die uns mit irritierten Blicken ansahen, keine Aufmerksamkeit und fokussierten uns einfach wie immer nur auf uns. Die Momente, die wir zusammen verbrachten, waren zwar eingeschränkt, aber dafür mit viel mehr Gefühl und Begierde. «Ich muss jetzt gehen», sagte sie plötzlich und brachte einen kleinen Abstand zwischen uns. Unser beider Atem ging schwer und langsam. «Wann sehe ich dich wieder?», fragte ich und schaute ihr tief in die Augen. «Ich ruf dich an.» Ich merkte wie sehr sie sich zusammenreissen musste, um nicht wieder über mich herzufallen. Sie biss sich auf die Lippen und stand auf. Ohne mich nochmals anzuschauen lief sie davon und liess mich auf der Bank sitzen. Was tat ich da nur?! Die Frau war mindestens sechs Jahre älter als ich und wahrscheinlich hatte sie noch einen Ehemann oder was weiss ich. Es war eigentlich komplett falsch, aber ich konnte ihr einfach nicht widerstehen und ihr ging es offensichtlich gleich. Seufzend stand ich auf und schnappte mir mein Bike. Ich radelte nach Hause, in der Hoffnung keinen Ärger zu bekommen, da ich lange weg war und davor nichts gesagt hatte.

Als ich das Haus betrat, schien aber bereits jeder zu schlafen. Deshalb ging ich nach Oben, zog mein Shirt aus und legte mich aufs Bett. Mein letzter Gedanke ging zum Herbstball und daran wie Jacob und Ally glücklich zusammen tanzten. Irgendwie gefiel mir dieser Gedanke nicht sonderlich, darum schob ich ihn beiseite und versuchte einzuschlafen.

Ally

Nach dem misslungenen Shoppingtrip, bei dem ich einfach nichts passendes gefunden hatte, (dieses eine Kleid war zwar der

Hammer gewesen, aber leider hatte es einfach nicht in mein Budget gepasst) chillte ich mich aufs Sofa und zog mir etliche Folgen von Navy CIS: L.A. rein. Ich wusste mit der Zeit nicht mehr so wirklich, ob ich mich auf den Herbstball freuen sollte. Klar, ich ging mit Jacob hin und wir tanzten und hatten wahrscheinlich einen riesen Spass, aber aus irgendeinem Grund, hatte ich das ungute Gefühl, dass an diesem Abend irgendwas schief gehen würde. Ich wusste zwar nicht was, aber mein Gefühl täuschte mich selten. Als es etwa ein Uhr morgens war und meine Augenlieder sich fast selbständig zuklappten, rappelte ich mich auf und schlurfte nach Oben in mein Bett. Es dauerte nicht lange und ich schlief ein.

Samstag

Heute war der Tag gekommen. Es war der Tag des Herbstballs. Den ganzen Vormittag schon fieberte ich herum und war aufgeregt. Es war kurz vor 13:00 Uhr und das hiess, dass Stasy bald rüberkommen würde. Wir hatten abgemacht uns zusammen fertig zu machen und ich freute mich tierisch drauf. Als ich zum ca. 6. Mal in die Küche ging, um mir ein Glas Wasser zu holen, hielt mich meine Mom auf. «Schätzchen, entspann dich mal. Du hast noch nie so viel an einem Morgen getrunken.» Sie lachte, während sie mich an den Händen festhielt. «Tut mir leid Mom, ich bin nur so fürchterlich aufgeregt.» «Das weiss ich doch, aber vielleicht solltest du mal einen Gang zurückschalten.» Sie lächelte mich herzlich an, während ich nickte. Ich übertrieb vielleicht wirklich ein wenig. *DINGDONG*. Es klingelte an der Tür. Ich sprintete zur Tür und meine Mom schüttelte lachend den Kopf. Stasy stand mit einem breiten Grinsen im Türrahmen und hielt mir ihren Schminkkoffer unter die Nase. «Können wir loslegen?», fragte sie vergnügt und lief schon in Richtung Obergeschoss. Sie liess sich auf mein Bett fallen und stellte ihre dreitausend Taschen ab. Was war denn da überall drin? Sie nahm ihr neugekauftes Kleid und hängte es an einen Kleiderbügel, den sie an meiner Schranktür befestigte. «Und welches Kleid ziehst du jetzt eigentlich an?», fragte sie und öffnete meinen extrem kleinen Kleiderschrank. «Ich bin mir noch nicht so ganz sicher», erwiderte ich und lief zu ihr hin, um ihr meine Auswahl zu präsentieren. Zum einen hatte ich da ein blaues Kleid, das ziemlich kurz war und auch irgendwie ein bisschen zu girly für mich und zum anderen gab es noch ein schwarzes Kleid, das aber ehrlichgesagt einfach nur langweilig war. «Ich bin jetzt mal ganz ehrlich. Beide sind einfach nur scheisse.» Genau aus diesem Grund liebte ich Stasy über alles. Bei ihr konnte ich mir hundert Prozent sicher sein, dass sie immer ehrlich zu mir war. Leider war es bei dieser Entscheidung jedoch eher unvorteilhaft. Wenn ich jedoch ganz ehrlich war, wo sie Recht hatte, hatte sie eben Recht. Die Kleider waren wirklich scheisse. Stasy schaute mich seufzend an und lief dann zurück zu ihren etlichen Tüten. Sie hob eine hoch und reichte sie mir. «Zum Glück hast du eine so tolle beste Freundin wie mich.» Ich schaute sie verwirrt an. Ich nahm die Tasche entgegen und schaute rein. Darin war eine riesige Schachtel, die ich nun behutsam rausnahm. Ich warf ihr einen Blick zu und sie schaute mich nur mit einem perversen Grinsen an. Neugierig öffnete ich die Schachtel und als ich sah, was darin lag, hielt ich mir die Hand vor den Mund. Es war das grüne Kleid, dass ich im Laden anprobiert hatte. «Du sahst so geil aus in diesem Kleid, da musste ich es dir einfach kaufen.» Ich war zu Tränen gerührt. Ich hatte wirklich die allerbeste beste Freundin dieser Welt. Ich stand auf und schloss sie in eine dicke Umarmung. «Danke, danke, danke. Du bist die Beste.» «Das weiss ich doch schon lange», gab sie zurück und warf ihr Haar spielerisch zurück. Wir mussten beide lachen. Immer noch total geflasht nahm ich das Kleid aus der Schachtel und hängte es neben das von Stasy. Dieser Tag wurde immer besser. Die nächsten paar Stunden verbrachten wir damit uns gegenseitig zu Schminken und die Haare zu machen. Nach knappen dreieinhalb Stunden waren wir endlich fertig. Wir sahen beide echt extrem gut aus. Stasy's Make-Up war der absolute Hammer und wir stellten ausserdem fest, dass ich mit gelockten Haaren wirklich gut aussah. Wir zogen uns die Kleider an und stellten uns dann gemeinsam vor den Spiegel. «Beste Freundin, ich würde sagen, wir sind die heissesten Girls auf dieser Welt», sagte Stasy und wackelte mit den Augenbrauen. «Da hast du Recht.» Wir schauten uns an und brachen beide in Gelächter aus. Wie ich diese Zeiten vermisst hatte.

Es war jetzt kurz vor fünf und ich zitterte schon fast vor Aufregung. Ich war wirklich auf Jacob's Reaktion gespannt. Wir hatten mit Stasy und Lucas abgemacht, dass wir alle zusammen auf den Ball gingen und darum war ich froh, als meine Mom sagte, dass zwei gutaussehende Gentleman vor der Tür standen. Ich blickte ein letztes Mal in den Spiegel und ging dann zusammen mit Stasy die Treppe runter. Vor der Tür standen Lucas und Jacob. Beide in schicken Anzügen und mit Blumen in der Hand. Als Jacob mich sah, weiteten sich seine Augen und sein Lächeln wurde breiter. Er kam auf mich zu und übergab mir die Rosen, bevor er mich kurz auf den Mund küsste. «Du siehst fantastisch aus», sagte er mit einem verschmitzten Grinsen auf den Lippen. «Danke. Du siehst aber auch nicht gerade schlecht aus.» Er musste lachen und hielt mir den Arm hin, sodass ich mich einhaken konnte. «Dieser Abend wird unvergesslich», sagte Lucas, der Stasy's Hand nahm und darauf einen Kuss platzierte. Ja das würde er werden. Unvergesslich.

18. Kapitel

Tyler

Ich war erst so gegen 14:00 Uhr aufgestanden und realisierte dann, dass heute der Tag des Herbstballs war. Am liebsten hätte ich mich einfach wieder hingelegt und weiter geschlafen, aber leider musste ich ja mit Eleanor dorthin gehen. Ich hasste diese doofen Bälle. Ich wusste einfach nicht, was Mädchen daran fanden. Man musste sich schick machen und einfach einen ganzen Abend lang tanzen. Was war daran so cool?! Ich seufzte und ging in die Garage, um den alten Smoking meines Vaters zu holen. Den trug ich jetzt schon das dritte Jahr und immer wieder musste ich dabei an meinen Dad denken, der uns vor sieben Jahren verlassen hatte. Egal, das Thema lassen wir lieber. Ich ging duschen und machte mir danach die Haare. Ich packte einfach irgendein Gel rein und ging so lange durch die Haarspitzen, bis es einigermassen gut aussah. Dann quetschte ich mich in den Anzug und fuhr zu Eleanor. Wie jedes Jahr sah sie eigentlich ganz gut aus. Sie trug ein langes dunkelblaues Kleid, dass zu ihren Augen passte und ihre Haare waren hochgesteckt. Wirklich nicht schlecht. Mehr interessierte mich aber, was sich unter dem Kleid befand. Ich stand auf ihrer Veranda und musste warten, weil sie ihre Tasche oben vergessen hatte. Ich schaute auf meine Füsse und war jetzt schon gelangweilt. Als sie dann endlich mal kam und wir losfahren konnten, ging meine Laune noch weiter runter. «Tyler Babe, wieso hast du mich die letzten zwei Wochen eigentlich nie angerufen?», fragte sie und klimperte mit ihren viel zu langen Fake Wimpern. «Wir hatten kein Handy im Camp», antwortete ich und zuckte mit den Schultern. Wenn ich ehrlich war, hätte ich sie auch sonst nicht angerufen. Das mit ihr und mir war schon lange vorbei. Es war jetzt eigentlich nur noch eine Bettgeschichte. Wieso ich sie zum Ball mitnahm?! Sie war beliebt und sah gut aus und im Bett war sie auch nicht schlecht.

Nach ca. 10 Minuten waren wir bei der High-School angekommen und ich öffnete Eleanor die Beifahrertür. Ich war eigentlich kein Gentleman. Ich tat das nur, um gut dazu stehen. Wenn man so darüber nachdachte, war das eigentlich ziemlich krank, aber das war eben mein Leben. Am Eingang warteten wir noch auf die Jungs, die auch irgendwelche Freundinnen von Eleanor dabei hatten. Owen kam zu mir hin und grinste dabei. «Ich konnte was von der Bar meines alten Herren mitgehen lassen», sagte er und schob sein Jackett beiseite, damit die Sicht auf eine Flasche Whisky frei wurde. Ich grinste ihn obszön an und er wackelte mit den Brauen. Dieser Abend würde vielleicht doch noch akzeptabel werden. Mit den Jungs und deren Girls traten wir in den Saal. Sofort gingen alle Blicke zu uns (wie immer). Ich grinste breit in die Menge und zwinkerte ein paar heissen Girls zu, bevor ich lässig die Treppe runter stieg, die zur Tanzfläche führte. Der ganze Saal war mit Girlanden und farbigen Blättern geschmückt. Wenn ihr mich fragt, war das alles einfach nur kitschig, aber scheinbar standen die Leute auf sowas. Plötzlich zog mich Eleanor auf die Tanzfläche und ich willigte strub ein. Ich hatte wirklich keinen Bock auf diesen High-School-Ball-Scheiss, aber ich konnte ja schlecht einfach nur rum sitzen und mich betrinken. Ich schaute ein wenig herum und plötzlich blieben meine Augen an einem schmalen Rücken hängen. Mein Blick senkte sich und ich erkannte die langen, sexy Beine, die ich schon zu oft in kurzen Pyjamahosen in meinem Haus rumlaufen gesehen hatte. Es war Ally. Schon allein von hinten sah sie besser aus als jedes andere Mädchen in diesem Raum. Ich konnte meinen Blick einfach nicht von ihr abwenden. Auf einmal spürte ich irgendwelche Lippen auf meinen und bemerkte, dass Eleanor dabei war mich zu küssen. «Was soll das?», fragte ich und wich schlagartig zurück. «Wir sind zusammen hier. Du solltest keine anderen Mädchen anstarren, sondern nur mich.» Sie war beleidigt und genervt, was mich aber nicht interessierte. Ohne noch was zu sagen, liess ich sie einfach allein auf der Tanzfläche stehen. Ich brauchte jetzt dringend Alkohol. Ich suchte Owen auf, den ich irgendwo im hinteren Bereich mit einer Tussi rumknutschen fand. «Da bist du ja, ich hab dich gesucht», sagte ich, um seine Aufmerksamkeit zu bekommen. Sein Kopf schnellte in meine Richtung und ich musste lachen, als ich seine mit Lippenstift verschmierte Fresse sah. «Das ist nicht die, die du mitgebracht hast, oder?», fragte ich und lachte immer noch. Er schaute mich mit einem finsteren Blick an und liess das Girl stehen. «Was willst du?», fragte er sichtlich ein wenig genervt. «Ich bräuchte mal nen Schluck», meinte ich cool und sein genervter Blick verflog sofort. Er legte brüderlich einen Arm um meine Schulter und grinste. «Lass uns einen trinken gehen.» Wir verkrochen uns in ein dunkles Ecklein wo auch bestimmt niemand war und öffneten die Flasche. Der Geruch von starkem, hochprozentigem Alkohol stach uns sofort in die Nase. «Gib mal rüber», sagte ich und nahm drei grosse Schlucke. Meine Kehle begann zu brennen und ich musste mich zusammenreissen, dass ich nicht hustete. «Gutes Zeugs, dass muss ich deinem alten Herr mal lassen», sagte ich mit rauer Stimme. Owen nickte, während er qualvoll das Gesicht verzog. Nach einer weiteren Runde spürte ich schon, wie mir das Zeugs ins Blut floss und ich machte eine kurze Pause. «Lass uns später weiter saufen. Ich such mal Eleanor», sagte ich und begab mich wieder in die Menschenmenge. Ich hielt Ausschau nach ihr, doch fand sie nirgends. Naja, dann eben nicht. Ich setzte mich auf eine der Stufen und liess meinen Blick über die Menge schweifen. Ich hielt nach dem allzu bekannten Rücken Ausschau, den ich aber leider nicht fand.

Ally

Wir waren gerade dabei zu tanzen, als ich zum Eingang schaute und dort Tyler auf einer Stufe sitzen sah. Irgendwie sah er einsam aus. Der beliebteste Junge der Schule war einsam. Wieso das denn?! Er sah noch besser aus, als sonst immer und das war echt schwer. Ich hatte gesehen wie er vorhin mit Eleanor und seinen

180

Freunden einen astreinen Auftritt hingelegt hatte. Er hatte sein breitestes und wundervollstes Lächeln preis gegeben. Doch wie er nun so da sass und in die Menge starrte, sah er nicht wirklich glücklich aus. Jacob umfasste meine Taille und zog mich näher an sich heran. «Wieso schaust du die ganze Zeit darüber?», fragte er und folgte meinem Blick. «Ach nichts, ich habe nur Ausschau nach Stasy gehalten», log ich und er schaute mich skeptisch an, nickte dann aber und tanzte weiter. Wieder und wieder ging mein Blick zu Tyler. Wieso tat ich das immer?! Ich war mit Jacob hier, starrte aber die ganze Zeit einen anderen Typen an. Vielleicht würde es nützen, wenn ich ein für alle Mal, mit Tyler abschliessen würde, das hiess aber, dass ich endlich mal mit ihm reden musste. Ich schluckte einmal leer. Plötzlich stellte sich jemand vor Tyler hin und verhinderte so, dass ich ihn weiter anstarren konnte. Ich war mir nicht sicher, wer es war, sah aber schwer wie Owen Murphy aus. Er blickte immer wieder um sich und drückte Tyler dann irgendwas in die Hand. Ich kniff meine Augen zusammen. Owen verschwand wieder in der Menge und Tyler schaute sich einmal gut um, bevor er die Treppe hochging und den Saal durch die Eingangstür verliess. Das war mein Stichwort. Jetzt konnte ich vielleicht mit ihm reden. «Ich geh uns mal nen Drink holen», sagte ich zu Jacob und gab ihm einen schnellen Kuss, bevor ich davon eilte. Ich hastete die Treppe hoch, in der Hoffnung, dass Jacob mich nicht gesehen hatte. Ich öffnete die Tür und trat nach Draussen. Sofort schlug mir ein kalter Wind entgegen und ich bereute es, keine Jacke mitgenommen zu haben. Ich kniff wieder die Augen zusammen und blickte mich mühsam um. Es war bereits dunkel und ich konnte deshalb praktisch nichts sehen. Plötzlich hörte ich ein Husten. Es klang verdächtig nach Tyler. Mit langsamen Schritten (schnell konnte ich mit diesen Schuhen leider nicht gehen) lief ich in die Richtung, aus dem das Husten kam. «Tyler», rief ich und der Hustenanfall hörte schliesslich auf. Und da sah ich ihn. Er sass auf einer kleinen Mauer und wurde von einer gedimmten Strassenlaterne beleuchtet. In seiner rechten Hand hielt er eine Flasche und mit der

Linken fuhr er sich durchs Haar. «Tyler?», fragte ich noch einmal, weil ich nicht wahrhaben wollte, dass er das war. Dieser Typ sah nämlich gar nicht gut aus. Ich ging zu ihm und setzte mich neben ihn hin. «Tyler, was ist los?» Ich nahm ihm erstmal die Flasche aus der Hand und drehte dann seinen Kopf in meine Richtung, sodass er mich ansehen musste. Sein Blick war leer und emotionslos, wie ich es bei ihm zu gut kannte. Er wollte so tun, als ob er nichts fühlte, doch ich wusste zu gut, dass das eine Lüge war. «Tyler, bitte sprich mit mir», flehte ich ihn an. «Du siehst wunderschön aus», sagte er und wendete seinen Blick wieder von mir ab. In jedem anderen Moment hätte ich mich jetzt wahrscheinlich über seine Worte gefreut, doch ich merkte, dass etwas nicht stimmte und verdrängte darum den Gedanken, dass er mich schön fand. Er senkte seinen Kopf und starrte auf den Boden. Ich wusste nicht, was ich tun sollte. Ich hatte keine Ahnung. Er sprach nicht mit mir und ich wusste nicht, ob er betrunken war oder sonst irgendwas. Ich sammelte all meinen Mut zusammen und kniete mich vor ihn. Ich nahm seine Hände und schaute ihm tief in die Augen, auch wenn er sie zu Schlitzen zusammen gekniffen hatte. «Tyler, ich bin immer für dich da und du kannst mit mir über alles reden, aber bitte sprich mit mir, sonst kann ich dir nicht helfen.» «Du musst mir nicht helfen.» Er schüttelte meine Hände ab und stand auf. Was war nur los mit ihm?! War er immer so komisch, wenn er getrunken hatte? Langsam riss mein Geduldsfaden. «Na schön, wenn du nicht mit mir reden willst, gehe ich eben wieder.» Ich drehte mich um und wollte schon losgehen, als er mich am Handgelenk festhielt und mich wieder zu ihm drehte. Er legte eine Hand an meine Wange und ehe ich mich versah, lagen seine Lippen auf meinen. Alles in mir explodierte. Dieser Kuss, seine Lippen, ER! Ich spürte seine warme Hand, die vorsichtig meine Wange festhielt und seine weichen Lippen, die an meinen klebten. In diesem Moment fiel alles von mir ab. All das, was ich im Bezug auf ihn verdrängt hatte, kam wieder hervor und das noch stärker als je zuvor. Ich fühlte mich wohler, als bei jeder anderen Person. Ich wusste nicht wie lange wir uns geküsst hatten, aber es fühlte sich an wie eine Ewigkeit. Als er endlich von mir abliess, schlotterten meine Knie und mein Herz sprang mir fast aus der Brust. Ich schaute ihn an und da wurde mir klar, dass ich ihn nie vergessen konnte. Auch wenn ich es versuchte, es würde niemals funktionieren. Ich würde ihn mein Leben lang nicht vergessen können.

Tyler

Alles in mir kochte. Ich hatte sie einfach geküsst. Ich hatte es nicht mal vorgehabt, es war einfach passiert und fuck, hatte sich das gut angefühlt. Ihre Nähe, ihre Lippen, allein ihre Wange berühren zu dürfen, machte mich verrückt. Sie hatte mich nicht weggestossen oder nein gesagt, sie hatte es zugelassen und das machte mich aus irgendeinem dämlichen Grund verdammt glücklich. Niemand von uns sagte was. Wir starrten uns einfach nur an und mit der Zeit wurde es echt unangenehm. Aber irgendwie wusste ich einfach nicht, was ich sagen sollte. Normalerweise wenn ich ein Mädel küsste, ging ich danach einfach weg, aber bei ihr war es anders. Es war von Anfang an anders gewesen. In diesem Moment wünschte ich mir Gedanken lesen zu können. Was dachte sie jetzt?! Ich biss mir auf die Lippen. «Tut mir leid», sagte ich und sie fuhr leicht zusammen. Scheinbar war sie total in Gedanken versunken. Ich hörte wie sie laut schluckte und dann kullerte ihr eine Träne über die Wange. Ich wollte nach ihrer Hand greifen, doch sie hatte sich bereits umgedreht und eilte Richtung Eingang. Ich war wie eingefroren. Ich sah ihr nach und verstand die Welt nicht mehr. Ich war verwirrt. Eigentlich wollte ich ihr nachlaufen, aber das war nun wirklich nicht meine Aufgabe. Sie war gegangen und bevor sie mir nicht erklärte warum, tat ich nichts, was ich später noch bereuen würde. Okay, zugegeben hätte ich das eben schon bereuen sollen, aber es hatte sich so echt angefühlt und so richtig, dass ich es nicht tat. Klar, sie war mit Stephens zusammen, aber wie lange hielt das schon? Niemand konnte das sagen und darum hielt ich einfach am

Gedanken fest, dass dieser Kuss mehr bedeutet hatte. Ich riss mich zusammen, nahm die Flasche und ging wieder rein. Sofort durchschweifte mein Blick den Saal und ich hielt nach ihr Ausschau, ohne es überhaupt wirklich zu wollen. Ich atmete tief ein und lief die Treppe runter und da stach mir ihre Stimme ins Ohr. Sie sprach mit Jacob. Ich blickte in die Richtung, aus der die Stimmen kamen und stellte bedauernswert fest, dass er sie anlächelte. Ich beobachtete sie einfach nur, ohne etwas zu sagen oder zu tun. Ich wartete einfach ab und als er ihre Taille umfasste und ihre Hand nahm, zog sich alles in mir zusammen. Dann fiel der Entscheid. Sie küssten sich und zwar nicht so wie wir uns geküsst hatten, sondern viel intensiver und leidenschaftlicher. Alles Gute was ich für sie gefühlt hatte, verwandelte sich schlagartig in Abscheu. Ich war nicht böse, weil sie ihn küsste, sondern wie sie ihn immer noch mit diesem verliebten Blick ansah. So als ob vorhin gar nichts passiert wäre. Als ob sie ihn immer noch liebte und ich nur ein Ausrutscher gewesen wäre. Tyler Collins war kein Ausrutscher. Es war vorbei mit meiner Geduld. Sie sah zu mir rüber und ohne nachzudenken, schnappte ich mir eines der Girls, die mich schon die ganze Zeit anstarrten und zog sie mit mir auf die Tanzfläche. Ich war in einem Schwarm voll Mädels, die sich alle an mich ranmachten. Fuck, wo war ich da nur reingeraten?! Plötzlich liessen alle ein wenig von mir ab und ich erkannte Eleanor die wutentbrannt auf die Mädchen einredete. «Haltet euch gefälligst von meinem Mann fern», kreischte sie und bahnte sich einen Weg zu mir. Irgendwie tat sie mir schon ein bisschen leid. Dachte sie wirklich, dass ich sie noch wollte? Scheinbar schon, denn sie warf sich mir sofort um den Hals, als sie endlich durch den Schwarm gefunden hatte. «Hast du mich schon vermisst?», flüsterte sie in mein Ohr und lächelte scheinheilig. Eindeutig nicht. «Ja und wie.» Ich zog Eleanor näher und küsste sie mitten auf der Tanzfläche, was natürlich wieder mal alle Blicke auf uns zog. Sie küsste zwar niemals so gut wie Ally, aber es tats auch. «Wollen wir geh'n?», raunte ich ihr verführerisch ins Ohr. Sie war erst unschlüssig, als ich ihr dann aber versicherte, dass alle Mädchen sie darum beneiden würden, nickte sie eifrig. Wir verliessen Hand in Hand den Ballsaal, was natürlich alle in Getuschel versetzte. Die Aufmerksamkeit der ganzen Schule, also auch Ally's, zu bekommen, war so einfach

19. Kapitel

Ally

Den ganzen Abend lang dachte ich nur über diesen verdammten Kuss nach. Ich hätte es nicht tun sollen. Ich hätte ihn nicht zurück küssen dürfen. Am besten wäre ich gar nicht erst nach draussen gegangen. Mein Unterbewusstsein hätte ahnen können, das so etwas geschah. Vielleicht nicht gerade ein Kuss, aber mein Gefühl hatte mir schon eine Woche davor verraten, dass irgendetwas passierte. Ach verdammt... Das Schlimmste an der ganzen Sache war, dass ich nicht mehr damit aufhören konnte, an ihn zu denken und das machte mich allmählich verrückt. Jacob hatte ich noch nichts von der ganzen Sache erzählt. Ich wusste wie er auf Tyler zu sprechen war und wenn ich ihm jetzt sagte, dass ich ihn geküsst hatte, wäre es wahrscheinlich vorbei mit uns. Ich wusste einfach nicht was ich tun sollte. Ich war wirklich nicht eine von denen, die ihren Freund betrog, aber genau das hatte ich eben getan und ich fühlte mich dreckig. Ich musste es Jacob sagen. *Ah, fuck mann...* Wieso konnte ich mich in Tyler's Gegenwart einfach nicht beherrschen?! Jedem anderen hätte ich wahrscheinlich eine verpasst, aber bei ihm, ach keine Ahnung. Der Abend war für mich gelaufen und als Tyler auch noch zusammen mit Eleanor verschwunden war, hatte ich gar keine Lust mehr. Als es so gegen halb zwölf war und sich der Saal allmählich leerte, beschlossen wir auch endlich zu gehen. Ehrlichgesagt freute ich mich, denn der Abend war für mich vorbei. Als mich die Anderen zuhause abluden und Jacob mir noch einen Gute-Nacht-kuss gab, fühlte es sich einfach nicht gut an. Ich fühlte mich nicht gut.

Ich lief hoch in mein Zimmer, wo ich einen Zettel auf meinem Bett vorfand. «Hoffe du hattest einen schönen Abend. Hab eine Nachtschicht. In Liebe Mom.» Ich legte den Zettel beiseite und liess mich aufs Bett fallen. Ich hatte mir den Abend eindeutig besser vorgestellt. Wieso zum Teufel war das mit Tyler passiert?! Das Schlimmste daran war, dass ich mehr davon wollte. *Arghh!* Wie würde es jetzt weitergehen? Meine Gefühle überschlugen sich und ich wusste einfach nichts mehr. Ob ich Jacob liebte oder ob meine Gefühle für Tyler stärker waren. Ich hätte am liebsten einfach losgeheult. Wieso konnte Tyler nicht einfach verschwinden, dann würde alles so viel leichter sein. Ich wälzte mich im Bett hin und her, in der Hoffnung einen klaren Kopf zu bekommen, doch es klappte natürlich nicht. Ich war viel zu gestresst und fühlte mich einfach mies. Ich brauchte jemanden zum Reden, also rief ich unüberlegt Stasy an. «Hey beste Freundin ich brauche deine Hilfe, kannst du rüber kommen?», fragte ich seufzend. «Aber na klaro, ich bin gleich bei dir», erwiderte sie und legte auf. Es dauerte wirklich nicht mal zehn Minuten und sie stand schon vor meiner Tür. Ich liess sie rein und wir gingen hoch in mein Zimmer. Gemeinsam liessen wir uns aufs Bett fallen und ich erklärte ihr meine doofe Situation und das ich nicht wusste, was ich jetzt machen sollte. «Also hab ich das richtig verstanden. Du bist mit Jacob glücklich, denkst aber immer wieder an meinen Bruder und hast ihn heute Abend geküsst und jetzt weisst du nicht welchen von den Beiden du willst?» Sie hörte sich besorgt an. «Ja zum Teil ist es das, aber es ist auch so, dass ich keinen von Beiden verletzen oder verlieren will. Ausserdem wäre es einfach nur schlampig von mir, wenn ich jetzt mit Jacob Schluss machen würde und gleich darauf mit Tyler zusammen käme und das Schlimmste an der Sache ist, dass ich nicht mal weiss, ob Tyler mich überhaupt will.» Ich seufzte niedergeschlagen. «Also hör mal zu... Dass Tyler dich will, weiss jeder, der bemerkt hat wie er dich ansieht und es wäre nicht schlampig von dir sondern ehrlich. Wenn du Tyler willst, dann schnapp ihn dir und mach dir keine Sorgen um Jacob, er wird das schon verkraften. Ausserdem hast du Tyler geküsst, es wäre genauso falsch jetzt einfach mit Jacob zusammen zubleiben und ihm nichts davon zu erzählen.» Wie sie es so sagte, klang es so einfach, aber das war es nicht. Ich hatte Jacob mit Jacob geschlafen und es hatte sich gut angefühlt, doch ein Kuss von Tyler hatte dieses Gefühl komplett in Frage gestellt. Ich konnte so nicht weiter machen. «Och Gott Stasy, ich weiss nicht was ich tun soll.» Ich hielt mir die Augen zu, in der Hoffnung, dass das alles nur irgendein blöder Traum war. Dem war aber leider nicht so. «Willst du meine Meinung wissen?», fragte sie und schloss meine Hände in ihre. Ich nickte. «Du musst auf dein Herz hören und für wen auch immer dein Herz schlägt, dem solltest du es schenken. Ob es Tyler oder Jacob ist, das ist egal. Hauptsache du bist glücklich mit ihm.» Was sie da sagte, gab schon irgendwie Sinn, aber wie zum Teufel sollte ich denn heraus finden, wem mein Herz gehörte?! «Und wie soll ich das bitte anstellen?», fragte ich und sie lachte. «Das ist deine Aufgabe und du wirst sie sicherlich meistern.» Ich seufzte wieder (wahrscheinlich zum tausendsten Mal an diesem Abend). «Danke für deinen Rat und dass du immer für mich da bist», sagte ich und schloss sie in eine Umarmung. Ich konnte mich wirklich glücklich schätzen jemanden wie sie zu haben.

Tyler

Nachdem ich mit Eleanor fertig gewesen war, ging ich endlich nachhause. Dieser Abend war für mich eindeutig gelaufen. Meine Stimmung war im Keller und ich war einfach mies drauf. Das mit Ally hatte mich wirklich aus der Bahn geworfen, doch bevor sie nicht mit mir redete, war sie für mich abgehakt. Ich konnte zwar schon verstehen, dass sie mit Stephens nicht gleich Schluss machte, aber wieso, wenn sie ihn liebte, hatte sie mich dann zurückgeküsst? Ich verstand die Welt nicht mehr. Ich verstand sie nicht und mich selbst erst recht nicht. Ich hatte keinen Bock mehr auf diese Spielchen. Entweder sie wollte mich oder eben nicht. Ich war Tyler Collins und ich würde nicht ewig auf sie warten, das stand fest. Als ich das Haus betrat, lief ich fast in Stasy rein, die gerade dabei war ihre Schuhe auszuziehen. «Wo warst du denn noch?», fragte ich, denn sie trug ihr Ballkleid nicht mehr. «Ich? Ich war nur noch kurz bei Ally», sagte sie unschuldig und schluckte laut. Irritiert blickte ich sie an. Was war denn mit ihr los, sie verhielt sich nie so komisch. Nervös knetete sie ihre Hände und wippte mit den Füssen auf und ab. «Alles in Ordnung bei dir?», fragte ich, denn sie kam mir recht überhitzt vor. Weil sie nichts sagte, wiederholte ich die Frage nochmals. «Was? Sorry tut mir leid, was hast du gesagt?» «Ich hab dich gefragt ob alles in Ordnung ist, aber wie es scheint, ist dem nicht so.» War sie auf Drogen? «Tyler es gibt da was, was du wissen solltest.» Sie brabbelte es leise vor sich hin. «Und was wäre das?» Sie machte mich verdammt neugierig. Weil sie immer noch wie ein ADHS-Kind vor und zurück wippte, beschloss ich sie auf die Couch zu setzen und mich neben sie hin. «Also was willst du mir erzählen?», fragte ich, denn allmählich riss mir der Geduldsfaden. «Das war eine dumme Idee. Ich denke nicht, dass ich es dir sagen darf.» «Stasy jetzt spuck's endlich aus!» «Ally hat Gefühle für dich.» Sie redete so schnell, dass ich es fast nicht verstand. Warte mal, hatte ich das eben richtig verstanden?! Ally hatte Gefühle für mich? Mein Atem setzte für einige Sekunden aus. «Aber was ist mit Stephens?», hakte ich nach. «Das ist ja das Problem. Sie hat Gefühle für euch beide.» Echt jetzt?! Ich musste zu ihr. Ich musste ihr klar machen, dass sie mich wählen sollte und nicht Dummchen Stephens. Ich war schon dabei aufzustehen, als Stasy mich am Ärmel festhielt. «Wehe du tust ihr weh», sagte sie. «Ich werde sie nie verletzten, das verspreche ich dir.» Sie nickte und ich verliess das Haus. Mit quietschenden Reifen bog ich auf die Strasse ab und brauste davon. Vor ihrem Haus kam ich zum Stehen und überlegte mir alles nochmals ganz genau. Wollte ich sie wirklich und zwar nur sie? Konnte ich mir eine richtige Beziehung mit ihr vorstellen? Würde ich in jeder bevorstehenden Situation um sie kämpfen? Ja, ja und verdammt nochmal ja. Ich war mir sicher. Ich stieg aus dem Auto aus und stellte mich auf ihre Veranda. Ich atmete tief ein und drückte auf die Klingel. Es dauerte nicht lange und sie wurde geöffnet, doch es war nicht Ally, die nun im Türrahmen stand, sondern Jacob. In mir spannte sich alles an. Was wollte der denn hier?! «Ich glaube du solltest lieber wieder gehen», sagte er und schaute mich jähzornig an. Wollte der mir soeben wirklich sagen, was ich zu tun hatte?! Ich hätte mich fast totgelacht. «Ich will mit Ally reden», sagte ich fordernd. Nun war er es, der lachte. «Das kannst du vergessen, Freundchen.» «Wenn du nicht sofort verschwindest, wirst du es bereuen, vertrau mir», warnte er mich. „Was wenn nicht?", fragte ich provozierend. „Dann werde ich ihr irgendeine Story auftischen, damit sie dich danach hasst!" Er schaute mich verbissen und mit zusammengekniffenen Augen an. „Und du denkst wirklich, dass sie dir das glauben würde?" Ich verkniff mir ein Lachen. „Sie hat mir gesagt, dass sie mich liebt. Also was denkst du, wem sie wohl mehr glauben wird? Ihrem Freund oder einem wie dir, der sie sowieso nur immer verletzt hat.» Sein verschmitztes Grinsen, das nun auf seiner dreckigen Visage auftauchte, machte mich zu Tode aggressiv und wenn mir nicht so viel an Ally gelegen hätte, wäre dieser Typ hier jetzt tot. Ohne noch etwas zu erwidern, drehte ich mich um und ging. Wenn sie ihm wirklich gesagt hatte, dass sie ihn liebte, war es wohl zu spät…

Ally

Jacob war vor zehn Minuten zu mir gekommen, um nach mir zu sehen. Er hatte gemeint, dass ich auf dem Ball komisch drauf gewesen war und darum hätte er sich Sorgen gemacht. Seine Anwesenheit war nicht wirklich befriedigend, denn ich musste immer daran denken, ihm das mit dem Kuss zu erzählen. Ich wollte ihn wirklich nicht belügen. Jetzt war genau der richtige Zeitpunkt darüber nachzudenken, denn es hatte vor etwa fünf Minuten an der Haustür geklingelt und Jacob war runter gegangen, um nachzuschauen wer es war. Nach einer Weile fragte ich mich aber allmählich, wo er blieb. Ich wollte schon aufstehen, um nach ihm zu sehen, als meine Zimmertür geöffnet wurde und er wieder rein kam. «Und wer war es?», fragte ich, als er sich neben mir aufs Bett setzte. «Ach nur ein Nachbar, der wegen ein paar Eiern gefragt hat.» Um diese Uhrzeit noch? Ausserdem hassten uns unsere Nachbarn und hatten uns noch nie nach etwas gefragt. Ich war misstrauisch. Wieso log er mich an? Okay, in diesem Gebiet, sollte ich ihn wirklich nicht schlecht reden, schliesslich war ich es, die jemand anderen geküsst hatte und ihm die Wahrheit verschwieg. Ich liess es also einfach auf sich beruhen. Jacob legte einen Arm um mich und zog mich näher zu sich. War es das, was ich wollte? War er es, den ich wollte? Immer wieder stellte ich mir diese Frage und als er mich zum Abschied küsste, wusste ich, dass er es nicht war. Er war nicht derjenige, mit dem ich zusammen sein wollte. Er war nicht derjenige, den ich küssen wollte. Er war nicht derjenige, den ich liebte. Diese Erkenntnis schockierte mich erst ein wenig, doch dann wurde mir klar, dass ich die ganze Zeit über schon gewusst hatte, wem mein Herz gehörte, nämlich Tyler. Ich weiss ich hatte am Anfang gesagt, dass er jedes Mädchen rumbekam ausser mich, aber mit der Zeit merkte ich, dass dem nicht so war. Auch ich war ihm tatenlos ausgeliefert. Er tat Dinge mit mir, die ich nicht beschreiben konnte und immer wenn er in meiner Nähe war, fühlte ich mich einfach komplett. Ich konnte einfach ich selbst sein und musste mich kein bisschen verstellen. Ich war kurz davor ihn anzurufen, stellte dann aber bedauernd fest, dass es halb Zwei in der Nacht war und er wahrscheinlich bereits schlief. Ich entschied mich also dazu, morgen mit ihm zu reden und ihm alles zu erklären. Würde wohl schon schief gehen.

Tyler

Zuhause angekommen schmiss ich meine Jacke auf den Boden und lief wutentbrannt die Treppe hoch. Ich hatte noch nie einen scheissigeren Abend gehabt als diesen. Soeben wollte ich dem ersten Mädchen, für das ich wirklich Gefühle hatte, meine Zuneigung gestehen und stattdessen pöbelte mich ihr dreckiger Freund an. Ich war fertig mit diesen zwei. Niemals hätte ich gedacht, dass mich ein Mädchen so verletzten könnte, doch Ally hatte es getan. Sie hatte etwas in mir zerbrochen, von dem ich nicht mal wusste, dass es existiert hatte. Einfach alles war scheisse. Ich hätte auf Owen hören sollen. Er sagte immer, dass man niemals Gefühle für eine Braut entwickeln sollte, sonst würde man am Ende nur noch verletzt werden. Er hatte verdammt nochmal recht damit. Ich boxte in mein Kissen und wollte einfach nichts mehr fühlen. Gefühle waren eklig und scheisse. Weil ich kurz vorm Ausrasten war, liess ich irgendwelche Beruhigungsmusik auf meinem Handy laufen und legte mich hin.

Nächster Tag

Ich war erst so gegen elf Uhr aufgewacht und hatte jetzt schon keinen Bock mehr auf diesen Tag. Ich drückte mir das Kissen ins Gesicht und wollte einfach nur liegen bleiben und den ganzen Tag verpennen. Ich wollte niemanden sehen und auch mit niemandem reden. Natürlich wie immer war das unmöglich, wenn man Tyler Collins hiess. Ich blickte auf mein Handy und sah, dass ich fünf verpasste Anrufe von Zack, zwei von Eleanor und einen von Ally hatte. Als ich ihren Namen las, zog sich alles in mir zusammen und ich schmiss das Handy weg. Ich hatte einfach keinen Bock mehr.

Ally

Ich musste mit Tyler reden, doch wie, wenn er all meine Anrufe ignorierte. Es war jetzt das fünfte Mal, das ich anrief und wie immer drückte er mich weg. Was war denn los? Weil ich fast explodierte, machte ich mich also auf den Weg zu ihm. Ich hatte schon Stasy geschrieben, ob er überhaupt zuhause sei, da sie aber bei Lucas war, hatte sie auch keine Ahnung.

Ich stand nun vor seiner Haustür und atmete tief ein, bevor ich die Klingel drückte. Ich hatte mir noch gar nicht so recht überlegt, was ich eigentlich sagen wollte, aber es würde sich schon irgendwie ergeben. Als niemand öffnete, klingelte ich ein weiteres Mal. Wo steckte er nur? Diesmal hörte ich jedoch das Knarren der alten Holztreppe und dann wurde die Tür auch schon geöffnet. Als er mich ansah, wurde sein Blick plötzlich hart und er seufzte. «Was willst du hier?», fragte er unhöflich und ich war ein wenig verwirrt. Er hatte mich gestern Abend geküsst und jetzt wollte er mich nicht mal sehen?! Irgendwas stimmte hier ganz und gar nicht. «Können wir reden?», fragte ich unsicher und als er die Lippen zusammen presste, war ich mir zu hundert Prozent sicher, dass irgendwas falsch war. «Von mir aus», sagte er und liess mich rein. Er ging in die Küche und machte sich einen Kaffee, während ich mich an den Tisch setzte. «Ist alles okay?», fragte ich, denn er ignorierte mich förmlich. «Tyler was ist los? Rede mit mir.» Er drehte sich zu mir um und schaute mich mit zusammengekniffenen Augen an. «Du willst wissen, was los ist?», fragte er ironisch. Er lachte auf. «Ich bin gestern Abend zu dir nachhause gefahren, um dir zu sagen was ich verdammt nochmal fühle und dann ist dein scheiss Freund Stephens raus gekommen und hat mir klar gemacht, dass ich mich verpissen soll und dass du ihn liebst. Also was erwartest du von mir?!» Er schrie den letzten Teil förmlich. Er hatte Gefühle für mich? Alles in mir begann zu kribbeln. Am liebsten wäre ich aufgestanden und hätte meine Lippen einfach auf seine gedrückt, denn ich hatte endlich den Beweis dafür, dass meine Gefühle erwidert wurden. Aber er war zu wütend und das war verständlich. Ich hatte nicht gewusst, dass er es gewesen war, der an meiner Tür geklingelt hatte, sonst wäre jetzt alles anders. «Tyler, ich wusste nicht, dass du bei mir gewesen bist. Jacob hat mich angelogen. Er hat gesagt, dass irgendwelche Nachbarn geklingelt haben. Wenn ich gewusst hätte, dass du es bist dann...» «Dann was?», er verschränkte die Arme vor der Brust. «Dann hätte ich dir gesagt, was ich für dich empfinde.» Die Härte in seinem Gesicht wich zurück und er liess die Arme sinken. «Tyler ich bin heute nur gekommen, weil ich dir sagen wollte, dass ich mit

Jacob Schluss machen werde und zwar deinetwegen. Er ist nicht derjenige, den ich will."

20. Kapitel

Tyler

Als diese Worte aus ihrem Mund kamen, konnte ich nicht mehr anders. Die Wut, die ich auf sie gehabt hatte, verflog und ich konnte mich einfach nicht mehr zurück halten. Endlich wusste ich, dass meine Gefühle erwidert wurden. Ich hob sie vom Stuhl hoch und küsste sie einfach. Wie lange ich das schon wollte. Dass sie nur mir gehörte und keinem anderen. Dass nur ich sie küssen durfte und kein anderer. Sie erwiderte den Kuss sofort und vergrub ihre Hand in meinem Haar. Ich konnte einfach nicht aufhören. Endlich hatte ich das Mädchen, das ich schon so lange wollte. Alles in mir prickelte und ich konnte einfach nicht von ihr ablassen. Ihr schien es gleich zu gehen. Wir verschlungen einander, als ob es kein Morgen gäbe und als wir uns endlich laut schnaufend voneinander lösten, konnte ich mir ein Grinsen einfach nicht verkneifen. «Ich sagte doch, ich küsse besser als Stephens», meinte ich und zwinkerte. Sie schüttelte nur lachend ihren Kopf und legte dann sogleich wieder ihre Lippen auf meine. Verdammt, fühlte sich das gut an. Ich hatte in meinem Leben schon mit etlichen Girls rumgemacht, aber mit ihr war es mit Abstand am besten. Ich spürte wie der Adrenalin durch meinen Körper raste und wie sehr sich das Verlangen nach mehr immer und immer weiter vergrösserte. Fuck, ich konnte einfach nicht aufhören. Sowas war mir noch nie zuvor passiert. Plötzlich klingelte es an der Haustür und wir lösten uns augenblicklich voneinander. Die Tür wurde geöffnet und meine Mom kam rein. Als sie unsere irritierten Blicke sah, fing sie an zu lächeln. «Störe ich etwa?», fragte sie und hielt sich die Hand vor den Mund. Sie hielt sich offensichtlich ihr Lachen zurück. Ich räusperte mich und ging dann zu ihr hin, um ihr die Einkaufstaschen abzunehmen. Dabei warf ich einen kurzen Blick zu Ally, die immer noch an Ort und Stelle stand und wie immer ganz rot wurde. Ich musste innerlich grinsen. Dieses Rotwerden turnte mich irgendwie ganz schön an. Ich häufte die Taschen auf die Ablage und gab meiner Mom dann einen schnellen Kuss auf die Wange, bevor ich Ally am Handgelenk packte und sie mit mir nach Oben zog. Ich öffnete die Tür zu meinem Zimmer und vergewisserte mich mit einem Blick, dass sie noch hinter mir war. Sie liess sich auf meinem Bett nieder und ich schloss die Tür zu. Ich setzte mich neben sie und drehte ihren Kopf zu mir um. Ich wollte mich gerade wieder ihren Lippen nähern, als sie kurz zurück wich. «Tyler, was sind wir?», fragte sie und schaute mich mit ihren wunderschönen Augen an. «Was meinst du?» Ich nahm ihre Hand und legte sie in meine. Wie winzig ihre im Vergleich zu meiner war. «Was ist das hier, was sind wir? Freunde, mehr als Freunde oder was sagen wir wenn jemand fragt?» Sie war scheinbar verzweifelt. Wow, ich hatte mir noch gar keine Gedanken darüber gemacht. Ich machte mir nie Gedanken über sowas, für mich war das ganz einfach. Ich ging nie eine Beziehung ein, aber bei ihr war es anders. Ich wusste ehrlichgesagt nicht, ob ich wirklich bereit dafür war, aber ich wollte ihr alles geben, damit sie glücklich war und ich wollte dass, das was jetzt zwischen uns war, ewig so weiter ging. «Was denkst du denn was wir sind?», fragte ich und verschränkte meine Finger mit ihren. Dabei biss ich mir auf die Lippen und mein Blick wanderte von unseren Händen wieder zu ihren Augen. «Ich weiss es nicht», murmelte sie und presste die Lippen aufeinander. «Und was wünschst du dir, was wir sind?» Ich brachte sie offensichtlich in Verlegenheit, denn ihre Wangen nahmen wieder diesen rötlichen Ton an. Ich musste lächeln. «Wieso grinst du so doof?», fragte sie und hob eine Braue. «Du wirst immer rot, wenn dir was peinlich ist.» «Stimmt gar nicht», verteidigte sie sich und nahm ihre Hand wieder zu sich, bevor sie die Arme vor der Brust kreuzte, wie ein kleines Kind, das nicht das bekam, was es wollte. Mein Grinsen wurde dadurch nur noch breiter. Sie schüttelt den Kopf. «Du liebst mein Grinsen doch, gib es schon zu», meinte ich, während ich versuchte den Abstand zwischen unseren Gesichtern zu schliessen.

Ally

Nun war er nur noch wenige Zentimeter von meinen Lippen entfernt und das Atmen viel mir jetzt schon schwer. Er hatte mir die Frage, was wir waren zwar immer noch nicht beantwortet, aber ich konnte diesen Lippen einfach nicht wiederstehen. Ich versuchte es mit aller Willenskraft, doch es verging keine Sekund und seine klebten wieder auf meinen. Wieso konnte ich ihm einfach nicht widerstehen?! *Arghh*. Schon sehr bald war es von den kleinen Küsschen zu den viel leidenschaftlicheren Küssen übergegangen. Ich lag auf dem Rücken und er beugte sich über mich. Ich liess meine Hände zu seinem Rücken wandern und OMG hatte er dort viele Muskeln. *Ach du heilige Scheisse!* Wenn meine Lippen nicht auf seinen gelegen hätten, wäre mein Mund nun wahrscheinlich vor Staunen offen gestanden. Nach einer halben Ewigkeit, die wir nur mit Küssen verbracht hatten, liess er von mir ab und grinste mich mit diesem allzu bekannten perversen Grinsen an. «Ich muss jetzt ins Footballtraining, aber wir sehn uns morgen.» Er nahm die Sporttasche, die neben seinem Bett stand, hängte sie sich um und verabschiedete sich mit einem schnellen Kuss von mir. Ich war immer noch wie geflasht von dieser ganzen Sache und setzte mich erstmals wieder hin. Ich musste zuerst einen klaren Kopf kriegen. Er brachte mich ganz schön durcheinander. Ich seufzte einmal und erhob mich dann. Ich wollte das Zimmer eigentlich schon verlassen, als ich einen eigenartigen Ton hörte. Es hörte sich an wie eine Nachricht von einem Handy. Ich ging zu Tyler's Nachttisch und bemerkte, dass er sein Handy vergessen hatte. Ich wollte schon losgehen und es ihm vorbeibringen, als ich die Nachrichteinblendung las. «Hey Hübscher, tun wir's heute Nacht wieder;)?» Ich las die Nachricht bestimmt etwa hundert Mal durch, weil ich es einfach nicht glauben wollte. Ich konnte es einfach nicht glauben. Klar, wir waren nicht zusammen und er konnte tun und lassen was er wollte, aber aus irgendeinem behinderten Grund liess mich die Sache so gar nicht kalt. Meine Gedanken spielten verrückt und ich stellte mir immer wieder vor, wie Tyler mit irgendeinem fremden Mädchen Sex hatte. Am liebsten hätte ich einfach drauf losgeschrien. Ich wusste nicht so recht, was ich jetzt tun sollte. Zum einen gab es die Möglichkeit ihn darauf anzusprechen und zum anderen konnte ich einfach so tun, als ob ich diese Nachricht nie gelesen hätte. Okay, zugegeben ich konnte nicht so tun, als ob das nie passiert wäre. Ich musste mit ihm reden und das so schnell wie möglich. Ich biss mir auf die Lippen. Ich musste raus aus seinem Zimmer. Vielleicht hatten sie es ja hier drin getan. Der Gedanke liess mich erschaudern. Ich musste weg. Ich rannte die Treppe runter, schnappte mir meine Jacke und öffnete schon die Tür, um das Haus zu verlassen, als ich frontal in Stasy reinknallte. «Wow, was hast du denn für einen Stress?», fragte sie und schaute mich mit einer hochgezogenen Augenbraue an. «Ich muss wohin. Wir seh'n uns.» Mit diesem Satz quetschte ich mich an ihr vorbei und lief auf die Hauptstrasse zu, die ich überquerte und dann geradewegs auf die City zulief. Ich brauchte jetzt dringend einen Drink und ich meine keine Cola oder Fanta. Als ich da so lief und immer wieder an Tyler und dieses Mädchen denken musste, sah ich plötzlich Clara und Mason am Strassenrand stehen. Ich ging auf die Zwei zu und als ich laut «Hey zusammen», sagte, schraken beide zusammen. «OMG Ally, du hast uns zu Tode erschreckt», meinte Clara und Mason nickte mit grossen Augen. «Was macht ihr denn hier?», fragte ich. «Wir warten auf Mason's Dad», gab Clara zurück und schaute Mason lächelnd an. Wartet mal. Was war hier denn los?! «Ähm Leute?», fragte ich und sie grinsten mich beide an. Als sie sich die Hände reichten, war alles klar. Ich war geschockt. Mason und Clara? Waaaaaas? Sie waren die unterschiedlichsten Menschen, die ich kannte. Clara war aufbrausend, wild und sehr selbstbewusst, Mason dagegen war scheu, leise und ein absoluter Noob was Mädchen anbelangte. Die zwei, das hätte ich nicht mal im Traum gedacht, aber unerwartete Dinge passierten eben. «Na dann, wäre ein herzlicher Glückwunsch wohl angebracht.» Ich umarmte beide und musste bei ihrem Anblick lächeln. Sie sahen sich an wie zwei richtige Verliebte. Das war wirklich süss. «Dann seh'n wir uns wohl Montag», meinte ich als Mason's Vater angefahren kam. «Bis dann», riefen beide wie aus einem Mund und stiegen dann in den Van ein. Wow, was heute alles so sonderbares geschah.

Ich führte meinen Weg fort und ging geradewegs auf die City zu. Die erste Bar, die ich sah, betrat ich auch schon und setzte mich dort an die Theke. Der Barkeeper trocknete gerade ein Glas ab, als ich ihm meine Bestellung aufgab. «Einen Tequila Sunrise bitte.» Der Barmann nickte und fing dann an, meinen Drink zu mischen. Ich seufzte und blickte mich in der Bar ein wenig um. Es war eigentlich ganz nett hier. Zum Glück hatte es nicht viele Leute. Es gab nur eine kleine Teenagergruppe die Dart spielte und ein paar ältere Herren, die lachend ihr Bier genossen. Ich als Einzelgänger wurde nur doof angestarrt, aber das machte mir nichts aus. Ich brauchte das hier jetzt dringend. Der Keeper stellte mir den Cocktail hin und zwinkerte mir grinsend zu. «Vielen Dank», rief ich ihm zu. Ich nahm einen grossen Schluck und merkte sofort, wie mir der Alkohol die Kehle runter floss. Tat das gut. In grossen, schnellen Schlucken trank ich das Glas leer und bestellte mir gleich darauf noch einen Zweiten, diesmal mit mehr Tequila. Als ich auch dieses Getränk leer hatte, bezahlte ich und verliess die Bar danach leicht beschwipst. Ich vertrug eben einfach gar nichts. Mit einem etwas wackligen Gang wollte ich wieder nach Hause gehen. Ich wusste ehrlichgesagt nicht wie lange es dauerte, bis ich wirklich zuhause ankam, aber als ich nach einer gefühlten Ewigkeit endlich mein weiches Bett unter mir spürte, fühlte ich mich schon wieder viel besser. Ich rief aus lauter Zweifel Tyler an, realisierte dann aber, dass er sein Handy ja zuhause liegen gelassen hatte und legte daher gleich wieder auf. Fuck mir war so übel.

Tyler

Das Footballspiel war der absolute Hammer gewesen. Ich hatte mehrere Touchdowns erzielt, was unseren Coach wirklich happy gemacht hatte. Er war sogar einigermassen stolz auf uns, was es wirklich selten gab, da er ein richtig harter Stein war.

Nachdem wir unseren Sieg ordentlich mit Alkohol und ein paar Girls (die ich ausnahmsweise mal in Ruhe liess) gefeiert hatten, entschloss ich mich noch kurz bei Ally vorbei zu schauen. Keine Ahnung wieso, aber irgendwie hatte ich so ein komisches Gefühl. Als ich den Jungs sagte, dass ich dann mal abhaue, starrten mich alle mit grossen Augen an. Ich war normalerweise der, der immer am längsten blieb.

Als ich so gegen elf bei Ally's Haus ankam, war es draussen schon dunkel und nur ihr Zimmer war beleuchtet. Ich drückte auf die Klingel und wartete geduldig, bis jemand öffnete. Aber dieser jemand kam einfach nicht. Ich klingelte noch einmal. Noch immer geschah nichts. Nach dem dritten Mal drückte ich einfach die Türklinke runter und war ein wenig irritiert, da es nicht abgeschlossen war. Ich trat ein und steuerte sofort auf Ally's Zimmer zu, das sich im oberen Stock befand. Vor ihrer Tür blieb ich stehen. Die Tür stand offen. Was war denn hier los? Ich ging vorsichtig rein und schaltete das Licht an. Ally lag auf dem Bett und stöhnte genervt auf, als sie das Licht blendete. Sie sah irgendwie komisch aus, als ob sie getrunken hatte. Nein, das konnte doch nicht sein. Ally trank nie. Ich ging näher an ihr Bett ran und konnte dann deutlich den Geruch von Alkohol erkennen. Sie hatte wirklich getrunken. Ich wusste nicht, ob ich lachen oder enttäuscht sein sollte. Ich setzte mich neben sie hin und strich ihr eine Haarsträhne hinters Ohr. «Tyler, was machst du hier?», fragte sie und blinzelte mit den Augen, weil sie das Licht immer noch blendete. «Du hast getrunken», sagte ich und musste schmunzeln. Sie war echt ein Noob in solchen Sachen. Wahrscheinlich hatte sie gerade mal zwei Cocktails getrunken und war nebeldicht. Jetzt musste ich lachen. «Wieso lachst du? Das ist nicht lustig.» Sie schob meine Hand weg, die im Rhythmus ihre Wange gestreichelt hatte. «Doch irgendwie schon», musste ich zugeben und ihre Augen verengten sich zu Schlitzen. So sah sie nur noch witziger aus.

«Tyler wer ist sie?», fragte sie plötzlich. «Wer?» *Wen meinte sie denn?!* «Dieses Mädchen, mit der du was hast. Sie hat dir vorhin eine Nachricht geschrieben und ich wollte dir dein Handy eigentlich zum Spiel bringen, aber als ich das gelesen habe, nun ja...» Sie wusste offensichtlich nicht, was sie noch sagen könnte. Sie meinte höchst wahrscheinlich Isabelle, denn mit anderen Mädchen schrieb ich ja nicht. «Mach dir keine Sorgen, das war nur eine Affäre. Es hat nichts bedeutet», sagte ich und ich meinte es auch wirklich so. Als ich mit Eleanor zusammen gewesen war, hatte ich jegliche Girls nebenan gehabt, aber bei ihr wollte ich sowas nicht. Ich wollte zum ersten Mal in meinem Leben etwas echtes haben und dafür musste ich diese spassigen Sachen eben beenden. «Ich will nicht, dass du es beendest. Hör zu Tyler.» Sie setze sich auf und schaute mich ernst an. «Du und ich werden nie eine richtige Beziehung führen können, auch wenn ich es mir so sehr wünsche. Du wirst immer du sein und ich, ich. Du bist ein Aufreisser, ein Herzensbrecher und ich bin eben einfach nur ich.» Sie schaute betroffen auf ihre Füsse und musste sichtlich die Tränen zurück halten. Was laberte sie da denn nur?! Wir gehörten zusammen! Das war die einzige Sache in meinem Leben, bei der ich mir zu hundert Prozent sicher war. Sie war es, die ich wollte und nicht irgendeine Schlampe für eine Nacht. Ich wollte sie und zwar nur sie. Ich wollte es ihr so gerne klar machen, ich wollte ihr beweisen, dass wir füreinander bestimmt waren, aber wie sie da so sass und genauso über mich dachte wie jedes andere Mädchen, brachte mich fast um. Ich hätte ihr versichern können, dass ich kein Macho war, aber sie würde es mir sowieso nicht glauben. Kein Wunder, jeder dachte das über mich und bei allen war es mir eigentlich Schnuppe, aber bei ihr nicht. Ich wollte nicht, dass sie so etwas über mich dachte und ehe ich irgendeinen

Scheiss rausliess, an den ich mich sowieso nicht hielt, kam mir ein Gedanke. Ich musste ihr einfach beweisen, dass ich kein so grosses Arschloch war, wie sie dachte und ich hatte bereits schon einen Plan. «Ich kann dir beweisen, dass ich nicht so bin, wie du mich vielleicht siehst. Ich werde es dir beweisen.» Ich war voll und ganz von mir selbst überzeugt. Wenn ich die nächsten paar Wochen auf Girls verzichtete und nur ihr meine volle Aufmerksamkeit schenkte, würde sie sicherlich merken, dass ich der Richtige für sie war.

Ally

Was wollte er damit sagen? Er würde es mir beweisen… Was würde er mir beweisen, dass er kein Frauenheld war? Er war es und er konnte auch nichts daran ändern. Schon die ganze Zeit über starrte er mich einfach nur an, ohne etwas zu sagen. Offensichtlich hatte das, was ich gesagt hatte, bei ihm irgendwelche Gedankengänge ausgelöst, denn als ich seinen Namen sagte, reagierte er nicht. «Tyler, alles OK?» Er sah zu mir auf. «Ich werde dann mal gehen», meinte er und stand auf. «Ich weiss wir gehören zusammen und irgendwann wird es soweit sein, dass du dich auf mich einlassen musst.» Er ging zur Tür raus und hinterliess nur diesen blöden Satz.

Vielleicht hatte er damit ja wirklich recht. Vielleicht hatte ich einfach Angst davor, was passieren könnte, wenn ich mich auf ihn einliess. Ich hatte Angst verletzt zu werden, aber noch viel grössere Angst hatte ich davor, mit Tyler eine richtige Beziehung einzugehen. Ich hatte Angst meine Gefühle für ihn wirklich zuzulassen, um dann wieder von ihm abgewiesen zu werden. Es gab so vieles, vor dem ich Angst hatte und ich war mir einfach nicht sicher, ob es das wert war, ständig ängstlich zu sein, nur weil ich so sehr mit ihm zusammen sein wollte. *Ah fuck…* Ich hasste mein Leben manchmal wirklich. Wieso konnte ich mich nicht einfach in einen weniger komplizierten Typ verlieben?! Ich legte die Stirn in Falten und überlegte wie es nun wohl weiter ginge. Als erstes musste ich auf jeden Fall mit Jacob reden und ihm irgendwie nicht das Herz brechen. Zum anderen musste ich auch noch herausfinden, ob ich mir wirklich sicher war, mit Tyler eine Beziehung einzugehen. Mein Kopf schmerzte und ich hatte ein ungutes Gefühl im Magen. Da machte sich wohl der Alkohol bemerkbar. *Oh yeah.* Weil ich morgen keinen Kater haben wollte, ging ich runter, um mir eine Flasche Wasser zu holen, die ich mich zwang leer zu trinken. Nachdem ich die Flasche leer hatte, stellte ich sie neben mein Bett und zog die Decke hoch. Neuer Tag neues Glück. Das erhoffte ich mir für morgen.

Nächster Tag

Als ich aufwachte, war mir leicht übel und es pochte in meiner Schläfe. Oh fuck, das viele Wasser, das ich getrunken hatte, hatte wohl nichts genützt, denn ich hatte einen Kater. *Wuhuu.* Mühsam setzte ich mich auf und blinzelte verschlafen. Am liebsten wäre ich einfach liegen geblieben und hätte die Schule geschwänzt, aber ich musste mit Jacob reden. Je früher, desto besser. Ich stand auf und musste mich an der Wand abstützen, um nicht gleich wieder umzukippen. Ich atmete tief ein und versuchte mich zusammen zu reissen. Ich packte das. Ich begab mich zu meinem Kleiderschrank und nahm irgendwelche Sachen raus, die ich mir anzog und dann ins Bad schlurfte. Ich putzte mir die Zähne, band meine Haare zu einem Knoten zusammen und betrachtete mich dann im Spiegel. Ich sah echt scheisse aus. Meine Augen waren zugekniffen und mein Outfit sah aus, als ob es aus den 80er Jahren stammte. Ich gähnte und nahm noch meine Schulsachen, bevor ich das Haus auch schon verliess. Auf dem Weg zu Stasy überlegte ich mir schon mal, wie ich das mit Jacob angehen würde. Ich konnte ihm ja schlecht sagen, dass ich mich schon lange in einen anderen Typen verliebt hatte und es erst jetzt gemerkt hatte, aber leider wäre das die Wahrheit gewesen. Ich überdachte jede Möglichkeit und kam dann zum Entschluss, dass ich ihm einfach sagte, dass es für mich nicht mehr passte. Klar, es war vielleicht etwas grob und gefühlslos, aber ich musste es tun. Es war das Richtige. Gerade als ich bei den Collins klingeln wollte, ging die Tür auf und Tyler stand vor mir. Na super. Er musterte mich von oben bis unten und weil ich genau wusste, was er dachte, verdrehte ich die Augen. «Wow Prinzessin, du siehst echt geschaffen aus.» Er verkniff sich ein schiefes Grinsen und ging stattdessen an mir vorbei zu seinem Auto. «Willst du mitfahren?», rief er über die Schulter zurück. «Ne danke. Ich geh mit Stasy» Er drehte sich noch einmal zu mir um und grinste, bevor er in sein Auto einstieg und davon fuhr. Genau in diesem Moment kam Stasy aus dem Haus und begrüsste mich lächelnd.

«Du siehst heute aber echt verschlafen aus», sagte sie, während wir so neben einander hergingen. Ich schaute sie schmunzelnd an. «Ich weiss.» «Hey Ally, ich muss dir noch was ganz wichtiges erzählen. Das hab ich vorhin total vergessen.» Ich schaute sie fragend an. «Lucas und ich wollen am Wochenende wegfahren und ich wollte fragen, ob du Lust hast mitzukommen?» Sie strahlte vor Freude und sah mich erwartungsvoll an. «Wer kommt denn sonst noch mit?», fragte ich, denn ich hatte nicht wirklich Lust zusammen mit einem Pärchen das Wochenende zu verbringen, wenn ich lonely daneben sitzen musste, wenn sie rumknutschten. «Das ist eine Überraschung, aber glaub mir, das wird der absolute Hammer.» «Na gut. Ich komme, aber nur weil ich nichts besseres zu tun hab und weil du meine beste Freundin bist.» «Aww.» Sie umarmte mich von der Seite. Sie erzählte mir noch ein bisschen, wohin die Reise ging und wann genau wir uns trafen, bevor wir auch schon bei der Schule ankamen. Sofort stachen mir Mason und Clara ins Auge, die Händchenhaltend auf einer Bank sassen. Ich konnte immer noch nicht so recht glauben, dass die zwei zusammen waren. Stasy scheinbar auch nicht, denn als wir bei ihnen angelangt waren, schaute sie irritiert auf die Hände der Beiden, bevor sie mir einen vielsagenden Blick zu warf. «Hey Leute und wie geht's?», fragte ich, um die unangenehme Stille zu durchbrechen. Sie schauten uns beide lächelnd an und Clara antwortete: «Super und euch?» Genau als Stasy antworten wollte, kamen Simon und Annie angelaufen und gesellten sich zu uns. «Hey Leute», warf Simon in die Runde und auf seinem Gesicht prangte ein breites Grinsen. Wieso waren denn alle so happy? «Ist was passiert oder wieso grinst du so dumm?», fragte ich Simon, der immer noch so doof lächelte. «Nö ich bin einfach glücklich, weil wir bald Ferien haben.» Stimmt, das hatte ich ja total vergessen. In weniger als drei Wochen, begannen die Semesterferien und das hiess, dass ich zwei Monate lang einfach nichts tun konnte und mein Leben geniessen. Wie jedes Jahr in den langen Winterferien gingen ich und Stasy höchst wahrscheinlich Skifahren und dabei fiel mir ein, dass Tyler wahrscheinlich wie jedes Jahr mitkommen würde. Oh nein, das würde ja ein lustiger Winter werden. «Ally?» Stasy rüttelte leicht an meinen Schultern. «Hmm?» Ich hatte ihr nicht zugehört. «Es hat geklingelt, wir müssen rein.» Ich nickte, woraufhin sie mich nur komisch anguckte, dann aber loslief.

In den Fluren hielt ich Ausschau nach Jacob, fand ihn aber nirgends. Genauso war es auch in der Mittagspause und nach Schulschluss. Wo steckte er nur? Irgendwann verliess mich die Geduld und ich rief ihn an. «Hey wo bist du? Wir müssen reden», hinterliess ich auf seiner Mailbox, weil er nicht ranging. Seufzend steckte ich mein Handy wieder in die Tasche. «Hey Prinzessin, willst du mitfahren?» Tyler kam auf mich zu und sein cooler Gang, liess ihn nur noch attraktiver wirken, als er sowieso schon war. Ich schluckte einmal leer und sagte dann: «Gerne» Daraufhin grinste er mich an und wir liefen gemeinsam zu seinem Auto. Er startete den Wagen und brauste dann wie immer viel zu schnell vom Parkplatz. «Und, wie war dein Tag so?», fragte er. Smalltalk, echt jetzt?! «Ganz gut und deiner?» «Ganz okay, aber ich hab dich vermisst.» Ich schaute ihn mit einer hochgezogenen Augenbraue an und spürte wie sein Blick kurz zu mir rüber ging, sich dann aber wieder der Strasse zu wandte. «Und hast du schon mit Stephens gesprochen?», fragte er, als wir schon fast zuhause angekommen waren. Ich schüttelte den Kopf. «Nein, er war nicht in der Schule und ging auch nicht an sein Handy.» Tyler nickte. Es war irgendwie seltsam zwischen uns. Ich konnte zwar nicht sagen, woran genau es lag, aber es fühlte sich einfach irgendwie komisch an.

21. Kapitel

Tyler

Ich stieg aus dem Auto aus und ging zur Haustür, wo ich auf sie wartete. Man sah ihr eindeutig an, dass sie einen Kater hatte und irgendwie fand ich das ganz schön amüsant. Ich stiess die Tür auf und begab mich in die Küche. Sie tat es mir nach und setzte sich an den Tisch, während ich mir ein Glas nahm und Saft reinkippte. «Willst du auch was?», fragte ich und sie schüttelte nur den Kopf. Mit dem vollen Gals setzte ich mich neben sie an den Tisch und beäugte sie kritisch. Irgendwie fühlte sich das Ganze hier seltsam an. Seit wir uns gesagt hatten, was wir fühlten, stand irgendwas zwischen uns. Wir mochten uns, waren aber nicht zusammen. Für mich ergab das keinen Sinn. Sie musste einfach einsehen, dass wir zusammen gehörten und ich musste ihr beweisen, dass ich nur Augen für sie hatte. Bis jetzt klappte das ziemlich gut. Eleanor hatte mich heute mehrere Male angemacht und ich hatte es einfach ignoriert. Ich hatte keine anderen Mädchen angestarrt und nicht mal mit ihnen geflirtet, was für mich sehr unnormal war. Und das alles tat ich nur für sie?! Oh damn, normalerweise war das wirklich nicht meine Art. Sie knetete abgelenkt ihre Hände und sah mich ab und zu an. «Hey, ist alles in Ordnung?», fragte ich, denn sie schien echt komisch drauf zu sein. «Ja alles gut, aber ich sollte mal nachhause geh'n. Meine Mom ist heute früher fertig.» Ich nickte verständnisvoll und sie erhob sich vom Stuhl. Mit einem kurzen «Bis morgen», verabschiedete sie sich und ging. Irgendwie war sie heute wirklich komisch, aber ich wollte sie ja nicht bedrängen und liess es darum einfach gut sein. Ich wollte eigentlich schon hoch in mein Zimmer gehen, als mein Handy klingelte. Es war Stasy. «Hey grosser Bruder», sagte sie mit wohlgelaunter Stimme. «Hey Schwesterchen.» Ich setzte mich auf die Couch im Wohnzimmer und wartete darauf, was sie mir zu sagen hatte. «Also es gibt da was, was ich dir noch sagen muss», meinte sie und legte eine kurze Pause ein. «Ich wollte Fragen, ob du Lust hast mit mir, Lucas und Ally dieses Wochenende wegzufahren.» Ein ganzes Wochenende mit Ally, das konnte ich mir ja schlecht entgehen lassen. «Ich weiss ihr habt irgendwie Stress und ich glaube, wenn ihr etwas Zeit zusammen verbringt, könnte es sich wieder entspannen», fügte sie noch hinzu. «Okay, ich komme mit.» Ihr Lachen verriet mir, dass sie sich freute und als sie mit einem munteren «Bis nachher Brüderchen», auflegte, freute ich mich irgendwie auch auf den Trip. Stasy hatte Recht. Vielleicht würde dieses Wochenende uns ja helfen. Dann würde Ally vielleicht auch endlich einsehen, dass ich der Richtige für sie war und wir zusammen gehörten. Mir schossen etliche Gedanken durch den Kopf, wie ich dieses Wochenende für sie unvergesslich machen könnte und trotzdem hatte ich das Gefühl, dass ich es einfach auf uns zukommen lassen sollte.

Ich stand von der Couch auf und entschied mich dazu, noch was mit den Jungs zu unternehmen. Ich rief Zack an, der sofort ranging. «Hey bro, was geht?», fragte er mit gutgelaunter Stimme. «Nichts, wollte nur fragen ob ihr Bock habt heute nen Saufabend zu machen?» Zack's Lachen dröhnte in den Hörer. «Und wie, bro!» «Geh'n wir zu Owen?», fragte ich, denn ich wusste, dass seine Eltern jeden Montagabend ein Meeting mit ihren Kunden hatten. Owen's Eltern gehörte einer der grössten Konzerne Colorado's, die beim Molybdän-Abbau tätig war. Molybdän kam in den Bergen Colorado's oft vor und Owen's Eltern vermarkteten das Metall auf der ganzen Welt, darum hatten sie auch oft unter der Woche wichtige Meetings, die ausser Haus stattfanden. Perfekt für uns. «Ja easy, ich ruf ihn später an», meinte Zack und legte auf. Ich nahm mir meine Jacke und verliess das Haus. Ich hatte noch genügend Zeit, um an der nächsten Tankstelle ein bisschen Alkohol zu besorgen. Fünf Flaschen mussten wohl ausreichen, denn mehr Geld hatte ich leider nicht. Ich fuhr erst zu Zack, den ich mitnehmen musste und dann zu Owen. Zusammen mit Zack ging ich zur Haustür und er klingelte. Wenige Sekunden später wurde die Tür von Paola geöffnet und wir wurden reingebebten. Ich lächelte sie dankend an, woraufhin sie über beide Ohren strahlte. Ich war ihr Lieblingsjunge, dass sagte sie mir immer, wenn die anderen nicht in der Nähe waren. Grinsend gingen wir nach Oben und betraten den Raum, den Owen als *Party-Raum* bezeichnete. Sofort stach mir der Geruch von Shisha in die Nase und mein Grinsen wurde noch breiter. Als Owen uns bemerkte, kam er hinter der Theke hervor und breitete gastfreundlich die Arme aus. «Fühlt euch wie zuhause», sagte er und nahm mir die Tasche mit dem Alkohol ab. Zack und ich chillten uns in die Sitzsäcke, die am Boden rumlagen und schnappten uns gleich mal die riesige, goldene Shisha, die in der Mitte des Raumes stand. «Was für Tabak hast du da drin?», fragte ich Owen, der dabei war unsere Getränke zu mixen. «Keine Ahnung, probier mal.» Ich nahm einen Zug und stellte fest, dass es Vanille war. *Igitt!* «Kann ich wechseln?», fragte ich und verzog das Gesicht, weil ich Vanille über alles hasste. «Klar», lachte Owen und zeigte mir seinen Tabakvorrat. Kirsche, Trauben, Apfel, Kokos… Wie geil, es gab so viele. Weil ich Trauben eigentlich ganz gut mochte, nahm ich mir die Dose und ging zurück zu Zack, der gerade einen Zug nahm. «Wie kannst du diesen Scheiss nur gut finden?», fragte ich kopfschüttelnd. Vanille war einfach scheusslich. Zack lachte. «Welchen hast du?», fragte er und zeigte auf die Dose. Ich hielt sie ihm hin, sodass er es ablesen konnte. Er nickte grinsend. Ich füllte den Tonkopf mit dem neuen Tabak und nahm dann einen tiefen Zug. Schon viel besser! Ich gab es Zack rüber und auch er war überzeugt vom Geschmack. Grinsend laberten wir noch ein bisschen über irgendwelchen Scheiss, bevor Owen mit den Drinks rüber kam und uns mitteilte, dass Julien auch gleich hier sein müsste. Ich nahm einen letzten Zug von der Shisha und nahm dann meinen fertig gemixten Drink in die Hand. «Was ist da alles drin?», fragte ich, während ich das Gesöff neugierig beäugte. «Das willst du gar nicht wissen», sagte Owen und wackelte mit den Augenbrauen. Oh je, wird wohl schon gut gehen. Ich nahm einen grossen Schluck und verzog sofort das Gesicht, da das Zeugs extrem in der Kehle brannte. «Hast du da etwa Absinth reingetan?», fragte ich und musste mir einen Huster verkneifen. Owen grinste pervers. «Noch härteres Zeugs.» Oh damn. Dieser Typ war echt krank. Ich wollte schon den zweiten Schluck nehmen, in der Hoffnung, dass es dieses Mal nicht mehr so scheusslich schmeckte, als Julien reinkam. Er hatte etwa fünf Girls bei sich und alle sahen verdammt heiss aus. *Fuck my life!* Ich musste an Ally denken und was ich mir selbst versprochen hatte. Wieso war mein Leben nur so schwer?!

Ally

Das mit meiner Mom war nur eine Ausrede gewesen, weil ich endlich zu Jacob wollte. Ich musste verdammt nochmal dringend mit ihm reden. Weil er immer noch nicht an sein scheiss Telefon ging, entschloss ich, ihm einen Besuch abzustatten. Ich nahm den Bus und war etwa nach zehn Minuten bei ihm zuhause angekommen. Ich stellte mich vor die Tür und klingelte. Ich atmete einmal tief ein und dann wieder aus. Wird schon schief geh'n. Als die Tür von ihm geöffnet wurde und er mich grinsend ansah, zog sich alles in mir zusammen. Jetzt oder nie. Bevor er mich zu sich ziehen und küssen konnte, setzte ich ein ernstes Gesicht auf und räusperte mich. «Jacob, wir müssen reden.» Ich machte einen Schritt zurück, womit ich ihm zeigen wollte, dass er zu mir raus kommen sollte. Sein Blick war verwirrt, trotzdem kam er ein paar Schritte auf mich zu und schloss die Tür hinter sich. Ich hörte wie er schluckte. «Was ist denn los?» Ich biss mir auf die Lippen und sammelte all meinen Mut zusammen. «Jacob, ich kann das nicht mehr.» Am liebsten hätte ich mich einfach umgedreht und wäre heulend weggerannt, aber ich musste stark bleiben und auf alles gefasst sein. Sein Gesichtsausdruck war undefinierbar und er öffnete mehrmals den Mund, so als ob er etwas sagen wollte, schloss ihn aber gleich darauf wieder. «Darf ich wissen wieso?», fragte er und schaute mich mit einem traurigen Blick an. «Meine Gefühle sind nicht mehr dieselben wie am

Anfang.» Er nickte mit zusammengepressten Lippen. Ich wollte irgendwas sagen, einfach irgendwas, doch als ich den Mund öffnete, kam einfach nichts raus. «Ich muss wieder rein, wir seh'n uns in der Schule.» Mit diesem Satz drehte er sich um und liess mich einfach stehen.

Wow, ich hätte mir das viel schwerer vorgestellt. Mit gemischten Gefühlen machte ich mich auf den Nachhauseweg. Es war einfacher gewesen als Gedacht, trotzdem fühlte ich mich einfach beschissen. Er hatte nicht mal was dazu gesagt. War ich ihm überhaupt wichtig gewesen? Wenn ja, wieso hatte er dann so reagiert?! Ich verstand es irgendwie einfach nicht. Klar, ich war froh darüber, dass er nicht komplett ausgerastet war oder nicht rumgeheult hatte, aber mit einer solchen Reaktion hatte ich auch nicht gerechnet. Mit einem tiefen Seufzer lief ich weiter. Ich ging auf direktem Weg nach Hause und war erstaunt, als niemand da war. Meine Mom hatte mir versprochen heute um sechs Zuhause zu sein, aber scheinbar hatte sie wohl noch eine Schicht übernommen, denn es war schon halb sieben und im Haus war es totenstill. Schlapp machte ich mich auf den Weg in mein Zimmer und nahm währenddessen mein Handy aus der Tasche. Ich hatte einen verpassten Anruf von Stasy. Ich wählte ihre Nummer und rief sie zurück. «Hey Ally, wo warst du? Ich muss was ganz Wichtiges mit dir bereden.» Sie klang ein wenig aufgebracht, aber ob es im positiven oder negativen Sinne war, konnte ich nicht heraushören. «Ich war noch bei Jacob und willst du vorbeikommen, dann kannst du es mir ja gleich erzählen», schlug ich vor und sie stimmte meiner Idee sofort zu. «Bin so ca. in zehn Minuten bei dir. Bis nachher.» «Bis dann.» Ich legte auf und setze mich aufs Bett. Was Stasy mir wohl sagen musste? Ich überlegte, kam aber zu keinem Entschluss. Ich musste über irgendwas nachdenken, aber nicht über Jacob. *Fuck*. Ich dachte schon wieder daran. Seufzend legte ich mich hin und drückte mir das Kissen ins Gesicht. Wieso war ich nur so?! Ich verstand einfach nicht, wie er das so einfach hinnehmen konnte. Wenn ich jemanden liebte, würde ich ihn doch keinen Falls einfach so aufgeben.

Was war nur los mit ihm?! Natürlich war es einfacher für mich, wenn er nicht nachtragend war, aber ihn hatte es ja kaum interessiert. Ich verstand die Welt nicht mehr. Vielleicht hatte er mich ja nie wirklich geliebt. Ach mann, ich hasste mein Leben, wieso war ich so kompliziert?! Das Geräusch einer sich öffnenden Tür, dröhnte von unten herauf. Darauf folgten Schritte und dann stand auch schon Stasy im Türrahmen. Sie sah mich keuchend an. «Bist du gerade einen Marathon gelaufen oder wieso atmest du so schnell?», fragte ich lachend und sie zog nur eine Grimasse. «Ich wollte eben so schnell wie möglich hier sein, um es dir erzählen zu können.» Sie setzte sich neben mich. «Dann bin ich ja mal gespannt», meinte ich und zog die Knie an, sodass sie mehr Platz auf dem Bett hatte. «Also es gibt zwei Dinge, die ich dir sagen muss.» Ich wartete gespannt. «Also zum einen ist da diese Sache mit Tyler und bitte sei jetzt nicht böse auf mich, aber er kommt am Wochenende mit.» Sie verzog ihr Gesicht und hielt die Hände vors Gesicht, da sie vermutlich Angst hatte, ich würde sie schlagen und ehrlich gesagt war ich auch kurz davor. Echt jetzt?! Er kam mit? Das mit ihm und mir war so schon genug kompliziert und jetzt würde ich auch noch ein ganzes Wochenende mit ihm verbringen, na super. Sie liess mir Zeit zum Nachdenken, bevor sie wieder anfing zu sprechen. «Und das Zweite ist, Lucas hat mich eingeladen zum Essen und zwar mit seinen Eltern. Ally, ich werde seine Eltern kennenlernen.» Sie war offensichtlich ziemlich aufgebracht deswegen, denn sie sprach meinen Namen mit so viel Ausdruck in der Stimme aus. Wow, die Eltern kennenzulernen war in einer Beziehung echt ein grosser Schritt. Da fiel mir gerade ein, ich hatte Jacob's Eltern nie kennengelernt, geschweige denn hatte er je über sie geredet. Und Tyler's Mom kannte ich fast mein Leben lang, also galt das auch nicht wirklich. Sie sah mich hilflos an. «Also erstens hasse ich dich wegen dem mit Tyler und zweitens, das ist ja der Hammer. Hallo, du lernst seine Eltern kennen, stell dir das mal vor, das ist ein immenser Schritt in eurer Beziehung», versuchte ich sie zu überzeugen. Sie biss sich unsicher auf den Lippen rum.

«Bist du dir sicher? Aber was, wenn ich mich total dumm anstelle oder sie mich nicht mögen.» «Mach dir keine Sorgen, das wird schon gut gehen. Sie sind sicher nett und sie werden dich lieben, glaub mir, man muss dich einfach mögen, ausser wenn du solche dummen Sachen machst und mir davor nichts davon sagst.» Ich schaute sie mit zusammengekniffenen Augen an. Sie wusste genau an was ich dachte. Ein ganzes Wochenende mit Tyler, *wuhuu*.

Tyler

Heute war Freitag und das bedeutete, dass wir heute Abend losfahren würden. Irgendwie freute ich mich drauf, da Ally und ich so mal endlich Zeit für uns hatten, aber zum anderen, hatte ich auch irgendwie ein bisschen Schiss, dass es nicht so Bombe werden könnte. *Wer weiss.* Ich zuckte in Gedanken die Schultern und erhob mich vom Esstisch. Ich hatte heute so gar keinen Bock auf Schule, darum rief ich kurz das Sekretariat an und täuschte einen Hustenanfall vor, während ich Mrs. Porter erklärte, dass ich heute leider nicht in die Schule kommen könnte, da ich eine schwere Erkältung hatte. Natürlich kaufte sie es mir ab, wie immer. Ich grinste, während ich mein Handy in die Tasche steckte und mich eigentlich wieder nach oben begeben wollte, als es an der Tür klingelte. Genervt verdrehte ich die Augen. Wer war das denn?! Ich ging hin und öffnete die Haustür. Ich starrte in zwei verheissend braune Augen. Isabelle. Fuck. Sie stand da, mit einem verführerischen Grinsen auf den Lippen und diesem unwiderstehlichen kurzen Rock. «Hey Tyler», sagte sie und klang dabei so sexy, dass es mir die Nackenhaare aufstellte. «Was willst du?», fragte ich so abschätzig wie möglich. Ich musste mich auf jeden Fall von ihr fernhalten. Ich hatte es mir selbst und Ally versprochen. «Ich wollte dich sehen», sagte sie und kam näher auf mich zu, während sie ihre Hand auf meine Brust legte und sich auf die Lippen biss. Wieso musste sie nur so verdammt hot sein. «Tut mir leid, aber ich hab keine Zeit.» Ich nahm ihre Hand von meiner Brust und wollte mich schon umdrehen, als sie meinen Arm festhielt. «Tyler, was ist los?» Sie klang verwirrt. «Ich kann das hier nicht mehr, sorry» Ich trat ins Haus und ohne auf sie zu achten, schloss ich die Tür einfach wieder zu. Wenn ich noch einen Moment länger in ihren zu tiefen Ausschnitt gestarrt hätte, wüsste ich nicht, was danach passiert wäre. Ich tat das alles für Ally, weil ich sie wirklich mochte. Das redete ich mir die ganze Zeit ein, während ich nach Oben ging.

Den Nachmittag verbrachte ich damit, mir ein paar Filme reinzuziehen und ich ging so gegen drei noch eine Runde joggen. Als es dann auch schon halb fünf war und allmählich Stasy von der Schule kam, fing ich an mein Zeugs fürs Wochenende zu packen. Ich schmiss einfach irgendwelche Sachen aus meinem Schrank rein und stopfte die Sporttasche dann zu. Da wir in irgendein Ski-Resort gingen, musste ich meiner Mom noch ein paar Handschuhe klauen und wartete dann auf Stasy. Irgendwann kam sie dann endlich mal nach Hause und wir besprachen noch ein paar Kleinigkeiten, bevor wir uns nach Draussen begaben und auf Lucas und Ally warteten.

Ally

Ich war total im Stress. Es war sieben Uhr und um zehn nach musste ich bei den Collins sein. Fuck, fuck, fuck. Ich packte noch das letzte Zeugs ein, das ich brauchte und rannte dann mit Vollgas die Treppe runter. Ich gab meiner Mom einen kleinen Kuss auf die Wange und hastete dann weiter zur Tür hinaus. Fuck, es war schon fünf nach. Im schnellsten Sprint, den ich hinlegen konnte, raste ich zu ihrem Haus. Als ich sie beim Auto stehen sah, wurde ich langsamer. Schwer atmend kam ich bei ihnen an und Stasy fing sogleich an mich auszulachen. «Wer ist jetzt einen Marathon gelaufen?» Ich warf ihr nur einen gespielten bösartigen Blick zu und packte dann meine Tasche in den Kofferraum. Das war ja nochmals gut gegangen. Als ich die Tasche weggepackt hatte, mich umdrehte und aufsah, starrte ich in zwei grüne Augen. Tyler stand vor mir und grinste. «Und freust du dich schon auf ein ganzes Wochenende mit mir?», fragte er und zwinkerte mir zu. «Und wie, kanns kaum erwarten», gab ich ironisch zurück und er lachte. Der Witz dahinter war, dass ich mich wirklich irgendwie darauf freute. Vielleicht war das meine Chance herauszufinden, ob ich wirklich mit Tyler zusammen sein wollte/konnte. «Geh'n wir», rief Lucas gutgestimmt und stieg vorne ein. Zum Glück fuhr er und nicht Tyler. Stasy platzierte sich auf dem Beifahrersitz und das hiess, dass ich mich hinten mit Tyler reinsetzten musste. *Oh yeah.*

Die Autofahrt verlief eigentlich ziemlich unspektakulär. Wir mussten zwar ein paarmal lachen, als ACDC im Radio kam und Tyler und Lucas lauthals mitsangen, aber ansonsten war es langweilig und die Zeit schien kaum umzugehen. Als wir nach einer einstündigen Fahrt endlich bei diesem Resort ankamen, stieg ich aus dem Wagen und atmete tief ein. Kühle Winterluft erfüllte meine Lunge und ich öffnete meine Augen wieder. Wow. Die ganze Anlage war riesig und weihnachtlich geschmückt. Es sah aus wie in einem Weihnachtsfilm, aber ich liebte das. Ich liebte den Geruch von Zimt und das Backen von Weihnachtsplätzchen, die farbigen Lichterketten und die Mistelzweige, die unter jeder Eingangstür hingen.

Stasy bemerkte meinen verzauberten Gesichtsausdruck und zwinkerte mir grinsend zu. Während sie und ich uns ein wenig umsahen, luden die Jungs das Gepäck aus. Zuerst mussten wir zur Rezeption, um unsere Zimmerschlüssel abzuholen. Wie sich herausstellte musste ich mir mit Tyler ein Zimmer teilen. *Yeah.* Die Lobby war riesig und überall standen Skier und Snowboards rum. Wir nahmen den Lift bis in den 4. Stock und mussten dort noch ein wenig den Flur lang gehen, bevor wir auch schon vor der Zimmertür „417" standen. „Und bist du bereit für ein unvergessliches Wochenende?", fragte Tyler und wackelte mit den Augenbrauen. Ich musste lachen und schloss die Tür auf.

22. Kapitel

Tyler

Wenn ich ehrlich war, fand ich es schon ziemlich geil, dass ich mit Ally in einem Bett pennen musste. Allgemein das alles hier fand ich echt nice. Als Ally und ich unser Zimmer auskundschafteten, stellten wir fest, dass es nicht mal ein Doppelbett war. *Oh yes*, das wurde ja immer besser. Mit einem schiefen Grinsen legte ich mich aufs Bett und sah Ally dabei zu, wie sie ihre Kleider verstaute. «Ich geh kurz duschen», meinte sie und sah mich dabei nicht mal an. Vielleicht würde es doch noch schwieriger werden, sie von mir zu überzeugen. Ich blieb noch eine Weile liegen und starrte einfach an die Decke. Dann erhob ich mich, zog mir eine Jogginghose an und wurde mein Shirt los. Ich hasste es mit angezogenem Oberkörper zu pennen. Ich war gerade mit dem Rücken zum Bad gedreht, als sie wieder rauskam. Ich hörte sie laut schlucken. Das lag wahrscheinlich an ihrer guten Aussicht auf meinen Rücken. Ich drehte mich zu ihr um und sofort schoss ihr die Röte ins Gesicht. Wie ich es liebte, sie beim Starren zu erwischen. Ich räusperte mich. «Musst du noch ins Bad?» Sie schüttelte nur den Kopf und setzte sich auf die Bettkante. Immer noch oben ohne ging ich an ihr vorbei und schloss die Badezimmertür hinter mir ab. Ich putzte mir die Zähne und versuchte mein Haar einigermassen zu bändigen, erfolglos. Ich verliess das Bad und erhaschte einen kurzen Blick zu Ally, die auf der Bettkante sass und in ihr Handy starrte. Das war meine Chance. Ich kletterte aufs Bett und nahm ihr das Handy mit einem perversen Grinsen weg. «Wie wärs wenn wir uns anders beschäftigen, als am Handy zu hängen.» Sie musste schmunzeln. «Und mit was beschäftigen wir uns denn?», fragte sie und lehnte nach vorn, sodass uns nur noch wenige Zentimeter voneinander trennten. «Du weisst mit was ich meine», flüsterte ich ihr ins Ohr und sie biss sich auf die Lippen. Ich wollte gerade den letzten Abstand zwischen unseren Lippen schliessen, als sie mich zurück drückte.

«Nein, nein mein Lieber, das musst du dir erst verdienen.» Nun war sie es, die pervers grinste und ich starrte sie einfach nur an. Wow, dieses Girl war einfach der Wahnsinn. Ich setzte nun ebenfalls ein unwiderstehliches Lächeln auf und rollte mich auf die andere Seite des Bettes, wobei ich genau darauf achtete, ihren Oberschenkel zu streifen. Mit ihrem Blick folgte sie mir und beobachtete mich ganz genau, als ich aufstand, um mir was zu Trinken zu holen. «Willst du auch was?», fragte ich sie höflich und sie schüttelte nur den Kopf. Mit der Wasserflasche ging ich zurück zum Bett und legte mich drauf. «Tyler?» «Ja?» «Wenn du jemanden liebst, würdest du diese Person dann einfach kampflos aufgeben?» Was war denn das für eine Frage?! Natürlich nicht! «Nein, niemals» Sie nickte. Wieso fragte sie mich das? «Meinst du jemand bestimmten?», fragte ich also nach. Sie schüttelte daraufhin nur den Kopf. Redete sie etwa von Stephens? Ich schaute sie an und irgendwas in ihrem Blick bereitete mir Sorgen. Sie sah irgendwie, naja, traurig aus. Normalerweise juckte mich das eigentlich nicht, wenn es jemandem schlecht ging, aber sie war eben nicht einfach nur ein jemand. «Ally, was ist los? Du kannst mit mir reden.» Ich drehte mich zu ihr um. Ihre Gesichtszüge waren angespannt und ihr Mund stand ein wenig offen. Ohne wirklich zu wissen, was ich da tat, nahm ich ihre Hand. «Sag mir was los ist.» Ihr Blick ging von meiner Hand, hoch zu meinen Augen. «Ich glaube Jacob hat mich nie wirklich geliebt.» Ihre Augen füllten sie mit Tränen. Nein, nein nicht weinen. Am liebsten hätte ich sie einfach in den Arm genommen und ihr all die Traurigkeit weggenommen, aber sie redete hier immerhin von ihrem Ex. Ah fuck, ich durfte nicht immer so egoistisch sein. «Ally, hör mir zu. Stephens hat dich geliebt, da bin ich mir sicher.» Sie schüttelte nur den Kopf. «Du hast nicht gesehen, wie er reagiert hat, als ich Schluss gemacht habe.» «Nein, aber ich weiss wie er dich angesehen hat.» «Wie denn?» «Genau so wie ich dich jetzt ansehe.»

Er lächelte mich mild an und um mein Herz herum wurde es wärmer. «Was meinst du damit?», fragte ich. «Wenn man dich ansieht fühlt man sich einfach besser und glücklicher oder vielleicht geht es auch nur mir so.» Er rückte ein Stück näher an mich heran. «Ally, fühl dich wegen ihm nicht schlecht, du bist so ein toller Mensch.» Er legte seine Hand an meine Wange und sah mich mit einem Blick an, den ich bei ihm noch nie gesehen hatte. In diesem Moment verspürte ich so viel Liebe und Geborgenheit und am liebsten hätte ich ihn einfach geküsst, aber bevor ich nicht genau wusste, was ich wollte, riskierte ich nichts, denn er war mir dafür einfach viel zu wichtig. Ich musste lächeln. «Wow, du kannst ja auch richtig nett sein, wenn du willst», sagte ich und er musste schmunzeln. «Nun ja, ich bin eben vieles.» Er zwinkerte mir grinsend zu und ich musste lachen. Okay, vielleicht würde dieses Wochenende doch noch ganz interessant werden. «Wir sollten schlafen, es ist schon spät», sagte ich und verkniff mir ein Gähnen. Das Bett war eindeutig viel zu klein. Sein Bein lehnte gegen meins und ich hörte genau wie er gleichmässig atmete. Noch eine Weile hörte ich ihm einfach beim Atmen zu, bevor ich in einen ruhigen Schlaf verfiel.

Nächster Tag

Ein lauter Knall riss mich aus dem Schlaf und ich schoss hoch. Tyler stand vor dem einzigen Schrank, den es in diesem Zimmer gab und verzog ärgerlich das Gesicht. «Tut mir leid», sagte er und zog die Augenbrauen zusammen. «Diese scheiss Stange ist runter gefallen.» Seufzend liess ich mich wieder zurück ins Bett fallen und drückte mir das Kissen ins Gesicht. Nach ca. zehn Sekunden rüttelte es unter mir und Tyler lag plötzlich neben mir. «Aufstehn du Schlafmütze.» Er nahm mir das Kissen weg und ich musste in sein grinsendes Gesicht blicken. Ich drückte ihn genervt weg und wendete mich auf die andere Seite. «Versuch es erst gar nicht, Prinzessin.» Er drehte mich wieder zu ihm um und grinste immer noch wie ein Vollidiot. Ich seufzte ein zweites Mal. «Steh schon auf.» Er erhob sich und wartete darauf, dass ich es ihm gleich tat. Ich streckte mich durch und stand dann auf. «Wie spät ist es eigentlich?», fragte ich und er zuckte mit den Achseln. Ich war so gar kein Morgenmensch. Ich begab mich ins Bad und ging duschen. Eine kalte Dusche half meist gegen die doofe Müdigkeit. Als ich fertig war, ging ich zum kaputten Schrank und nahm mir eine dicke Strumpfhose und einen warmen langen Pulli raus. Tyler war nirgends zu sehen. Wo steckte er bloss?! Egal, wenn er nicht da war, konnte ich mich immerhin problemlos umziehen, ohne dass mich ein Spanner beobachtete. Als ich fertig angezogen war und mich allmählich wirklich fragte, wo er steckte, ging ich zum Fenster und schaute raus. Ah, da war er ja. Er stand draussen auf der Terrasse und unterhielt sich mit Lucas. Ich musste schmunzeln. Nachdem ich mir mein Handy geschnappt hatte, machte ich mich auf den Weg nach unten. Ich durchquerte die Lobby und sofort stach mir ein Plakat ins Auge. «Winterparty», war die Aufschrift. Ich sah mir das riesige Ding etwas näher an und musste feststellen, dass das wohl morgen Abend war. Eine Party, das hörte sich nicht schlecht an. Sicher, dass ich das später noch den anderen mitteilen würde, ging ich nach draussen und erblickte sofort Tyler, der in der Nähe eines Tisches stand. „Morgen du Schlafmütze, bist du auch endlich mal aus dem Bett gekommen?", fragte Tyler grinsend. „Haha", äffte ich und sein Grinsen wurde noch breiter. „Wo ist eigentlich Stasy?", fragte ich Lucas, der sich gerade eine Tasse Kaffee an der Bar geholt hatte. „Sie kommt wahrscheinlich gleich", meinte er. Ich nickte und begab mich ebenfalls an die Bar. Ich blickte in die Karte. Latte Macchiato, Cappuccino, Schwarztee, Heisse Schokolade mit Marshmallows. Ach, da war es ja. „Eine heisse Schokolade mit Marshmallows, bitte." Der Barkeeper lächelte mich freundlich an und erfüllte meinen Wunsch sogleich. „Die Prinzessin mit ihrer heissen Schokolade." Tyler stellte sich schmunzelnd neben mich. „Für mich auch Eine, bitte", sagte er zum Kellner und setzte sich neben mich an die Bar. „Seit wann trinkst du heisse Schokolade?", fragte ich ihn kritisch, denn ich hatte ihn in den ganzen siebzehn Jahren, die ich ihn schon kannte, noch nie heisse Schokolade trinken gesehen. „Nun ja, ich probiere eben gerne Neues aus." Er zwinkerte mir zu und ich musste mir ein Grinsen verkneifen. So nett kannte ich Tyler ja gar nicht.

Tyler

Heisse Schokolade war wirklich nicht meins, aber um Ally zum Lächeln zu bringen, tat ich alles. Wir tranken aus und suchten dann nach Stasy und Lucas, vergebens. Sie waren nirgends zu finden. „Vielleicht sind sie ja anderweitig beschäftigt", sagte ich zu Ally und fing mir damit einen bösen Blick ein. „Sie sind nicht so notgeil wie du!" Autsch, okay der hatte gesessen. Ich musste schmunzeln. „Willst du was unternehmen?", fragte ich, da wir jetzt seit fast einer halben Stunde nur durchs Hotel liefen. „Was schwebt dir da denn so vor?" „Wie wär's mit Skifahren?" Sie kaute unsicher auf ihrer Unterlippe. „Das Mieten kostet fast 100 Dollar", sagte sie und blickte mich nachdenklich an. „Mach dir darum mal keine Sorgen, du musst mir nur sagen, was du machen willst." Sie zuckte die Achseln. War es wirklich so schwer, in einem solchen Hotel irgendetwas zu finden, was wir beide tun wollten? „Wie wär's mit Baden? Ich hab gehört der Poolbereich soll wirklich romantisch sein." Ich zwinkerte ihr zu. „Hört sich gut an", sagte sie aber sah mich trotzdem mit einem kritischen Blick an.

Wir gingen hoch ins Zimmer, um unsere Badesachen zu holen und fuhren dann mit dem Lift in den unteren Stock, in dem sich ein kleiner Wellnessbereich befand. Und wenn ich sage klein, meine ich auch klein. Es gab eine Sauna für vier Personen, einen Jacuzzi in dem knapp drei Leute Platz hatten und ein paar Liegen und Tische. Zum Glück war momentan keine Saison und es hatte nicht viele Gäste. Ich zog mir meine Badehose an, sprintete zum Whirlpool und kletterte ins warme Wasser. Shit, tat das gut. Von Ally war noch keine Spur zu sehen, weshalb ich die Augen schloss und mich allmählich entspannte. Nach ca. fünf Minuten bewegte sich das Wasser und ich öffnete meine Augen. Ally stieg über den Rand und wollte sich neben mich setzen. *Holy fuck*. Sie sah im Bikini noch schärfer aus als am Abschlussball. Ich hätte das wirklich nicht für möglich gehalten. „Was ist?" Sie schaute mich fragend an. Erst jetzt fiel mir auf, dass ich sie die ganze Zeit über angestarrt hatte. Ich räusperte mich. „Ach nichts, du siehst nur verdammt gut aus in diesem Bikini." Sofort schoss ihr die Röte ins Gesicht und sie setze sich neben mich. Oh mann, sie war einfach zu niedlich. Ich drehte mich in ihre Richtung und schaute ihr tief in die Augen. „Wieso siehst du mich so an?", fragte sie und mein Blick wanderte zu ihren Lippen. „Du bist einfach so wunderschön." Kaum hatte ich das ausgesprochen, hielt ich mir in Gedanken die Hand vor den Mund. Ich hatte es nicht laut aussprechen wollen. *Fuck*. Sie lächelte und wurde noch röter. „Ally, du bist mit Abstand das schönste Mädchen, dass ich je gesehen habe." Schlimmer konnte es ja nicht werden. Wieso sagte ich solche Sachen zu ihr?! Seit wann konnte ich jemandem Komplimente machen? Ich hatte Eleanor nieeee Komplimente gemacht. Okay, zugegeben sie sah eben auch aus wie eine Fake-Barbie. Aber Ally, sie war so wunderschön, ihre Haut war so zart und ihr Lächeln so unglaublich. Sie war einfach perfekt. „Tyler?" „Hmm?" Sie riss mich komplett aus meinen Gedanken. „Danke, dass du gestern für mich da warst." Ich nickte nur, weil ich nicht wusste, was ich darauf antworten sollte. Die einzigen Leute für die ich normalerweise da war, waren meine Bro's und meine Familie. Andere hatten mich nie interessiert, aber bei ihr war alles so anders. „Du bist mir halt wichtig", sagte ich also. Sie lächelte mich an. „Du mir auch." Sie rutschte ein Stück näher an mich heran und legte den Kopf auf meine Schulter. *Hell*, sie war so süss. Oh Gott, wie hörte ich mich nur an. Ich war zu einem weichen Teddybären geworden, ich könnte kotzen.

Er war plötzlich so anders. So nicht Tyler Collins. Er war nett und verständnisvoll und gab mir das Gefühl etwas Besonderes zu sein. Ich kannte diese Art von ihm gar nicht, aber es gefiel mir durchaus. Mein Kopf lag immer noch auf seiner Schulter und unsere Oberschenkel berührten sich. Ich merkte immer mehr, wie sehr ich mich zusammenreissen musste, um ihm nicht einfach zu sagen, wie sehr ich ihn wollte. Er hatte sich in letzter Zeit wirklich Mühe gegeben. Er hatte mir wirklich bewiesen, dass er nur mich wollte und das liess mein kleines dummes Herz viel schneller schlagen. Ich hatte immer noch Angst, dass er mich wieder verletzen würde, aber aus irgendeinem Grund war mir das in diesem Moment so egal. Ich wollte ihn so sehr. Ich brauchte seine Nähe, seinen Geruch, seine idiotische Art. Ich drehte mich zu ihm um und sofort sah er mich auch an. Wir schauten uns tief in die Augen und alles um uns herum schien stehen zu bleiben. Ich wollte etwas sagen, doch ich wusste nicht was. Ich wusste nicht, wo ich beginnen sollte. Es gab so vieles, was ich ihm sagen wollte und trotzdem konnte ich keinen anständigen Satz in meinem Kopf bilden. Ihm schien es gleich zu gehen. Langsam legte er seine Hand an meine Wange und strich mir die Haare hinters Ohr. „Ally, ich…" „Hey Guys, da seid ihr ja!" Stasy's Stimme ertönte hinter uns und ich fuhr leicht zusammen. „Oh, tut mir leid, stören wir etwa?", fragte sich kichernd und hielt sich die Hand vor den Mund. Tyler seufzte und drehte sich zu ihnen um. „Ja, ihr stört." Jap, da war der Tyler, den ich kannte wieder. Stasy kicherte immer noch, während Lucas neben ihr stand und seinen Arm um sie gelegt hatte. „Wir wollten Eislaufen gehen, habt ihr Lust mitzukommen?", fragte er und Tyler sah mich mit einem breiten Grinsen an. Nein, bitte nicht. „Aber klar doch, wir kommen gleich." Stasy und Lucas machten sich wieder auf den Weg nach Oben, während ich Tyler böse anschaute. „Keine Angst Prinzessin, ich werde dich schon auffangen." Er zwinkerte mir zu und stieg aus dem Jacuzzi. *Oh mann!*

Ich zog mich um und gemeinsam gingen wir wieder nach Oben in die Lobby. Dort sassen bereits Stasy und Lucas und warteten auf uns. Sofort zog Stasy mich am Arm mit sich und fragte mich sogleich aus. „Was war da vorhin zwischen euch gewesen?", fragte sie und sah mich mit einem verheissenden Blick an. „Was meinst du?", fragte ich unwissend zurück. „Spiel nicht dumm Ally, du weisst was ich meine. Euer kleines Rendezvous im Jacuzzi." „Da war nichts", versicherte ich ihr, obwohl ich selbst wusste, dass das nicht ganz der Wahrheit entsprach. Da war etwas gewesen zwischen uns und es hatte sich wirklich richtig angefühlt, aber naja, dann waren Stasy und Lucas reingeplatzt. „Tut mir leid, dass wir euch gestört haben, hätte ich gewusst, dass ihr gerade dabei wart, endlich en Paar zu werden, wären wir nicht einfach so reingeplatzt." Ich schaute sie mit einem bösen Blick an. „Wir waren nicht dabei endlich ein Paar zu werden." „Das glaubst du ja selbst nicht. Ich habe euren Blick gesehen. Das ist wahre Liebe, beste Freundin." Ich verdrehte lachend die Augen. Tyler und ich machten zwar Fortschritte, aber so weit waren wir nun wirklich noch nicht. „Hey ihr zwei Plappermäuler können wir losgehen?", rief Lucas zu uns rüber und fing sich somit einen angepissten Blick von Stasy ein. Gemeinsam gingen wir zu ihnen zurück und Tyler übergab mir meine Schlittschuhe. „Grösse 38, stimmt's?" Er grinste mich an. Wow, er konnte sich mal was merken. Ich nickte lächelnd und er half mir die Dinger anzuziehen. Die Eislaufbahn befand sich gleich neben dem Hotel. Wir verliessen das Gebäude und begaben uns auf das Eis. Kaum stand ich auf der glitschigen Oberfläche verlor ich sofort den Halt und musste mich an Tyler festhalten. „Hey, hey ganz langsam Prinzessin." Er lachte und stützte mich am Rücken. Stasy, die scheinbar kein Problem in diesen hässlichen Schuhen hatte, glitt mit Lucas Hand in Hand übers Eis. Ich schaute ihnen verhängnisvoll hinterher. „Komm schon, du schaffst das." Tyler versuchte mich zu motivieren, aber das half auch nicht weiter. Ich war einfach eine Niete auf dem Eis.

Tyler

Es sah so witzig aus, wie Ally erfolglos versuchte auf den Schlittschuhen klar zukommen. Sie hielt sich an der Bande fest und
nach einigen Versuchen gab sie schlussendlich auf und setzte
sich nach Draussen. Ich dagegen hatte meinen Spass. Ich jagte
ein paar kleinen Jungs hinterher, die mich herausfordernd ansahen und spielte mit ein paar Kids Unihockey. Stasy und Lucas
knutschten die ganze Zeit rum, was mich etwas verstörte und
Ally sass draussen und schaute mir dabei zu, wie ich gerade ein
Tor schoss. Ich legte den Unihockeystock hin und schlidderte zu
ihr rüber. „Hey, meine Schöne" Ich lehnte mich an die Bande
und warf ihr ein unwiderstehliches Lächeln zu. „Hey, du Idiot",
gab sie zuckersüss zurück. „Wieso immer so provokant, Prinzessin?", fragte ich schmunzelnd und sie stand auf. Sie kam auf mich
zu und blieb wenige Zentimeter vor mir stehen. Das einzige was
noch zwischen uns stand, war diese doofe Bande. „Weil ich es
liebe dich zu provozieren, aber das solltest du mittlerweile ja wissen." Nun war sie es, die siegessicher schmunzelte. Damn, dieses
Mädchen brachte mich komplett um den Verstand. „Das weiss
ich mit Sicherheit", gab ich zurück und fuhr der Bande entlang
bis zum Ausgang. Ally lief mir nach und blieb dann ebenfalls
stehen. Nun stand nichts mehr zwischen uns und ich hätte sie
am liebsten gepackt und einfach geküsst. „Willst du nicht zu mir
kommen?", fragte ich mit einem perversen Grinsen und sie
schüttelte nur lachend den Kopf. „Komm du zu mir." Sie drehte
sich um und verschwand in der Umkleidekabine. Was hatte sie
vor?! Weil ich sie keinen Moment aus den Augen lassen
konnte/wollte, ging ich ihr nach. Ich betrat die Kabine. (es war
eine für mehrere Leute). Ich sah sie aber nirgends. Ich zog mir
die Schlittschuhe aus und lief den Gang entlang, der zu einem
Restaurant führte. Wo steckte sie nur? Ich lief weiter und plötzlich hörte ich ein Geräusch. Ich drehte mich um und sah dass sie
hinter mir stand. Ich musste schmunzeln. „Was soll das, Prinzessin?" Sie kam auf mich zu. Sie zuckte mit den Schultern und
schaute mich mit einem verführerischen Blick an. Oh nein, tu

das nicht, Prinzessin. Wusste sie nicht wie schwer es mir sowieso schon fiel, ihr zu widerstehen? Dann musste sie mich nicht auch noch so ansehen. Sie kam immer näher und dann stand sie direkt vor mir. Ich schaute auf sie runter und stellte fest, dass sie fast eineinhalb Köpfe kleiner war als ich. Süss. „Tyler?" „Ja?" „Weisst du was?" „Was?" „Ich kann nicht mehr aufhören an etwas zu denken." Sie legte ihre Hand auf meine Brust und sah mich wieder mit diesem einen Blick an. Fuck, ich konnte ihr mehr länger widerstehen. Konnte sie nicht einfach aufhören zu reden und mich endlich küssen?! „An was kannst du denn nicht aufhören zu denken?", fragte ich und legte eine Hand um ihre Taille. „Wie gut du küssen kannst." Okay, jetzt hatte sie mich komplett. Kaum hatte sie das gesagt, lagen unsere Lippen aufeinander. Ich drückte sie an die Wand und unsere Küsse wurden leidenschaftlicher. Sie legte ihre Hände in meinen Nacken und ich hob sie hoch. Ich konnte einfach nicht damit aufhören. Dieses Verlangen nach ihr wuchs mit jedem Kuss nur noch mehr. „Lass uns von hier verschwinden", brachte ich zwischen den kurzen Pausen hervor, in denen wir nicht aneinander klebten. Sie nickte und ich zog sie am Handgelenk mit mir. Sobald wir den Lift erreicht hatten, küssten wir uns weiter. Gott, ich konnte einfach nicht damit aufhören. Im 4. Stock angekommen, hob ich sie wieder hoch und schloss sofort die Zimmertür auf. Kaum war die Tür ins Schloss gefallen, ging meine Hand zum Saum ihres Pullis. Ich wartete ob sie was dazu sagte, aber als sie mich daraufhin nur noch intensiver küsste, riss ich ihr das Teil vom Leib. Ich hielt kurz inne und mein Blick wanderte an ihr herab. *Huch.* Mhm, sie war mit Abstand das geilste Mädchen, dass ich je gesehen hatte. Sie sah mich mit einem verschmitzten Lächeln an und befreite mich dann ebenfalls aus meinem Shirt. Ihre Hände strichen über meinen Bauch und ich konnte mich nicht mehr beherrschen. Ich zog ihr die Strumpfhose aus und betrachtete sie noch einmal. Diese Beine, *fuuucckk!* Sie knöpfte meine Hose auf und dann kam der Moment als ich sie packte und aufs Bett beförderte. Sie schaute mich an und sofort kam wieder das

Verlangen in mir sie zu küssen. Ich presste sie an mich und wir fingen wieder damit an uns zu verschlingen. Wie lange ich das schon gewollt hatte. Sie war so perfekt und einzigartig.

Ally

Ich konnte kaum atmen, da wir uns ständig küssten. Er lag auf mir und ich spürte seine Körperwärme. Ich merkte wie sehr ich ihn brauchte und wie wichtig er mir war. „Zieh deine Boxershorts aus", sagte ich und er sah mich überrascht an. „Bist du dir sicher?" „Ich war mir noch nie sicherer bei etwas." Er zog die Boxershorts aus und betätigte sich danach gleich an meinem BH. Er schmiss ihn auf den Boden und ging nun zu meinem Tanga über. Er zog ihn vorsichtig aus und schaute mir dabei immer wieder in die Augen. Dann legte er sich wieder auf mich und küsste mich einmal, bevor er kurz innehielt. Er legte eine Hand an meine Wange und sah mir tief in die Augen. „Ich liebe dich, Ally." Er sagte es mit so vielen Emotionen und Gefühl, dass ich zu Tränen gerührt war. „Meinst du das wirklich ernst?", fragte ich und musste die Tränen zurückhalten. „Zu 100%" Ich konnte nichts dagegen machen. Eine kleine Träne kullerte mir die Wange runter. „Ich liebe dich auch, Tyler." Ich hatte nicht mal darüber nachgedacht, sondern meine Gefühle einfach zugelassen. Es war nicht wie bei Jacob, dass ich mich dazu gezwungen fühlte es zu erwidern oder dass es mir schwer fiel. Es fühlte sich eher an, als ob eine Bürde von mir fiel und ich mich freier und besser denn je fühlte. Er strich mir über die Wange und seine Augen glitzterten. Ich hatte ihn noch nie weinen gesehen, aber jetzt kämpfte er wirklich damit. Anstatt noch irgendwas zu sagen hielt er mich fest und legte seine Lippen auf meine. Ich spürte seine Liebe und wie er sich langsam auf mir bewegte. Ich biss mir auf die Lippen und sah ihm in die Augen. Er war alles, was ich mir je gewünscht hatte. Ich war wunschlos glücklich.

23. Kapitel

Tyler

Wir lagen nebeneinander und unser beider Atem ging schwer. Ich hatte wirklich schon mit vielen Mädchen geschlafen, aber mit ihr war es mit Abstand am besten gewesen. Ich drehte meinen Kopf zur Seite und bemerkte, dass sie mich ebenfalls ansah. „Hey", sagte sie und legte ihre Hand in meine. „Hey" Ich rollte mich zu ihr rüber und strich ihr die Haare aus dem Gesicht. „Und willst du jetzt endlich meine Freundin sein?", fragte ich hoffnungsvoll. „Ja, das will ich." Sie begann zu lächeln und steckte mich damit sofort an. „Wie wär's mit einer heissen Schokolade?", fragte ich und wackelte mit den Augenbrauen. Sie nickte eifrig. Ich stellte mich auf die Beine und sammelte meine Kleider vom Boden zusammen. Sie setzte sich ebenfalls auf und zog ihren BH wieder an. Schade, war echt ein schöner Anblick gewesen. Aber da sie nun meine offizielle Freundin war, konnte ich mir die Prachtstücke wohl noch öfters ansehen. „Wieso grinst du so dumm?", fragte Ally und schaute mich mit einer hochgezogenen Augenbraue an. „Ach, nichts. Ich habe nur gerade an etwas gedacht." Ups.

Wir zogen uns an und verliessen dann das Zimmer. Am liebsten hätte ich umgedreht und alles noch einmal durchlebt, aber ich hatte ihr eine heisse Schokolade versprochen und um sie glücklich zu machen, hielt ich mich auch daran. Wir gingen runter in die Lobby und setzten uns an die Bar. Sie bestellte sich sofort ihre heisse Schokolade, diesmal mit extra Sahne. Ich musste schmunzeln. So kannte ich meine Prinzessin. Während sie langsam aus der Tasse schlürfte, starrte ich sie die ganze Zeit über an. Sie war einfach so wunderschön. Ich erinnerte mich an vorhin und sofort kam mir ein Gedanke. Ich hatte ihr gesagt, dass ich sie liebte. Noch nie zuvor hatte ich das zu einem Mädchen gesagt. Aber es hatte sich richtig angefühlt und das tat es auch jetzt noch. Ich liebte sie wirklich. Es war ein komisches Gefühl, das zu sagen und zu denken. Ich hätte nicht damit gerechnet, diese Worte eines Tages der besten Freundin meiner Schwester zu sagen, aber naja, kuriose Dinge geschahen eben.

Ich warf kurz einen Blick auf mein Handy und stellte fest, dass ich einen Anruf von Zack verpasst hatte. Ach, den gab's ja auch noch. „Ich komme gleich wieder", sagte ich zu Ally und ging kurz nach Draussen, um ihn anzurufen. Er nahm gleich nach dem ersten Klingeln ab. „Hey Bro, was geht?", fragte er gutgelaunt. „Hey Alter" „Und wie läuft's so in den Ferien?", fragte er. „Könnte nicht besser sein", gab ich zurück. „Hast du sie dir endlich geschnappt?" „Wen meinst du?", fragte ich obwohl ich genau wusste, von wem er sprach. „Na Ally, du Blödmann!" Er fing an zu lachen. „Ach Bro, da gibt's so einiges was ich dir erzählen muss, wenn wir zurück sind." „Ich freu mich schon. Geniess noch deine Ferien und komm nicht zu früh zurück, hier ist es wirklich lame." Ich lachte. „Das merk ich mir. Dann bis Sonntag." „Bis dann, Ty." Ich legte auf und ging wieder rein. Ally sass immer noch an der Bar und tippte auf ihrem Handy rum. „Hey Prinzessin", sagte ich und umarmte sie von hinten. Sofort schmiegte sie sich an mich. Ich drehte sie im Barhocker zu mir um und gab ihr einen leidenschaftlichen Kuss. Ich liess grinsend von ihr ab und schaute ihr in die Augen. „Ich will aber mehr davon", sagte sie und setzte einen Fake-Schmollmund auf. „Du wirst noch genügend davon bekommen, das kannst du mir glauben." Ich legte meine Lippen wieder auf ihre und zog sie näher zu mir. Dieses Mädchen war alles, was ich je wollte. Ich war wunschlos glücklich.

Epilog

Nun ja, wie man sehen kann, können sich auch die verschiedensten Menschen ineinander verlieben. Ob der Spruch *„Was sich neckt, das liebt sich"* wirklich wahr ist, muss jeder für sich selbst entscheiden. Bei mir hat es allerdings ziemlich der Wahrheit entsprochen;)

Ally und Tyler haben sich wirklich geliebt. Zwar war es zu Beginn eine Hassliebe aber auch schon dort haben beide gemerkt, wie sehr sie sich voneinander angezogen fühlen. Es brauchte seine Zeit, aber irgendwann fiel den beiden auf, dass sie den anderen einfach brauchten und das ist etwas Schönes. Sie haben die Fehler des anderen akzeptiert und die Vergangenheit auf sich beruhen lassen. Stattdessen haben sie sich einander vollständig hingegeben und ihre Gefühle einfach zu gelassen. Ally hat Tyler dazu verholfen ein besserer Mensch zu werden und Tyler hat Ally gezeigt, wie spannend das Leben sein kann, wenn man es einfach lebt. Sie haben sich perfekt ergänzt und einander die Liebe geschenkt, die sie Beide brauchten. *Das nenne ich wahre Liebe.*

Chantal Aisha Rudolf